月 火 水 金 土
1
2
3

ねじれたEDGE

崎谷はるひ

幻冬舎ルチル文庫

CONTENTS ✦目次✦

✦カバーデザイン＝清水香苗（CoCo.Design）
✦ブックデザイン＝まるか工房

イラスト・やまねあやの✦

ねじれたEDGE

ふらついた足下を叱咤《しった》して、咲坂暁彦《さきさかあきひこ》はまろぶように進む。

自堕落な喧噪《けんそう》に満ちた週末、夜の歓楽街。通りを隔てたそのネオンの灯《あか》りが、霞《かす》みはじめた視界に滲《にじ》んで映る。その下卑た灯りを睨《ね》め付けたまま着乱れたシャツの前をかき合わせるように摑《つか》み、次第にひどくなる眩暈《めまい》を堪《こら》えれば、咲坂の骨細い指先は瘧《おこり》のように震えた。

吐く息は、口腔《こうこう》の粘膜を爛《ただ》れさせるかのように熱く、忙《せわ》しない呼吸によって乾きを覚えた唇は痛みさえ感じる。

梅雨寒《つゆざむ》に、湿った冷たい夜気の満ちた街の中で、体温が異常に上昇して火照《ほて》る。

胸を喘《あえ》がせるようにして干上がる喉《のど》を嚥下《えんか》し、それでも生唾《なまつば》のこみ上げる舌下は、どろりと粘つくような感触がした。

「くそっ……」

舌打ちもままならないような震える唇で低く呻《うめ》いて、先ほどから思うように進まない足を地面に擦《こす》り付ける。瞬間、身の裡《うち》を走り抜けた覚えのある痺《しび》れに、もうここまでだろうかと思えば情けなくて涙が滲んでくる。

酔っぱらいがぶちまけたとおぼしき胃の内包物が、道の片隅で臭気を放つ。鋭敏になった感覚にはそれが悪寒《おかん》めいた不愉快さをもたらして、生汗を流す肌がふつふつと粟立《あわだ》った。

渋谷の大通りからほど近く、道玄坂を上がればそこには、安っぽいホテルがいくつも立ち並ぶ。街灯の下を走るぬめりを帯びた影は、もつれ歩く男女の放つ淫靡《いんび》な気配そのものだ。

地べたに座り込み、隣り合いながらも会話もなく携帯の液晶を覗《のぞ》き込む少女たちも、一組ずつホテルの入り口に消えていくカップルも、こちらへは一切の関心を寄せては来ない。

目の前を歩く足下のおぼつかない男など、ただの見慣れた酔っぱらいに過ぎないのだろう。すれ違いざまに侮蔑《ぶべつ》混じりの視線を投げたきり、よろめく咲坂の苦悶《くもん》など歯牙《しが》にもかけずに通り過ぎていく。

ひどい夜だ。

よろけ、もたれるように壁にすがれば、コンクリートのそれにかすられた手のひらさえもびりびりと痺れる。

「なんでこんなことになったんだ……っ」

通常のものではない、異様に研ぎ澄まされた感覚は、明らかに薬物の影響だった。先ほど、咲坂の胸元のボタンを楽しそうに引きちぎった男の濁った瞳《ひとみ》は、おそらくこんなものを常用しているせいなのだろう。

(なあ、楽しもうぜ……?)

歪《ゆが》んだような笑いと、上擦《うわず》った声の不気味さを思い出せば、薬のせいばかりでもない悪寒が咲坂の薄い肩を震わせた。

＊　＊　＊

いつものように、適当な相手を見繕《みつくろ》って引っかけた、一晩限りの遊びのつもりだった。咲坂の好みはさほど、うるさいものではないと自分では思っていた。そこそこのルックスに、数時間話していても苦痛にならない程度の会話のセンスさえあればかまわなかった。後は肝心のセックスの相性だけれど、これればかりはやはり、その場になってみなければわからないものだ。この手の出逢《であ》いでいくらラブアフェアを気取ったところで、心中では互いの尻の軽さを侮っている場合が多い。暴力的な嗜好《しこう》のある相手に当たればひどい目にあうことは、咲坂も若い頃の有り難くない経験上、熟知していたから、人選にはことに気を配った。比較的質のいいと言われる、同類の集まる店の中、煙草《たばこ》とアルコールにまみれた薄暗い空間での会話は腹の探り合いからはじまって、ヤバそうな相手を嗅《か》ぎ分けるだけの経験はそれなりに積んだと思っていたのだけれど。

(大失敗……だ)

近頃では、普通の顔をしているほどにいかれたヤツが多いものだと、ジンを舐《な》めながら笑った相手にまさか一服盛られるとは思わなかったと臍《ほぞ》を嚙《か》んでも今さら遅い。

連れだって店を出て、あまりチェックのうるさくないホテルへ辿《たど》り着き、濡れた舌と一緒になにか、ざらっとしたものを口腔に押し込まれた時には、音を立てて血の気《け》が引いた。

「なん……うっ⁉」

なんだ、と違和感に顔をしかめて吐き出そうにも、相手の舌先で無理に喉奥に落とされた薬剤は即効性で、勧められるままに干したアルコールの後押しもあって、すぐに咲坂の四肢《しし》を重くした。

「そんなやばいのじゃないからさ、フツーのクスリだってば」

「……っ、冗談じゃない……！」

ドラッグ類は好まない、まして了承もなく強引にそれを摂取させたやり口は嫌悪すべきもので、ふざけるなと睨《にら》み付けて帰ろうとすれば、ふらついた足下を払われる。

「離せよ、帰る！」

「だーいじょうぶだって、ちょっと筋肉ゆるくなるだけだって。アソコも楽になるし、朝には抜けるからさ」

「なん、な……っ⁉」

いかにも会社帰りの洒落《しゃれ》たサラリーマン風に見えた男が、なんでそんなに嫌がるのと、不思議そうに笑うからよけい恐ろしかった。こんな方法で人を身動きできなくしておいて、罪悪感もなにもなく、下肢の衣服だけを手早くゆるめてくる男の神経が信じられない。

（なんで……っ）

それ以上に、のこのことこんな男についてきた自分の見る目のなさにも咲坂は舌打ちしたいような気分になった。

この日入ったシティホテルの内装は、さほど露骨なものではなかった。照明の色味がややきついものであることと、ベッドの大きさがクイーンサイズである以外には普通のビジネスホテルとなんら変わりなく、ソファの側《そば》には冷蔵庫と、酒などの飲み物の類《たぐい》が常備してある。

ただその横に、怪しげなグッズの自動販売機が異様な存在感を見せつけていて、ボンデージグッズを認めれば更に冷や汗が出る。

（冗談じゃない……）

どうあっても男の目つきはサディストの気配を滲ませていたし、咲坂には痛めつけられて悦《よろこ》ぶ嗜好はない。

しかし、咲坂自身嬉《うれ》しくないことに、その種の連中に目を付けられやすいたちであるのも知っていた。自覚せざるを得ないような苦い失敗を経て、相手を見繕う目にも長《た》けたわけだったが、この夜はまんまと読みが外れてしまったようだ。

「いい顔だなあ……ほんっと、いいよなあ……」

「ふ、ざけ……っ」

口惜しさに歪んだ表情を浮かべる小作りな顔は端正で、汗の浮いた細い鼻梁《びりょう》もなめらかな額や頬《ほお》も、その水滴に違和感を感じるほどに肌理《きめ》が細かい。

向こう気の強さと、ある種冷淡な印象のある瞳は、涙を滲ませていても挑むように冷たく輝いている。品よく容貌が整っているからこそ、それが相手の「崩してやりたい」という嗜《し》虐心《ぎゃくしん》を却《かえ》って煽《あお》り立てるようだった。

「う……う……っ」

恐慌状態であるだけでなく、悲鳴さえも上手《うま》く出ないことに気付いて咲坂の焦《あせ》りは倍増した。

(声が……っ)

舌の付け根が妙な痙攣《けいれん》を起こして気持ち悪かった。咲坂は少しばかりアレルギーの気があって、普通の風邪薬でも滅多に飲まない。薬慣れしない身体《からだ》には、これは刺激が強すぎたようだ。

男を殴りつけて逃げようにも、のろのろと腕を振り上げるしかできない自分の身体が信じられなかった。また、背後に振り返った男がやけにゆっくりとした動作で近寄りながら、なにか錠剤のようなものを噛み砕く瞬間を見てしまえば、なおのこと恐ろしさが募ってくる。

(やばい……)

そして、身体が痺れるだけでなく次第に呂律《ろれつ》も回らなくなり、上手く言葉さえも発せないことに気付いたときには、絶望感が目の前を暗くした。

「……っや」

ろくな抵抗もできないまま、尻だけを剝《む》き出しにされ、その頃には既《すで》に取り繕うこともやめた獣のような表情の男はごくりと息を飲んだ。

「すっげ……」

弱く、床に敷き詰められた毛足の短い絨毯《じゅうたん》を搔《か》きむしり、這《は》うように逃げる咲坂の姿は、本人の意図を裏切るかのように扇情的だった。

「へへ、今日はアタリだったなあ……トシの割にきれいなもんじゃん、ゆるんでないし」

「……！」

下卑た表情で笑い、音を立てていたぶるように尻を叩《たた》き揉《も》んで来る男の言葉に、侮辱を感じて目の前が赤く染まった。

「そんな顔しなくてもさ、もうすぐ、よくなるからさあ。ここに、どうでも突っ込んでくれって喚《わめ》くくらい」

「……ふざ、け……っ！」

そうして、また更に男が別のものをポケットから取り出したのを見て、咲坂は青ざめた。

ラベルもなにもないそれが、決して普通の、人体に無害なワセリンやジェルの類ではないだろうことを本能的に察する。

「うっ、……う、あううっ、ひゃあっ」

粘りの強い感触と共に、遠慮もなにもなく指を突き立てられる。塗りつけられた途端、粘膜に感じた異様なむず痒《がゆ》い感覚に、自分の予感が正しかったことを知った。

「最初ちょっと……滲《し》みるけど、しばーらくすっと効いてくるからねー、ふふ、ふふふ」

じたばたともがく相手を抑え込み、執拗《しつよう》にその場所を弄《いじ》りながら、男はにやにやと笑い出した。興奮は、店の中ではスノッブを気取っていた男の知性の仮面を引き剝《は》がし、下卑た本性を剝き出しにする。

「ひっ、い……あ、やっあ！」

目元だけをぎらつかせた薄笑いに、身体中が総毛立った。このまま行為に挑まれては、下手《へた》をすれば殺されかねないと咲坂は感じる。

「うわっ、なんだよこの……あきらめ悪いなあ」

最後の力を振り絞り手足をばたつかせると、さすがに男も戸惑ったようだった。しかし、見た目からもあまり力のあるように見えない咲坂を侮ったのか、その言葉にもまだ笑みが滲んでいる。

体勢を崩した相手の身体の下から這い出し、サイドボードにすがり付いて、まだどうにか手足の動くことにほっとしつつ、立ち上がった。

「か……え、るっ」

恐怖と薬の効果に、罵声《ばせい》さえ浴びせることもできないのが悔しかったが、瞳の力だけは失わないまま、余裕の顔でにやにやと笑っている男に向き合った。

そして、テーブルの上にあったものの存在に気付き、じりじりと近寄ってくる男に気付かれないよう背後に隠す。

「無理だってぇ、おとなしくしなって……うわっ!?」

ふざけた表情の男に向かい、まず咲坂が投げつけたのは備え付けのカップだった。震える手ではさほどの威力もなかったが、男の目を一瞬逸《そ》らせれば充分だ。

肩にぶつかったそれが床を転がり、不興げに唇を歪ませた男がこちらを威嚇《いかく》するべく睨め付けた瞬間。

「てめ、ふざっけ……っあ、ぎゃあああああ！」

その横にあった、電熱式のポットの中身を相手にめがけてぶちまけた。狙《ねら》いははずれ、顔は逸れてしまったが、腿《もも》から足にかけて熱湯が降りかかった男は床の上をのたうち回る。

「ちっくしょ……てめえ、てめえ……っ」

「……っ、ざまあ、見ろ……っ」

熱さに身悶《みもだ》える男を見下ろしながら、どうにか下肢の衣類を引き上げ、よろける足で咲坂は部屋を出た。造りがまるっきりビジネスホテルと同じタイプでよかったと心底思う。ホテルによっては、フロントに連絡を入れなければドアさえ開かないところもあるからだ。

重い身体を引きずって、できるだけ遠くに行かなければと思うけれども、がくがくと震える脚では走ることもままならない。タクシーの捕まる大通りまで通常ならばものの十分もからないところだが、どこまで逃げきれるだろう。

泣きたいような気分で歩みを進めながら、まったくひどい夜だと咲坂は震える唇を嚙みしめた。

＊　　＊　　＊

そして、どうにか通りまで辿り着いたものの、背後を振り返って見れば逃げてきたホテルはまだ視界の中に大きく映っている。このままでは、きっとあの男が追いかけてきたらすぐに捕まってしまうだろうことは明白だ。

(いやだ……っ)

恐怖のあまり身がすくんでぐらぐらと頭が痛くなった。飲まされた薬もさらに効いてきたようで、もう今では咲坂には自分が歩いているのかどうかさえもわからない。そしてそれ以上に、下肢の奥が熱を持って熱く、じんじんと疼《うず》いてたまらなかった。

(……誰か)

助けて、と通路沿いの壁にすがるようにして、動かない身体を呪った咲坂の眦《まなじり》から、怒りと後悔と恐怖の綯《な》い交ぜになった涙がこぼれ落ちる。

斜交《はすか》いの道沿いには、ライブハウス前で地面に座り込んだ少年や少女たちも、俯《うつむ》いて、あるいはお互いの顔しか見ないままで歩くカップルもいるのに、誰も彼も咲坂のことなど見てもいない。

(いやだ、誰か……!)

このままあの男が咲坂を追ってきても、よくある喧嘩《けんか》と見逃されておしまいになってしまうだろう。

「……すけて……っ」

子供のように心許《こころもと》なく呟《つぶや》いて、それでも期待などしていなかった。ただもう、歩くことさえできなくなってその場にしゃがみ込み、追ってくる男がどうか自分をあきらめてはくれないだろうかとそれだけを願った。そして、こんなことが公にならないでくれと、信じてもいない神に祈る。

(こんなこと、知れたら……っ)

今まで、どうにか平穏にゲイであることを隠してきた努力も、今後の人生もすべて水泡に帰してしまうかもしれない予感は、迫り来る怒った男の暴力よりも恐ろしかった。

咲坂の職業は、そこそこ有名なカソリック系の私立女子校の高校教師だ。高い授業料と可愛い制服で有名なその学校を、職場に選んだその理由は、ゲイである自分を隠すための逆説的な方法論からだった。

若い男が女子校の教師などというと、スキャンダルめいた淫靡なイメージがつくが、それだけに学内での目は厳しい。独身男性の場合担任にも就かされることはないし、周囲は年輩の教師が多い。

また、女生徒に手を出したことが、たとえ合意であれ発覚すれば直《ただ》ちに退職という決まり事は、咲坂の性癖を知らない周囲に対し、結婚をしない言い訳にはとても都合がよかった。

出逢いもなく、そこそこ忙しく、気付けば婚期を逃していた、と言えるまで、二十八歳の咲坂には後数年はかかるだろう。逆に今は、縛られずにいたいからという言い分が、まかり通る年齢でもある。

学生時代、自分の性行を自覚した思春期を越えてから、実に慎重に咲坂はふるまってきた。恋愛には過度の期待を抱《いだ》くこともなく、マイノリティはそうしたものだとうそぶく態度で、手軽なセックスの相手だけを次々と乗り換えたのも、保身の気持ちが強かったからだ。

情が絡めば、それだけ事態は厄介《やっかい》になる。軽い付き合いであれば誰も、お互いに迷惑をかけようとも思わないだろう。

こちらの世界の連中とつきあい始めてから、その刹那的《せつなてき》なセックスライフを楽しむように心がけてきた。失恋して号泣《ごうきゅう》したり、ばかな男に引っかかった知り合いを腹の中で笑って、己の見栄えの良さを自覚もしていたから、相手は選び放題という時期もあった。

（……ばかばかしい）

それでも、咲坂ももう二十八だ。受け身一方の立場では、とうが立ったと言われても仕方のない年齢になり、それだけに近頃では相手を探すのも少しばかり難しくはあって。

だからこそ、久しぶりにアンテナに引っかかったルックスの男が「落ちた」ことに、らしくもなく舞い上がったのだろうかと惨《みじ》めに思う。

もういっそ、どうとでもなればいいというような投げやりな気分で蹲《うずくま》り、咲坂は荒い息を堪えて涙の止まらない目元を膝《ひざ》に擦《こす》り付けた。

「う……っ」

まるで子供のように嗚咽《おえつ》が漏れて、すすりあげればよけいに哀《かな》しい気分になった。自虐に酔っている場合ではなかったが、もう実際、身体を動かすのもつらくて仕方ない。

「……あの？」

絶望的な気分のまま、しかし恐怖に鋭敏になった感覚は、自分の前で止まった足音に心臓の動きを一瞬おかしくした。

「あのさ……具合、悪い？」

しかし頭上から降ってきた声は、先ほどの男のものではなかった。おずおずと泣き濡れた顔を上げれば、清潔そうな雰囲気の青年が咲坂を覗き込んでいる。

「だ、れ……？」

「や、俺そこのライブハウスのバイトなんだけど……さっき店終わる前から、あんたずっと具合悪そうだったから」

大丈夫かなと思って、と、都会には珍しい親切さを見せた彼は、尋常でない咲坂の呼吸や泣き濡れた表情に顔をしかめた。

「でも……酔ってるんじゃない、ね」

ホテルのひしめくこの辺《あた》りでは、トラブルの類も多いのだろう。なにかを察したように一瞬、面倒くさそうな表情を浮かべた彼が逃げる前にと、咲坂はわななく腕を必死に伸ばし、シャツの裾《すそ》を摑んだ。

「……す、けて」

「え？」

「たす、け……おねが……っ」

必死だった。もうここで、この青年に見捨てられれば死ぬしかないというような気分にさえなり、涙に霞んだ瞳ですがれば、どこかあきらめたような吐息をして、青年は腕を差し出してくる。

「ま、いいや。立ちなよ。店の前で冷たくなってましたってのも縁起悪いし……」

ほら、と差し出された腕は逞《たくま》しく、足下のおぼつかない咲坂を支えてくれる。広い胸に顔を埋《うず》めるようにほっと息をついた、その時だった。

「きゃ……っ」

悲鳴があがり、はっと目を向ければ、濡れそぼったスーツのままのあの男が鬼のような形《ぎょう》相《そう》で割れたガラスのようなものを振り回していた。

「どこだーっ、バカヤロウ、どこにいやがるっ！」

「いやあっ」

ぶんぶんと闇雲《やみくも》に手を振り回し、濁った声で叫ぶ男の姿を認めた瞬間、咲坂の身体は恐怖に強《こわ》ばった。

「出ぇーてこいよ……ああっ、いるんだろうがその辺に、ああ⁉　トシ食ったオカマ野郎があっ、せっかく相手してやったってのにちくしょうっ」

気付いたのだろう青年は、素早く近くの路地に滑り込み、塀と電柱の間に咲坂を押しつけ、その大柄な背中で姿を隠してくれた。

「……いや、こわい……いやだ……っ」

「しっ……大丈夫だから」

がたがたと震えながらの咲坂に、動かないでと囁《ささや》きかけた声は低い。吐息が耳朶《みみたぶ》をかすめ、どきりと、恐慌のせいばかりでもなく心臓が早鐘《はやがね》を打つ。

「あ、……そろそろかな」

「……っ、え？」

相変わらずの囁くような声ではあったが、青年の声音に少し明るいものが滲んだ。なにが、と見上げた彼の背は高い。あえて無造作に見せているのだろう、跳ねた毛先の不揃《ふぞろ》いな、けれど清潔そうな髪が精悍《せいかん》な頬をかすめる。

薄明かりの中浮かび上がる横顔の輪郭は、彫りの深さを表してくっきりと鋭角なラインだった。

「警備員、出てきた。多分もうすぐ警察も来るよ」

安堵《あんど》の笑みを含んだ声は、甘い響きで咲坂を震わせる。彼の言うとおり、「なにをしてる！　よしなさい！」という怒声と、先ほどの男の焦ったような抗《あらが》う声がしばらく続いた。

「離せーっ、チクショ……どこだぁっ！」

「おとなしくしろっ！」

わめき散らしていた男は制服を着たふたりに抑え込まれ、かなり抵抗していた様子だった。その後、これは近くの交番のものだろう警官が駆けつけて、途端に尋常ではなく抗いはじめる。

（……当たり前か）

咲坂には大丈夫だなどと言ったものの、恐らくは非合法なドラッグも所持しているに違いない。これでしばらくはこの界隈《かいわい》に顔を出してくることもないだろうと、心からの安堵の息が漏れた。

「……っと、だいじょぶ？」

安心のあまり身体の力が抜けて、眩暈を覚えた身体が崩れかける。そして、慌てたように支えてくれた腕に、無意識のままますがれば、深く濡れた吐息が零《こぼ》れた。

「おい……？」

先ほどのように、耳元で囁くような甘い重低音に、じん、と身体が熱くなる。

そんな場合ではないというのに脚の間が熱くなって、咲坂は恥じた。けれど、あの男に施された薬のせいもあってか、淫《みだ》らな興奮が次第に歯止めをかける理性をうち破っていく。

「……れたんだ」

「えっ？」

「へん……な、くすり……」

「さっきの男に？」

そう、と頷《うなず》いて見上げた先に、嫌悪の表情は特になかった。ただ、惑うような色だけが浮かんでいて、この彼もどうやら同類か、その手の嗜好に抵抗がないタイプであったことに気付かされる。

（まあ、それもそうか……）

同性相手に純粋に親切であるだけならば、あんな風に咄嗟《とっさ》に庇《かば》うような真似《まね》を見せるわけもない。彼の中で、自分はおそらく庇護の対象になるようなものに見えたのだろう。

「えっと……病院とか、行く？」

「……いや。……なあ」

背の高さと、頬の張りつめた若さに、おそらくさほど悪ずれしてもいない気配を感じた。

「きみ、が……助けて、くれないか……？」

「え、……俺？」

無意識にも気のある相手に、素直にやさしい態度をもって接する、そんな当たり前の情動を持った青年らしさを、咲坂はこの瞬間純粋に好ましく思った。

ときめくような感覚さえもこみ上げ、搦《から》め捕《と》る視線には熱がこもる。

「そう、なあ。……たすけて……？」

情欲を堪えきれない視線で搦め捕れば、すっきりとした首筋がこくりと息を飲み、無意識に咲坂は微笑《ほほえ》む。蠱惑《こわく》の色を刷いた、艶《なま》めかしいそれにかすかにたじろいだ青年の胸に、狂おしいような吐息を零せば、それだけで彼は振り払う動きを止めた。

「名前……なに？」

そろりと、背中に添えられた手のひらにさえ震え、もうもどかしいと肩口を噛めば、響きのよい声が少し戸惑いつつも問いかけてくる。

「咲坂。……そっちは？」

「——イツキ」

おそらくは五木、だろうか。口にした名も、姓を表すのかそうでないのかもわからない。

けれどそれでもかまわなかった。今この夜、一晩だけでも甘怠《あまだる》い時間を過ごす間に呼びかけるための記号が欲しいだけなのだから。

もう一度繰り返せば、まだ少し躊躇《ため》らいを含んだ仕草でも、抱擁は確かに咲坂を包んだ。

許諾をそのぬくもりに感じて、咲坂はもう一度、うっすらと微笑んだ。

＊　＊　＊

咲坂の舌が奏でる淫らな水音と、時折混じるイツキの押し殺したような吐息が絡み合う。

先ほど乱闘を繰り広げた部屋と似たような造りのホテルの一室で、しかし漂う雰囲気はまるで違っている。

部屋に入るなり、堪えきれない情動もあからさまにしがみついた咲坂を、イツキは戸惑いつつも受け止めてくれた。

「ね……まじ、病院とか……」

「いい……だって、こん……こんなの」

人に見せられる状態ではない、熱を持て余した身体をしなやかに張りつめた長い脚に擦り付ければ、イツキもあきらめたように吐息した。

「んん……っ」

忙しない呼気に乾いた唇をそっと舐められて、たまらずに吸い付いたのは咲坂の方だった。その勢いに押されたように咲坂を受け止めたまま、イツキは背中から無駄に広いベッドへと倒れ込む。

「ふ……っ、ふ、ふぁ……っ」

「ね、ちょっ……ちょっと、ま、う……っ」

奪い取るような咲坂のそれに面食らったように制止の言葉を告げられても、聞き入れている余裕はなかった。あの男の施した薬は既に咲坂の身体中を冒しているようで、感じたこともないほどの凶悪な欲望が咲坂を逸《はや》らせる。

「ほし……欲しい……っ」

虚《うつ》ろに呟きつつ、既にまともな思考の働かない咲坂はイツキの引き締まった胸板から腰、その長い手足を欲の絡みついた手つきで撫《な》で回し、誘う。

「ほ、ほしいって……ちょっと、落ち着けってあんた」

「や……っ」

しかし、余りに直接的なそれには却って臆したのか、イツキの反応はあまり芳《かんば》しくなく、焦《じ》れったいような気分に咲坂は身を揉んだ。

「なんで……っ？　たすけて、って言ったのに……！」

すがるように手足を絡みつかせれば、いいから落ち着けとイツキは身体を引き剝がしてくる。いや、とかぶりを振ってもままならない腕は振り解《ほど》かれ、望むものを叶《かな》えられない失望感に咲坂は涙ぐんだ。

「いや、助けるけど、ちょっとだから落ち着けってっ……」

「や……っ、いや、あ……っ」

かぶりを振って、ただ子供のように「なぜ」と思う咲坂は、ただもどかしさに身を揉んだ。

苦い声で諭《さと》してくるイツキの方が、本当は正しいのだとはわかってはいる。こんなあからさまなやり口では、男はその気になるどころか白けてしまうだろうことも、ほんの僅《わず》かに残る正気で理解もしていて、自分の無様さがたまらなく嫌だった。

「だって、も、俺……っ」

それでも、もう限界なのだ。硬く張りつめた性器は痛いほどにじんじんと疼き、既に下着を濡らしているし、妙なものを塗られたあの場所も、覚えのある快感を欲してすっかりゆるんでしまっている。

「あそこ、も……ぐしょぐしょ……っ」

「え、……ええ？」

ほんの少し身じろぐだけで、はしたなく濡れそぼった体内の空洞が捩《よじ》れる感覚がある。粘着質な体液を垂らして、男の形を待ちわびるように震え、痙攣を繰り返すせいで粘膜同士が擦れあうのが自分でも分かるのだ。

なにか、硬い確かなもので、このどろどろに溶けきったいやらしい場所を埋めたくて、それだけで頭がいっぱいになる。

入れてほしい、強く突き立てて、中を擦って、この甘痒い感覚を散らすように犯されたかった。

「う……んっ、んっ」

この反応が尋常でないことなどわかっていても、もはや自分でもどうしようもなく腰が揺れ、せがむようにイツキへとしがみつくしかできなくなる。もどかしさは既に苦痛に近いものへと変化し、訴える声も弱く細い、涙混じりのものにしかならなくなる。

「泣くなよ、そんな……」

「……っねが……お願い……っふ……っ」

抱きしめて、と震える指を肩にすがらせれば、押され気味だったイツキの中に同情めいたものでも呼び起こしたのだろうか。肩に腕を回され、気遣う仕草で身体を反転させられる。

「わかったよ、……ね。だいじょぶだからさ」

「ふ……っ、うっ」

「泣かなくて、いいから。助けてやるから」

深みのある、やさしい声音にそっと告げられ、汗と涙に濡れそぼった頬を大きな手のひらが拭《ぬぐ》ってくる。

「なんかもう……子供みたい」

苦笑さえも浮かべた彼は、恐らくは咲坂よりかなり年下だろうことは、声音や肌の若さからも感じられた。それでも、咲坂の薄い肩を包むような広い胸や、頬を拭う手のひらの大きさには、彼の持つ懐《ふところ》の深さと鷹揚な雰囲気が滲んでいる。

（なんだろう……）

甘やかされるままにこの胸の中でたゆたっていたいような、そんな気分で見上げれば、頑《がん》是《ぜ》ない子供を相手にするような笑みがあった。

（ほっとする……のに……胸が痛い……）

先ほどから、見つめるたびに咲坂の胸をひどく締め付けてくるイツキの顔立ちは、横顔だけでなく間近に見ても彫りが深い。くっきりと濃い眉《まゆ》の下、奥二重の黒目がちな瞳は誠実そうに澄んでいる。大振りで肉厚な口元の甘さはやや軽い印象ながら、それがともすればきつくなりがちな雰囲気の、精悍で硬質な顔立ちをやわらげていた。

「んんん……」

そのまま、泣き濡れた瞳でせがんだ咲坂に負けたように、イツキからのはじめての口づけは落とされた。餓えたように欲しがる咲坂の舌を今度は拒むこともせず、踏み込んだ先で逆にあやすように吸われて、腰の奥がじんと痺れた。

「ん！　……ん、ふ……」

互いの口の中を舐めあいながら、火照る身体をイツキの手のひらが這っていく。忙しない呼吸に膨らんでは沈む薄い胸の上を指先でつままれれば、過剰なほどに身体が跳ねた。

「あゥん！」

尖《とが》りきった乳首は既に痛いほどで、皮膚が張りつめきったそこは自ら纏《まと》うシャツの布地に擦れただけで刺激になる。ぴりりとする感覚が耐《た》え難く、子供のようにかぶりを振って服を脱がせてくれとせがんだ。

「いたい……いた、い……」

「わかったって……」

上手く呂律が回らない上にしゃくり上げ、頼りない声ですすり泣く咲坂に、イツキはあくまでもやさしかった。むずかるたびに口づけであやされ、衣服を剝がされながら手のひらで宥《なだ》められる。

「あ、うっわほんとぐっしょり……」

「や……んっ」

イツキが驚き混じりに評した通り、下肢のそれを下着ごと引き下ろされただけで勢いよく布地を弾《はじ》いた咲坂の性器は、尋常ではない量の先走りを溢《あふ》れさせていた。

腹につくほど反り返り、硬く震えているそれは、逃げまどう合間にも弾けそうなほどだった。けれど、決定的な刺激が足りないせいで放出には至らず、そのくせに萎《な》えることもできないままだった。

「ちょいこれ……先、出しとかないと」

「あ！」

いっそ哀れさを覚えたのか、焦らすことなく握りしめられて安堵のあまり甘えきった声が漏れる。擦り寄せた頬が触れたのは、こちらももう衣服を剝いだイツキの硬質な肩だった。

「あ、ふ、……あ、んっ」

ただ放出を促すような性急な指使いにさえ、咲坂は悶えた。腹の奥からわき出てくる熱いものが、今イツキの手に握られた場所を通って早く、出ていきたいとせっついている。

「あっ、あっ、あっ……ん、んー……！」

じわじわと、イツキの指先もまた濡れていく。それによってなめらかになる動きは、単純な放出の欲求を上回るような官能を咲坂に与えた。

けれど、それだけでは足りない。

「ん、んん、ね……っ」

「え？」

「ねえ、ね……、ゆ、指でいいから……っ」

自ら脚を開いて、薬物に疼かされている場所をあさましくもさらし、濡れた瞳で咲坂はねだった。

「あ……入れるの、イイひと？」

確認されれば恥ずかしくもあったが、事実なので仕方なく頷く。それでも、尻を犯してくれとせがむことに躊躇《ためら》いがないわけもなく、言い訳がましいと知りつつ言葉を繋《つな》いだ。

「さっき、ここ……なんか、塗られて……」

「あ……それで」

異様なほどのぬめりを見せた部分に指を這わせたイツキは、ふと顔をしかめる。表情だけでは、彼の中に覚えたものが同情か嫌悪かは、はかれなかったが、いずれにしろそんなことにかまっていられる状態ではない。

「痒くて……っ」

その部分が脈打って熱く、なにか違う刺激を貰《もら》えなければおかしくなってしまいそうで、いささか躊躇いがちに触れてくるイツキのもの慣れない指先を、自ら手を添えて導いた。

「あ、ひ……っ」

「――うわ」

ずぶずぶと、なんの抵抗もなく埋まっていく二本の指に、咲坂は感じ入ったような声をあげて仰《の》け反《ぞ》り、イツキは驚いたような声を出す。

「すげえ、こんな……なってんの、はじめて」

「っ……オトコ、知らない……？」

「や……なくはないけど……」

窺《うかが》うように言葉を切り、咲坂を覗き込んでくるイツキの瞳には、先ほどまでとは違う熱が浮かび上がる。戸惑いと義務感と同情の勝っていたものが、熟れきった内部を知って純度の高い欲望へと変化していく様は、咲坂のプライドを心地よく刺激した。

「く……ふ、あ……あぁっ……あ、……上手……」

確かめるような指先が愛撫の動きに変化して、性感を覚える場所に当たるよう腰の動きを変える。淫らにうねった細い身体は、抱かれ慣れたからこその艶《つや》を放って若いイツキの視覚をも煽り立てたようだ。

尖りきった胸の先を捏《こ》ね潰《つぶ》されながら内壁をやわらかく擦られ、その、ただ終わらせるためだけでない粘ついた手つきが、咲坂を高みへ押し上げた。

「あ……あっ、いっく……で、る……っ！」

弓なりに身体がしなり、たまらずに自分で握りしめた性器からは熱いかたまりが飛び出していく。かすれた声をあげしがみついた青年の引き締まった肌に、どろりとした粘液が滴《したた》り落ち、咲坂は震える吐息を零した。

「ああ……あ……」

長く堪えたせいで途切れがちの射精は、体内にこもる重苦しいような情動をほんの少しやわらげたが、少しもおさまりのつかない身体に、やはりこれが普通の状態ではないことを知る。

指をくわえ込んだままの腰の奥は、物足りなさを訴えて収縮を繰り返し、もっと違うものをよこせと叫んでいた。

イツキは、官能に浸ったまま浅い吐息を繰り返す咲坂の上に覆い被《かぶ》さり、そっと窺うように覗き込んでくる。

「……どう？」

「ん……少し楽になった……」

汗に濡れた頬を拭ってくる指先、労《いたわ》るようなその触れ方に、気のやさしい男なのだと素直に感じた。

行きずりの即物的なセックスに慣れきっていた咲坂にとっては、どこか気恥ずかしいまでに甘く触れられ、先ほどの男とは天と地ほどの差があるとしみじみ思う。

「ありがと……」

心地よい安堵感に身を委《ゆだ》ねる咲坂の声はまろやかになり、自然と感謝を表した言葉と表情は、思うよりもひどくやわらかなものに変化した。

「……っ」

「ん？」

驚いたように目を瞠《みは》るイツキに、どうかしたのかと無意識に微笑んだまま目顔で問えば、身体の高揚とは違う意味で顔を赤らめた青年は、かすかに口ごもった後に呟くように言った。

「や、なんか……こんな顔だったんだな、と思って……」

「なに……」

照れたように告げるそれに、咲坂は微《かす》かにくすぐったさを感じて苦笑した。確かに、出会い頭からひどい顔ばかり見せていたとは思うのだ。

泣きわめく様や、恐怖に歪んだ表情でねだり倒して、勢いに押されるままとはいえこんな場所まで、よく引きずり込めたものだと思う。

あらためて検分されて、しかしふっと小さな不安はよぎる。

「……こういう顔、……キライか？」

揺れる声音で問いかけてしまったのは、あの男に侮蔑を込めて吐き捨てられた言葉のせいだったろう。

（トシ食ったオカマ野郎がぁっ――！）

いきり立った男の罵声は、苦く咲坂の胸を疼かせた。容色は、どうやっても年を経れば衰えるし、若いつもりでいても以前より声をかけられることの少なくなった自覚はあるのだ。

しかし、イツキはただかぶりを振り、言葉はないままに咲坂の細い輪郭を指先で辿ってくる。声にならない讃辞をそこに教えられ、口《こ》づけに色づいた唇は弓なりにほころんだ。

己を知る分傲慢になりきれず、それでも媚びるのはプライドが阻んで許せない咲坂にとって、くどい上っ面の言葉ではなく、ただ熱っぽく見つめてくるイツキの視線はたまらなかった。

（……雲泥の差だ）

頬をかする爪の感触に震えれば、あのどうしようもないハプニングの代価として得たイツキとの夜は、咲坂にとって満たされてあまりあるものに変化する。

「……あっ」

「ふ……」

重なった身体の変化を、腰に当たる感触で知って咲坂は薄く笑った。イツキがこの場所をこじ開けたがっている事実だけで、ぞくぞくと背中が震えるほどの快感を覚え、たまらずに舌なめずりをしてしまう。

指を伸ばし、彼の躊躇《ちゅうちょ》を表して着衣のままだった長い脚に触れる。粘ついた手つきで内股を撫でれば、その間にあるものがきつく強ばるのを知った。

これに触りたい、と咲坂は思った。唇で触れて、舌先で味わうように転がして、久しぶりの誠実なやさしさをくれた青年を悦ばせてやりたくて、干上がったような喉を鳴らしてしまう。

（どうかしてる……）

さほど奉仕するセックスが好きでもないたちであるはずの自分を訝《いぶか》しく思っても、それももう欲情という霞のかかった感情の前には霧散する。

「……ここあけて……」

「あ……」

いっそこれも薬のせいだろうと開き直れば、常にないほどに甘い、誘う声音がこぼれ落ちた。

「ね。……」

思わせぶりに唇を開き、舌の動きを見せつければ、ぶるりとイツキの肩が震える。それでも咲坂の中に沈ませた指を逃がすのは嫌だったので、彼の片手と咲坂の指で硬いジーンズのホックを外すのが、ふたりの最初の共同作業となった。

前立てを押し開き、ボクサーショーツを引き下ろせば、イツキのそれも既にぬめりを帯びていた。目《ま》の当たりにした、蒸れた熱気を帯びる若い性器に、咲坂の喉が鳴る。

「んふ……っ」

ジーンズを半ば引き下ろした腿の上に身体を乗り上げ、ぬるみを帯びた最奥を指に犯されながら、堪えきれないというようにしゃぶりついた咲坂を、もうイツキも止める気はないようだった。むしろ咲坂の口淫が深くイツキを飲み込むごとに、愛撫も濃厚で容赦《ようしゃ》のないものに変わっていった。

「ふぁ……ん、んっく」

「……っ」

発熱したようなそれを唇であやしながら、いつものように上手く動かせない舌を咲坂はもどかしく思う。

「んんっ、んんっ、ん！」

あの男の言ったことは、そして嘘《うそ》ではなかったのだと知る。イツキの指は長く、しなやかに見えるがそれは全体のバランスの話で、それぞれは結構しっかりとした量感があった。本来ならばこんな風に、いきなり何本も含まされて自由に動かすことなど、たとえ慣れてはいてもつらいところもあるはずだ。

「なあ……なあすっげえよ……すげえやらかい……」

「あああんんっ」

興奮を抑えきれない口調で告げたイツキの言う通り、ほころびきった咲坂の粘膜はいささか乱暴な指使いのそれにさえ応えて従順に形を変えた。そのくせ、だらしなくゆるむほどには至らず、その微妙な締め付けがイツキの若い情欲をそそったようだった。

「ひぃ……っあ、あ、あ、あ」

後ろを探る指とは別の手が、咲坂の乱れた髪を梳《す》き上げる。耳の裏に這わされた長い指に震え上がれば、そのまま窪《くぼ》みの中をくすぐられ、全身が総毛立った。びくりと身体が反って、くわえていたそれと咲坂の唇の間に唾液が粘った糸を引く。

「んふ……ぅ、ふ、うっ」

汚れた口元にかまわず、そのまま顔を上げさせたイツキはやや乱暴な所作で唇を重ねてきた。顔の角度を変えては何度も薄い皮膚を擦り合わされ、忙しない吐息が互いの顔にぶつかって跳ね返る、その息苦しささえも熱を下げることはなかった。

獣のような息遣いで口づけを交わす間に、言葉もないままほっそりとした咲坂の腰は抱き寄せられた。仰向《あおむ》けに転がされた身体にジーンズを蹴《け》り脱いだイツキが覆い被さってくる。

「イツキ……して、……そこ、そこいじって……っ」

首筋に噛みついてきたイツキの手のひらが胸を這い、先ほどからずっと痛み続けている胸の先に触れた瞬間、嬌声《きょうせい》混じりの懇願が咲坂の唇からこぼれ落ちる。

「ここ……？　ねえ、こう？」

「んっ、ん……そっ……ああっ」

咲坂の淫蕩さに巻き込まれたように、イツキの声ももう余裕などありはしなかった。それがひどく嬉しく感じられて、両手に包んだ精悍な頬に伝う汗を舐めた後、吸って、と尖りきって赤い乳首へその唇を押しあてる。

「……あんたのココ、やらしいカタチしてる……」

咲坂自身、自分のそこが男の胸にしては少し大きめで、見るものにとってはひどく卑猥な印象のあることも自覚していただけに、肌の上に直接響く囁きに身悶えてしまう。

「ああ、ああっんっ……！」

舌の先で触れながら、イツキは卑猥な笑いを含んだ声で咲坂の小さな隆起を食《は》んだ。指摘された部位は感じやすく、舌先で掘り起こすようにされるとすすり泣くような喘ぎが漏れていく。

「ん、あっそっ、……いっぺん、……やっ」

乳幼児が乳を吸うような動きで何度も吸い付けられ、指の先まで痺れながらまた、腰の奥を指先がかきまわした。薬のせいなのだろうか、女のように濡れたそこはイツキの指にぬらぬらと絡みつき、襞《ひだ》を押し広げるようにされれば悲鳴じみた声さえ出てしまう。

「ねえ……もう、……いい？」

「あっ、あっ」

入れていいかと問われ、一も二もなく頷いた。欲しているのは咲坂の方で、こんなにされてから了承を取られても、その間さえいっそ焦らしているようで苦しい。

「はや、く……はやく……っ」

足を開き、ひくひくと痙攣するその場所を差し出せば、従順な仕草にイツキは獰猛《どうもう》に笑った。卑猥と言ってもいい表情であるのに、彼の持つ清潔感はそれをいやらしくは歪ませず、ただこの男に貫いて欲しいという欲求だけを咲坂に覚えさせる。

「あ――……は、あっ！」

「ふ……っ」

脚を抱えられ、待ちわびるそこにイツキが触れた瞬間には、感覚だけが先に極めた。凄《すさ》まじい痙攣を繰り返す粘膜に、力強く押し入ってくるものの感触に脳の奥まで痺れるようだった。

唇で触れた形に自分の内部が広げられ、添うようにぴたりと巻き付いた肉が、この熱を好ましいと悦んでいるのがわかる。

「……ね、え……んな…しないで……っ」

脚を絡め、抽挿をせがんで自ら腰を突き出し揺らして、まるで吸い込むようにする咲坂の身体の反応に、イツキは悔しげに唇を歪める。

「んんっ、あんんっ……」

「俺、こんな……やばいって……っ」

「や、やっ、……抜いちゃ、や……！」

背中を震わせ、長い髪を振るった後にきつい視線を咲坂に向けたイツキは、逃げるように腰を引いた。ずるり、と抜け出していく心地よいものの感触に、咲坂は涙混じりに追いすがろうとする。

「——……っあ、ああ！　ひ、いっ！」

しかし、待ってと腰を揺らした瞬間には重い突き上げを与えられ、足の指先まで反り返らせた咲坂はその瞬間また逐情した。

噴き上げた体液はイツキの腹を濡らして滴り落ち、そのせいで余計にぬめった肌の感触に押し潰され、終わることのない絶頂感についに怯《おび》える。

「いあっ、いやぁっ、ああ……っ！」

「は……っ、あ、……」

泣きわめく身体を押さえつけられ、強引にイツキは腰を使ってきた。

「んん、またいく、また、イっ、んっ」

「イイ？　……ねえ、これいいの？　ここ……また濡れてきてる」

「いやっ、やっ……」

肉の薄い尻に腰骨が当たり、ひたひたと濡れた肌のぶつかる感触と、それ以上に滴るほどにぬめった場所を引きずられるような激しい抽挿に、咲坂は髪を振り乱す。

「ごめ、……痛い？　ごめん……っ」

謝りつつ、イツキは身体をぶつけてくる。止める気がないからこその謝罪に、普段の咲坂なら勝手をするなと言ったところだろうけれども、耳元に零されるその声音にさえ胸が痺れ、どうかしていると思う。

脈打つ身体が、イツキのそれをすすりあげるように食んでいる。もう自分でも止められないような淫らに過ぎる反応に、ふと恐怖に似たものを感じてそそけ立つ頬を嚙まれた。

「あんっんっ、い、イツキ、いつきっ、……こわ、いっ」

「だめ……とまんな……っ」

怖い、と泣きながら、うねうねと腰を回しているのは咲坂の方だった。闇雲に身体を走らせてくるイツキを受け止めて、痛むどころか更に溶けていく自分こそが恐ろしいと、泣きじゃくりながら広い背中に爪を立てる。

「やべ……いきそ……っ」

「いっ、いって、……ね、も……いって……っ！」

小さな痛みさえもイツキの中の性感を煽ったのか、耳朶に噛みつくようにして呻いた言葉に、手足を絡みつかせて揺さぶられるまま咲坂も答えた。達したまま戻らない感覚は鼓動の速さをもの凄《すさ》まじい勢いで跳ね上げ、呼吸さえもままならなくなっていく。

「も、死ぬっ、あっ、……！」

「……っく！」

許して、と泣きながら、また両胸をひねり上げられて咲坂は叫んだ。瞬間、ぶわっと身体の中になにかが流れ込んできて、その放熱を受け止めきれずにがくがくと腿が痙攣する。吐精の間中、抉《えぐ》るように腰を揺らしているイツキの身勝手な動きさえ、どうしようもなく咲坂を感じさせた。

「う……っ、う、うっ」

じゅくじゅくと爛れたような場所から、溢れ出てくる体液のぬめりが肌を伝い、その感触にも震え上がった。

「咲坂……さん？」

肩で息をしたイツキが、荒《すさ》いだ呼吸もそのままにそっと、はじめて名を呼んでくる。躊躇うようなその声に、深すぎた快感のあまりの緊張がほぐされ、咲坂は子供のようにしゃくり上げた。

「ごめ……俺、ぶっとんで……痛くした？」

「ひっ……う、んんっ……」

痛み、と言われればそうだったかもしれない。薬物のせいなのかイツキのせいなのかはもはや咲坂にはわからないけれど、快いのを通り越して苦しいほどの体感は、神経が焼き切れるほどの凄まじさだった。

高ぶった身体に引きずられた感情は、ただ甘く苦しいようなせつなさを咲坂にもたらして、自分でも理由がわからないまま涙が止まらない。少しだけ、そんな咲坂を持て余したような吐息をイツキが零せば、そんな些細《ささい》なことさえも胸を狂おしく締め付けてしまう。

「……あ、……や……っ」

「え？」

そうして、もう一度「ごめん」と告げた彼が身体を離そうとした瞬間、怯えていたくせに咲坂の腕はそれを引き留めてしまう。自分でももう、なにを思っているのかどうしたらいいのか分からずに、ただ甘えるようにその肩に額をつけて、泣き濡れた頬を擦り付けた。

「……大丈夫？」

躊躇いを隠せないイツキの声が、それでも宥めるように髪に触れ、それだけであっけないほどに先ほどまでの恐慌が去るのを咲坂は感じる。

（なんなんだろう……）

行きずりの、ただ快楽を追うためだけの相手に、こんな風に甘えかかった仕草を見せたことなどなかった。ドライに楽しんで、去り際もあっさりと終わらせるのが自分のスタイルだと信じていた咲坂にとって、この見苦しいまでの状況は耐え難く感じられる。

（薬の……せい？）

泣きわめいて闇雲に混乱して、こんな自分がどうかしているとは思っても、背中を撫でてくるイツキの手のひらが心地よいことだけは否めない。

何度も、あやすようにそこかしこを撫でられ、ほう、と零れたため息が汗に湿ったイツキの胸板を滑り落ちた。ようやく落ち着きを取り戻し、気まずさと共に赤い瞳で見上げた先には、ただ気遣わしいような表情がある。

もう一度安堵の吐息が零れ、そこで咲坂は、自分がこの青年に呆《あき》れられたり、軽蔑《けいべつ》の眼差《まなざ》しで見られることにひどく怯え、また恥じ入っていることを知った。

（どうして……）

今さら、恥もなにもない。男に騙《だま》されて薬を盛られ、助けられたあげくに強引に誘った尻の軽い年上の男だ。嘲笑《あざわら》われても仕方ないような情けない有様で、それなのに。

「……落ち着いた？」

おずおずと見つめた先、眩《まぶ》しいようなやさしげな表情で微笑まれて、柄にもなく胸がときめいてしまう。

（ばかな……）

ついぞ覚えのないような甘ったるい感情に戸惑ったのは咲坂のなけなしの理性だけで、いまだ感覚に溺《おぼ》れたままの身体はその制止もききはしない。胸の奥から溢れる温かな、体感からだけではない快さが、濡れた肌をさざ波のように震わせた。

「――……あ」

もっとも敏感な場所は言うまでもなく、身の裡に取り込んだままのイツキのそれを反射的に締め付け、咲坂は羞《は》じらい、イツキは少し驚いたように声をあげた後、くすりと笑った。

「……もっと？」

「や……」

「うそ」

欲しがってる、とまた身体を揺らされ、いや、とかぶりを振ったその仕草も声も、艶めかしく揺らいでただイツキを誘った。

「いや……いや、いれ、ないで……っ」

「俺の……離さないの、そっち、じゃん……」

「あんっ、そ……ぐちゅって、あ……っ！」

おさまりかけていた身体の熱は、イツキが軽い抽挿をもたらしただけであっけなく蘇《よみがえ》る。このきりのなさは、いったい薬のせいなのかそれとも、他のなにかが要因であるのか咲坂にはわからない。

(他……って)

なにがあるわけでもないのに、と思えば少しだけ胸の奥が冷たく、瞬間的に感じた肌寒さを誤魔化《ごまか》すように、イツキの張りつめた肌に身体をすりよせた。

(そうだ、どうせ……)

乱れた呼吸と身体を粘膜で混ぜ合わせながら、切れ切れの声をあげつつ咲坂は思う。

(このまま……もう会うこともない……)

一晩限りの関係ならば、欲しいだけ貪《むさぼ》って、痴態の限りを晒《さら》してもいいだろう。大胆に身体を開きながらもどこか苦い、そんな感傷めいたものなど元より持ち合わせてもいない。

「イツキ……っ」

名前しか知らない男のことなど、今までのようにきっと次の相手が見つかる頃には忘れている。

そう思いながら、どこかもの悲しい響きで彼の名を口にする自分の胸の奥が、小さな痛みを訴えていることに気づかないふりをする。

薄い鋭利な刃で、皮膚一枚を微かに傷つけられたようなその違和感。血を流すほどでもなく、けれどすぐにも破れそうな甘皮が、脈を打つ肉の呻きにひりひりと張りつめる。

小さな衝撃だけで破れ落ちるかもしれないささやかなその恐怖を知りたくないと、咲坂は与えられる腕に溺れることに努めた。

見つめてくるイツキの眼差しの中に、自分と同じ揺れを感じるのが、どうしてかたまらなく、せつなかった。

＊　＊　＊

ひどい頭痛に苛《さいな》まれながら目を覚ました咲坂は、それが自宅のマンションの一室であったことにほっと息をつき、出勤まではまだ後三十分ほどの余裕があることを時計の針に見て取って、重鈍い頭をもう一度枕に沈めた。

月曜の朝、体調は最悪だ。それはあの週末、金曜の夜が要因であるのは否めない。

得体の知れない薬を飲まされた上、見知らぬ若い男と年甲斐《としがい》もなくハードなセックスをして、空が白むような時刻まで延々情欲に耽《ふけ》っていたのだ。

恐らくは薬の後遺症であろう、頭の芯《しん》に針を刺されたような痛みが抜けず、また逆に薬効の切れた身体は、無茶をしたツケを払えとばかりに関節や筋肉を軋《きし》ませている。

気が逸るあまり、避妊具をつけさせるのを忘れたまま何度も腹の中に射精を許したせいで、腹具合もあまり芳しくない。

「……っ、いた……」

それでも、今日は休むわけにはいかないのだと、昨晩ざっと目を通したまま放り出してある書類が視界の端に映り、咲坂は重く吐息する。

ベッド脇《わき》のローテーブルに積みあがったそれは、今日から始まる教育実習生の担当カリキュラムと指導内容のレジュメだった。

例年、この六月と秋口には訪れる恒例行事ではある。それでも指導教官を担当するのとしないのとでは、仕事の量があまりにも違う。

「面倒くさい……」

担任を持たない咲坂は本来、べた付きでそれらに関わるわけではないけれども、実習生のうちひとりが咲坂の担当する数学を受け持つことになっており、勤続六年目の咲坂にとっても勉強になるからと、授業のいくつかのマスを指導することになっていた。

実習生は合計で六人。リストに列挙された名前を痛む頭で眺めながら、自分の担当する実習生の名をなんの気なしに呟く。

「……なんて読むんだ、『コウジマ』?、……これは『サイ』、か……?」

鴻島《こうじま》、斎。

やたらややこしい字面の上に、劣化したコピーで回ってきた書類の文字は潰れ、読みにくいことこの上なかった。

「まあ、いい……」

学校に行けば分かることだと頭を振れば、鈍い脈がこめかみを打つ。奥の歯を嚙んで堪え、どうにかすっきりさせなければとシャワーを浴びにベッドを抜け出した。

婿態を晒した夜の記憶は、腫れたような違和感を感じる下肢の奥と、いまだ燻《くすぶ》る痺れるような余韻《よいん》になかなか薄らがない。

しかし、久方ぶりの強烈さだったセックスの相手とはやはり、セオリー通りあれきりのこととした。

(——……違うな)

内心で自嘲し、あれは逃げたのだと咲坂は臍を嚙む。今までの相手のように、すげない言葉で終わりを告げることもなく、笑いあって別れたわけでもない。

きちんとしたさよならも、助けてくれた礼も告げないで、朝になって眠る彼をホテルに置いたまま、怯えた顔を背けた自分は部屋を抜け出したのだ。

「イツキ……」

繰り返し、舌の上に転がした名前を紡げば、ぶるりと肩が震える。あの夜から、このわけのわからない動揺がずっと胸の中に巣くっていて、落ち着かない気分がたまらなく不快だった。

イツキの名を呼ぶたびに、心臓の奥が奇妙にしくしくと痛み、その感覚が苦手だと思った。

これはよくない。今までに知らないものが、自分を縛《いまし》めそしてずたずたにしてしまうと、ただ闇雲にそんな恐怖に怯えて逃げたのだ。そうしなければ、なにか危ういものに捕らわれてしまうような予感が、咲坂をどこまでも臆病にさせた。

そしてもう、会うこともない。だからこんな不可思議な揺らぎなど、もう覚えることもないはずなのに、数えて三日目にもなる朝、相変わらず彼の残した指痕を見ては視線を揺らがせる自分がわからない。

「……くだらない」

いい年をして、なにを甘ったるい感傷に浸っているのかと、自分に呆れるような気分で呟き、手荒に髪と身体を洗い流す。

もうあの記憶は、忘れてしまうべきなのだ。月曜日、白々とした朝の中、咲坂暁彦という個人ではなく、「先生」という肩書きを持った教育機関の歯車のひとつになるのだと、誰にともなく言い聞かせる。

教師に個性はいらない。生徒に必要以上の情などかけても、三年単位で繰り返し繰り返し入れ替わってくる彼らは、毎度パターンは違えど同じようなことで躓《つまず》いては勝手に立ち直り、大人に八つ当たりするのが自分の仕事だとでも思っている。

そうしてさんざん迷惑をかけては、卒業の日にこちらのことなどあっさり忘れて去っていくのだ。

傲慢な若者に本気で付き合っていては自分が潰れてしまうことは、周囲にいる、かつては熱心だった先輩教師たちの疲弊で知っている。

元より、教育に夢など微塵《みじん》も持っていない咲坂にとっては、その疲弊こそが理解できない。人は不思議だ。他人の情というものを無意識に期待して、それが得られないことに激しく落胆したりする。本音の部分を剝き出しにすれば臆して、もしくは嫌悪して逃げ出すくせに、心を開いてくれないと嘆いてみたり。

都合のいい、気持ちのよい部分だけを知っていたければ最初から、深入りなどしなければいいのにと、昔から咲坂は不思議だった。いずれにしろ、生の部分で接した人間が、自分の期待するやさしい部分ばかりでないことなどわかりきっているのに、どうして皆「自分に都合のいい真実」を欲しがるのだろう？

たかだか人間で、情愛で、恋愛だ。心地よいところだけ欲しいのなら、それ以上関わることを最初からやめればいいのだ。

取り繕いスマートに、そつなく。

授業料に反してさほど高くない偏差値の生徒たちは、案外かわいいものだ。きれいに微笑んで内心を悟らせず、丁寧《ていねい》に接してさえいれば、笑って懐いてくれる。

ごくたまに勘違いするバカはいたところで、あしらえないこともない。いずれにしろ三年限りの付き合いで、熱病のような十代の恋愛を躱《かわ》してやり過ごせないほど、強く思いこまれたこともない。

シャワーを終えて髪を整え、スーツに身を包む頃には、普段の隙《すき》のない自分の姿が出来上がり、そのいつもどおりの姿にどこか安堵さえも覚える。

きつく結んだネクタイをピンで留め、その奥で小さく疼いたあの青年の記憶などは、鏡の向こうに映る端正な、しかしどこか冷淡な表情の中には、どこにも見つけられなかった。

これで、日常がはじまる。ふっと無意識に笑んだ咲坂はしかし、この時にはまだなにも、わかっていなかった。

今まで関わった男の記憶など、あっさりと塗り替えてきた咲坂が、こんなにも忘れようと努めるほどに、ひとりの人間のことを気にかけている。

それがどうあっても、イツキを忘れきれない事実に目を瞑《つぶ》るための自己防衛に過ぎないことも、愚かにも彼は気付くことができなかった。

＊　＊　＊

着慣れないスーツが気になって襟元に長い指を入れた青年は、いつもの癖でうっかりと整えたばかりの髪を手櫛《てぐし》で乱しそうになり、舌打ちをしてその腕を引っ込めた。

「鴻島、なに緊張してんだよ」

「うっせえ」

普段は無造作に、不揃いな髪を跳ねさせているワイルドなヘアスタイルなのだが、さすがに初の教育実習第一日目で、そんなふざけた頭をしているわけにもいかない。

実習先が女子校というのも、鴻島斎《いつき》の緊張に拍車をかける。隣に立つ同じ大学の山岡《やまおか》は女子高生の群に鼻の下を伸ばしているが、妹がちょうど同じ年頃で、現役女子高生の恐ろしさを知る鴻島にとっては可愛らしいリボンのついた制服を膨らませる胸や、プリーツのミニスカートから伸びる眩しい脚も、どこかしら興味をそそられない。

実習生用に用意された準備室は、板に付かないスーツ姿の男女取り混ぜて六人を押し込めるには少しばかり狭く、また久方ぶりの「教室」といった雰囲気の部屋が、緊張に拍車をかける。山岡の軽口にしても、実はこれからはじめて経験する実習に対して落ち着かない自分をなんとか宥めようとしてのものだろう。

そわそわとする面子《メンツ》を気のない顔で眺め、おそらくこの中で一番浮ついているのは自分だと、鴻島は吐息した。

（んーな場合じゃないってのにさ……）

それというのもつい先日、ナンパしたというかされてしまった、年上の男のことが頭から離れず、柄にもなく胸がせつなくて参っているのだ。

はじめはただの酔っぱらいかと思った。そして、鴻島のバイトするライブハウスの前にはそんな客は毎晩のようにうろついていて、それらの残していく吐瀉物《としゃぶつ》やトラブルには、慣れきって驚きさえも覚えないのが実際だった。

渋谷の近辺では物騒な出来事も多く、テレビのニュースに取り上げられないまでも、下手な同情心を出せばろくな目に遭《あ》わないことなど、あの街では常識だ。

しばらくは様子を見るだけにしておいた。玄関口からすぐの受付カウンターに座っているのが鴻島の仕事で、あがりの時間近くになって道ばたに蹲る酔漢は迷惑なだけだと思って、ただ眺めていたのだ。

厄介なと思いつつ帰り支度を済ませても、男は動く気配がなかった。一目でなにか起きたのだとわかる乱れた衣服をかき合わせ、細い肢体を小さく丸めて怯えるように周囲を窺う表情は、草食動物のように哀れに弱々しかった。

多分、見た感じからして鴻島よりも五つ六つは年上だろうと感じたが、いい大人がそんな風に怯えている姿というのはあまり見ていて気持ちのいいものではない。最初はだから、どこかに去ってくれと言うつもりだったのだ。

それなのに、うっかりと自分から声をかけてしまったのは、泣き濡れた顔立ちがあまりに哀れで、そして寂しそうに見えたせいだった。痛々しい、赤い瞳にすがられて、助けてと心許なく震える指先にシャツを摑まれて、離せと振り払うことができるほどには鴻島の神経は太くない。

見た目はどちらかといえば怖そうなのに、案外に人がいい、と友人たちに苦笑されてしまう自分を知っていて、そんな甘さを少しだけ苦くも思うけれども、これは性分なのでしかたがない。

咲坂と名乗った青年は本当に可哀想なほど怯えていたし、なめらかな頰には滂沱《ぼうだ》の涙が伝っていた。よれてしまった衣服には暴力の跡だろう汚れとほつれがあって、もとは質のいいシャツだったろうに随分《ずいぶん》無惨なことになってしまっている。

(美人……だったし)

そしてなにより咲坂は顔立ちがとても、きれいだったのだ。思わず鳥肌が立ったほど。

優美なラインの輪郭は美しく、虚ろな視線で見上げられた瞬間にはくっきりとした二重の瞳に吸い込まれていくかと思った。シンメトリックな細い面《おもて》は、好みの差はあれどもおそらく彼を知る八割の人間は称賛の言葉を述べるだろう。

鴻島自身の性癖としては、ホモセクシュアルだという自覚は薄かった。しかし、適当に遊び歩くうちに、好奇心でちょっと小綺麗《こぎれい》な青年に誘われるまま寝たこともある。

一目で、咲坂がその種類の人間であることは察した。その手の連中は男に対して向ける眼差しの熱量が普通ではないから、見慣れていればすぐにわかるのだ。

（やばい、とは思ったんだよなあ……）

厄介さはこれで倍増しになって、正直、逃げようかと思わなくもなかった。しかし、もうここまでくればと追ってくる男から咲坂をかばい、腕の中でしゃくり上げられた時には、どうにかしてやるほかないだろうとあきらめもついた。

薄い肩や、震えている細い指先の頼りなさに、暴力にはてんで縁のない人種だということは見当がつく。目の前で殺されでもしたら寝覚めは最悪だとその身を隠してやったのは、実際にはこの界隈ではトラブルが多いため、警備員や警察の目が光っていることを知っていた強みもあった。

そして案の上、すぐに暴れた男は連行されていったのだけれど、もう一つの厄介さは咲坂自身だった。

あれは誘われたなどという、生やさしいものではなかったと思う。ただ哀れに震え泣いていた表情が、安堵と共にゆるみ、そして鴻島に対して艶めかしい仕草で身体を預けてきた瞬間、悪寒に似たものさえ覚えて焦った。

（――イツキ……）

薄暗い路地、街灯の黄ばんだ明かりの下でさえもぬめるような青白い光沢を放った、咲坂の小さな顔。濡れて赤く光る、小さな唇が自分の名を呼んだ瞬間、ふつりとなにかが切れてしまった。

気付けば、ホテルの中にいて、求められるままに尋常でなく高ぶった身体を慰めてやっている自分がいた。

（……強烈、だったもんなあ）

舌を舐めあいながら、恐ろしいほど心地いい、濡れそぼった咲坂の中に沈み込んで、ただ腰を振りたくった。クスリを使われたという咲坂の乱れ方も異様ではあったが、その妖《あや》しさに鴻島も巻き込まれたようだった。

おかげでもう、出すものがないと言うほど挑まされ、立っているだけでも腰が怠くて仕方ない。それなのに、残響のように、耳元には咲坂が叫んだあの甘美で艶やかな嬌声が響いていて、ふと気を抜けばまた身体が熱くなってしまいそうだ。

（もう、会えない……よなあ……）

愛撫や仕草で、抱かれ慣れた身体だということを嫌と言うほど思い知らされた。手玉に取られているような悔しさを覚えながら、ふとした瞬間にはひどく無防備な笑みを浮かべるから、なんだか胸が締め付けられた。

（尻軽そうだったもんなあ……）

男に騙されたと言っても、咲坂の様子からいってどうやら半ば合意の上でついていったらしいことは見当がついた。そして呆れもした。

実際鴻島自身、彼にとっては見知らぬ他人同然だ。そんな風に簡単に、知らない男と寝るような相手なのにと、うっかりときめく自分がばかだとは思っても、なんだか可愛いと思ってしまったのは否めない。

そうして胸にこみ上げたわけのわからない愛《いと》おしさのままに、随分熱っぽく、長く時間をかけて睦み合う中で、慈しむように頬を撫で、肌を啄《ついば》んだ。

腰が蕩《とろ》けるようだった快感は、決して雰囲気に飲まれたせいばかりでもないような気がしているのは、鴻島だけだろうかと思えばやるせなくもある。

（多分……遊びだったんだろうなあ）

証拠に、目を覚ませば、咲坂は言葉もないままに消えてしまった。薄情にも、ホテル代とおぼしき数枚の紙幣だけを置き去りに、もぬけの殻のベッドの上で、なんだかもの悲しくさえなってしまって、今日になってもブルーな気分は抜けてくれない。

咲坂という名前にしても、本名だったのかもわからない。抱いて揺さぶった細い腰も、絡みついてきた甘い粘膜も、どうしようもなく鴻島を虜《とりこ》にしたのに、つれなく乱れたシーツを残して去った薄情な相手に、怒りに似たものさえも覚えている。

（抱いて、って言ったのはあっちなのに）

助けてとすがって、ここに入れてと泣きじゃくって、言葉の通りにあやしてやれば、いいいいと甘ったるく喘いで背中に爪を立てたのに。

身体が満たされれば用なしかと、一泊分の料金よりも少し多めなその金を握りしめれば、なんだか援助交際でもしたような気分で、情けなかった。

「——……うあ、職員室行けってさ」

「きんちょーするー」

吐息して、ふと周囲の話し声が耳に入ってきたのを機に、自分がどこにいるのかを思い出して鴻島は苦く笑う。

「うっし、行くべ」

あきらめたような吐息がまた零れて、随分と長身の青年をふてぶてしく見せた。けれどそれが、二度と会うことの叶わないであろう、強烈な、一晩限りの相手を忘れるための諦念の吐息だと気付いたものはなく。

また鴻島自身、この数分後に思いも寄らない再会が待ち受けていることを、知る由《よし》もなかった。

＊　＊　＊

職員室に入るなり、鴻島はそこに思いがけない人物の姿を認め、大きく目を瞠った。それは相手も同じだったようで、信じられない、というように端正な顔を強ばらせている。

「——……というわけで、彼らが今期の教育実習生です。左から、付属であるS女子大の坂本《さかもと》さん、永原《ながはら》さん、続いて姉妹校付属のH大から、山岡くんと、鴻島くん、そして……」

教頭のくぐもった声で順に紹介されていく中、一人一人会釈《えしゃく》するように頭を下げる中で、鴻島だけはぼんやりと突っ立ったままだった。

「おい……」

隣にいる山岡に脇腹をつつかれ、慌てて頭を下げた後、もう一度、見間違いではないことを確かめるように目を凝《こ》らせば、強ばった表情で俯く咲坂がいた。

（うっそ……）

こんな偶然はありか、と驚いている鴻島の耳に、さらに驚くべき言葉が飛び込んでくる。

「で、こちらが……数学担当の咲坂暁彦先生です。今回は、鴻島くんの指導に当たって貰います」

（えっ!?）

思わず声に出して驚愕《きょうがく》を表しそうになったが、すんでの所で場所を思い出して堪えれば、咲坂はもごもごと気まずそうに「よろしく」と頭を下げた。

青白い頬に浮かぶ、頑《かたく》な拒絶の気配にそこでようやく気付いた鴻島は、いささか気分を害しながらも、仕方がないことかと自分を納得させるべく胸の裡で繰り返した。

（センセイ、だったんじゃあな……）

あの晩の醜態をさらした相手に指導するとなれば、やりにくいことこの上ないだろう。この事態は咲坂にとってはあまりに有り難くない偶然でしかないはずだ。

職場にはきっと、自分の性癖は隠しているだろうし、厄介この上ない状態になったと思っているのは、落ち着かないままうろうろとする目線が物語っている。

（それにしたって、あんな顔しなくても……）

喜べとは言わないし、驚くのもわかるけれども、あまりにもはっきりと困惑を浮かべる咲坂に、あまりいい気分にはならない。こちらとて全く突然の出来事で、驚いているのは同じなのだ。

後で、話をしておいた方がいいんだろうなと嘆息して、一通りのレクチャーが終わるまでのじりじりとした時間に鴻島は耐えた。

そして、ほんの少し余りにつれない顔をする咲坂に向かって、不当を訴えるように視線を投げて、「ひどいんじゃないか」と訴えた――つもりだった。

しかし、この一瞬のアイコンタクトが、鴻島にとっての失敗だったのかも知れない。咲坂はその眇《すが》めた瞳に対して、ただ怯えたように肩を竦め、目を泳がせるだけだった。

（みっともねえの……）

そのあからさまなうろたえ方には鴻島はただ呆れてしまい、精悍な頬を固く強ばらせ重い吐息を零すしかできない。失望に近い気分がこみ上げ、先ほどまでのどこかふわふわとせつなかった高揚は霧散して、ただ情けないなと思う。

微かな怒りさえ感じて、じろりとその高い視点から睨み下ろすようにすれば、そのきつい表情はますます咲坂を追いつめたようだった。

理不尽を感じた鴻島の感情は、確かに間違ってはいなかっただろう。

けれど目の前のハプニングで怯えきった咲坂もまた、彼自身いまだ整理のつかない感情に揺れていたせいで、どうしようもなく不安定に神経を尖らせていたことなど、鴻島にはわかるわけもない。

一通りのレクチャーを受けたところで、この日はまず実習生全員を生徒に顔合わせするため、週明けの全体朝礼での挨拶《あいさつ》に向かうこととなった。その後もあちこちのクラスで授業の見学となるため、咲坂と個人的に話をするにはどこかで時間を見繕うしかないようだ。

しかし、細い首筋をうなだれさせて鴻島と目を合わせようともしない咲坂の様子を見ていると、いちいち話しかけるのも億劫な気がしてきてしまう。

あの夜、乱れた呼吸を絡み合わせた瞬間には、相手のなにもかもがわかったような気分がして、愛おしささえも感じたのに。

白日の下に映る互いの姿は、まるでちぐはぐで、やるせないような痛みだけが胸の奥をじくじくと苦しめる。

息苦しいこれは、慣れないネクタイのせいなどではすでにない。

言葉を交わす前から知らされた、咲坂の矮小《わいしょう》さとそして、失望を覚えながらもそんな彼を見切れない自分の未練に気付かされたからなのだと、鴻島はもう何度目か分からない胸苦しい吐息を、重く零した。

＊　＊　＊

なにがなんだかわからないままに慌ただしく、実習の第一日目は終わろうとしていた。とにかく学校内のあちこちを引き回され、人が授業を受けているのを端で見るのがこんなに退屈で眠いものだと思わなかったという鴻島の情けない感想は、他の実習生たちも同様だったらしい。

疲れきった顔で自分たちに割り当てられた準備室に戻れば、監視の目のない状態にようやく長い安堵の息が零れ、誰ともなしに呟きはじめる。

「まじ、寝そうだった……」

「ばっか、おまえちゃんと聞いてろよ」

「だってさあ、数学なんかまじでわかんねんだぜ!?」

最初の実習見学は、皮肉なことに咲坂の授業だった。それも鴻島の疲労に拍車をかけたと言ってもいいだろう。

(なんかもう、別人だし……)

教壇に立った咲坂の表情は、まるで見たこともないようなものだった。

凛《りん》と背筋を伸ばしたまま、終始穏やかな表情で難解なテキストを読み解く声は、静かだがよく通る。数式を板書する字は美しく、細い指先に綴《つづ》られるそれは咲坂に似合うと思った。

シンメトリックに整った甘やかな顔立ちをしているせいで、むしろ押さえ目の表情は冷たくさえ感じられ、教壇と教室の最後尾というだけでもなく、ひどい距離感を覚えて参った。

「え、でも咲坂先生、久しぶりに見たけどやっぱ、かっこいいよねー……」

重い吐息を誤魔化していた鴻島は、ふとした呟きの中に咲坂の名を聞きつけ、神経を尖らせる。そんな自分の反応は過剰なような気がして、かすかに苦笑が漏れた。

「なにー、なになに？　いつみん、ああいうのいいんだ？」

「おまえ、浮ついてんじゃねえの？　実習だぜ？」

「え、ちがーもん……」

そんなんじゃないよ、と少し頬を赤くした坂本いつみに、鴻島は舌打ちをしたいような気分になる。だが、単なる八つ当たりだと知ってはいたから、表面には出さないままだった。

「だって、あたしココ出だけど、その時は担当してもらってなかったんだもん。顔もいいけ

ど、授業も丁寧でわかりやすいから、人気高かったんだよ」

この女子校付属の短大に進んだ坂本は、当時からかっこよくて人気あったんだよ、と唇を尖らせた。さもありなん、と授業中、他の先生方のそれよりも熱心だった生徒の様子を苦々しく鴻島は思い出す。

「そうなんだ。っていうか進学クラス担当だから、アンタいなかったんじゃないのー？」

「やー、なっち、ヒドイ」

混ぜ返したのは坂本とも仲のいい永原夏美《なつみ》で、あまり成績の芳しくなかったらしい坂本は、顔をしかめて赤くなる。

「でも、やさしいけど超冷たいって噂《うわさ》でさ。友達もふられたって言ってた」

「だってそりゃ、生徒に手ぇ出せないじゃんさ」

(……それ以前の問題だけどな)

なんだか聞いているうちにむかむかとして、窓辺に近づいた鴻島は忙しなく煙草をふかす。

「ちぇ、なんだよ、顔がいいとすぐああだよ」

その態度をどう思ったのか、山岡も少しばかり顔をしかめて呟いたが、感じる苦みは鴻島のそれとはまるで異なるものだろう。

(あんな顔も、持ってるんだ)

意外ではあったけれどもあれが恐らくは、日常の咲坂なのだ。優秀で、けれどあまり愛想のない、身なりの清潔な数学教師。きっちりと喉元を締め付けたネクタイも、乱れのないセットした髪も、淫らさのかけらもない。

あの夜のことが本当だったのか、もしかすれば同姓同名の別人ではないかと感じられるほどその雰囲気はあまりに遠く、奇妙な感じがした。

「けどさあ……あんなに堂々と、よく人前で話せるよなあ」

「そうそう！　授業受けてる時はなんにも思わないけど、考えてみればオッソロシイよね」

しかし、そんな鴻島の物思いとは関係なく、実習生たちはやや力ないぼやきを口にする。

明日からはこちらが教える側になるのだと思えば、多少の不安と緊張も感じなくはない。

今現在進めている授業の要点などは、範囲が決まっているとは言え、こちらである程度のレジュメを作って提出しなければならないし、相手は現役の高校生数十人だ。

「あたしちゃんとできんのかなあ……」

「なんかさあ、さっき教科書見たんだけど、もう忘れてるよ……。やーん、答えられなかったらどーしよーっ」

大勢の前でなにかしら失敗などすれば、どれほど残酷に嘲笑われ見下されるかは、己の数年前を振り返れば容易に想像がついて、ぞっとしない気分にもなるというものだ。

明日からはそれぞれの選択した教科の指導教官について、実際の授業を進行したり、あるいはそのアシスタントのようなこともすることになる。その様子はきちんと報告され、単位取得にも大きく影響が出るため、気を抜くことはできない。

「俺、ちょっと……平井《ひらい》センセイんとこ、行ってくる」

「あ？　なにしに」

鴻島より小柄ではあるが、山岡はがっしりとした体躯《たいく》でいかにも剛胆、といった見た目に反し、案外気弱で真面目《まじめ》なところがある。

「いや、明日からのことで、聞いておいた方がいいかなって……」

そわそわと、手元の荷物をかき寄せて腰を浮かした山岡に、鴻島もふと思い立つ。

「あ、じゃあ……俺も咲坂……センセ、探そうかな」

「えー……あたしもそうしようかなあ」

実習など適当にこなせば済むだろう、などと軽口を叩き合っていた朝とは違い、目の当たりにした生徒たちから感じるプレッシャーを、どうやら皆、痛感していたらしい。我も我もと山岡に倣《なら》いはじめ、それぞれ自分の担当となる指導者を探して部屋を後にしていく。

まずは職員室に赴いたが、鴻島の探す相手はそこにはいなかった。

「咲坂先生？　ああ、彼は準備室にいるよ」

山岡の担当である、現国の平井という古株の教師に所在を問えば、そんな答えが返ってくる。担任を持たない教師はむしろ、大勢のいる職員室よりもそれぞれの教科の準備室に詰めていることが多いのだそうだ。

職員室のある第一棟から渡り廊下を経て、一番北側にあるその準備室の場所を聞いた後に、礼を告げて山岡と別れる。今年の実習生は熱心だな、と少し嬉しげな平井の声に、鴻島だけはひどく後ろめたいような気分になった。

「先生、さよならー」

「えっ？　あ、ああ、さよなら」

長い脚で大股に廊下を進むうち、幾人かの生徒とすれ違い、その中には会釈を返すものや、気軽に挨拶をしていく生徒もいた。

（……そっか、あっちからすりゃ先生なんだよな）

先生、と言われても咄嗟に反応が返せないでいる鴻島をくすくすと笑っては去っていく生徒の声に、なんともいえない奇妙なものを感じる。

鴻島の意識としては、まだ自分はあくまで学生であり、単位取得の一環としてこの教育実習にも赴いたわけだが、二週間という短い期限付きとはいえ、彼女らにしてみれば自分もれっきとした「鴻島先生」なのだ。

（すっげ、変な感じ……）

正直、生徒の顔を見分けることなどできないうちに実習が終わってしまうであろう。しかし向こうは既にこちらを認識している。気付いてしまうとだらしない姿を見せるのも躊躇われ、なるほど、と思った。

（こんな中で毎日過ごしてりゃ、過敏にもなるか）

どこで誰が、自分の一挙手一投足を眺めているか知れないというのは、かなりなプレッシャーだ。そこには鴻島自身の、ただでさえ人目を引く長身で、野性味のある顔立ちの見目のよさも生徒らの目を引きつける要素になっていることは否めない。どこにいてもそこそこ目立ってしまうタイプの人種であることは、憚《はばか》りながら自覚もしている。

しかし、それならば咲坂も同じことだろう。女子校の中で、あの涼やかな容姿の彼がそこはかとない人気者であることは、今日見学した授業の合間にも、坂本の言葉にも察せられた。

老齢の、温かな人柄である平井の授業と、咲坂の授業とでは教科の違いというだけでなく、その場に集まる少女たちの「女」の度合いがまるで違った。また、やや不潔感がある中年男性の教師に対しては、明らかな侮りを見て取れ、つくづくと女は恐ろしいと思ったものだ。

（やっぱ、あの時のことは気にすんな、って言っておいた方がいいよなあ）

咲坂に対しての同情心が芽生えると共になんだか気が逸り、二段とばしで三階にある数学準備室へと急げば、視聴覚教室などのあまり使用頻度の高くない部屋が並んでいる。

静かな廊下に、久しぶりに履いた室内履きのゴムが擦れて、いるかの鳴くような音を立てる。やけに響くその音がひどくうるさいと感じながら目的の部屋へ辿り着けば、階段を駆け上がったせいばかりでもなく心臓が鼓動を速めた。

ひとつ、深呼吸をしてドアをノックしかけた鴻島は、しかし漏れ聞こえてくる声があることに躊躇する。

（やっべ……誰かいんのかな）

考えてみれば、数学の教師はひとりではない。咲坂以外の教師がそこに詰めている場合のことを予測していなかったと舌打ちするが、しかしそれにしては声が若い。

「……うしてですかっ？」

首を軽く傾《かし》げ、聞き耳を立てるでもなくその場に立ち竦んだ鴻島の耳に、ややヒステリックな声が聞こえてきた。

「あたしが、生徒だからだめなんですか!?」

「……そういうことじゃない」

泣き声混じりのそれと、疲れたような咲坂の声に一息に状況を察して、まずいところに来てしまったかと鴻島は顔をしかめる。だが、明らかに困り果てた様子を咲坂の声色に感じ、これはもう仕方がない、と意を決した。

「——……すいません、いらっしゃいますか？」

軽い音を立ててノックをし、ことさら明るい声音で問いかけると、一瞬で室内の緊張度が高まった。その後、ややあって「どうぞ」という咲坂の声がする。

「失礼します——……あれ？　すいません、お忙しかったですか」

「……かまいません、どうぞ」

わざとらしく、来客に気付かないふりをした鴻島の声に、恨めしげに目元を赤くした女生徒は俯き、退室の挨拶もしないまま傍《かたわ》らをすり抜けていった。

「あーあ……泣かせちゃって」

「……俺のせいじゃない」

ぱたぱたと廊下に響いた足音が遠ざかるのを確認した後、改めて室内に足を踏み入れ、後ろ手にドアを閉めた鴻島の前で、先ほどとは明らかに違う緊張を滲ませた咲坂がいた。

「なんの……用だ」

「なんのって……冷たいな」

がちがちに強ばっている背中がいっそ哀れになり、できるなら緊張を解きほぐしてくれないかと鴻島は思う。息詰まりそうな重い空気は苦手で、あまり好きではない。

第一、別に危害を加えようとして来たわけでもなく、先週の晩といい今日といい、むしろ感謝してもらってもいいはずなのにと、図らずも二度も咲坂の窮地を救う羽目になった鴻島は思う。

「……そんなに警戒しなくたっていいじゃない？」

「だからなんの用だって訊《き》いてるんだろうっ！」

しかし、まともにこちらを見ようともしない咲坂のいらえは切って捨てるようなもので、先ほどほんの少し浮かんでいた同情めいた気分は、一瞬で不愉快なものへと転じてしまった。

「つうかさ……なんなの？　あんた朝からその態度」

「態度もなにも……っ、おまえだってなんなんだ、なんでここにいるんだよ!?」

そしてようやく目線を合わされたと思えば、迷惑極まりない、という表情で睨めつけてくる。

ややあって咲坂は、鴻島にとってはとんでもない、思いもよらなかったような台詞《せりふ》を吐き捨てた。

「……だましたのか？　わかってて、それでこの間名前まで騙《かた》って……っ」

「は……？」

(だます？　……誰が？　俺!?)

あまりのことに、鴻島は咲坂の言葉がしばらく理解できなかった。

「な、……なに言ってんの、あんた……」

頭の中が真っ白になり、ただ自分がひどく侮辱的なことを言われたのだと、それだけを感じ取る。

「なに言ってんだよ、なんだそれ!?」

冗談じゃないと目を剝きながら、俯いたままわなわなと唇を震わせた咲坂の中での自分の位置づけが、あの夜彼を追いかけてきた男以上に敵視すべき存在にすりかえられたことだけは知る。

「イツキって、嘘だったんだろう！　……なんだよ、なにが目的なんだよ！」

それを理解した瞬間、頭に血が上った。それと同時に、胸の奥に冷たい刃を差し込まれたような冷ややかな痛みが駆け抜ける。

「……ばっかじゃねえの」

「ばかとはなんだっ！」

ぼそりと吐き捨てた声は、凍るように冷たく低かった。

くだらなくて、それ以上に情けなかった。疑心暗鬼にもほどがある。名を騙るような悪ずれたような男だと思われているのも虚《むな》しかったし、あの夜助けてやったのはどこの誰だと思っているのだと思えば、身体の奥が煮えるほどに腹立たしかった。

「俺の名前、聞いてなかったのかよ。鴻島斎――イツキだよ。教師のくせして漢字もまともに読めねえの？」

「な……っ」

白けきった声が漏れ、その中に含まれた侮蔑に咲坂は白い頰を紅潮させる。

鴻島の咎《とが》めるような視線に必要以上の含みを感じたのだろう、怯えは一瞬で嫌悪にすり替わったまま、さらに咲坂の端正な顔立ちを歪ませた。

「大体、あんたなんか騙してなんになるってんだよ、んーなこともわかんねえからクスリなんか使われんじゃねえの⁉」

「——……っ！」

そして、語気荒く言い捨てた鴻島のそれに、咲坂は顔色をなくし、色を失った小さな唇を無意味に開閉させる。

しばらくは、無言のままの睨み合いが続いた。そろそろ日の落ちかかる室内は血のような夕日に染められ、深く濃くなる陰影に互いの表情はよりいっそう陰っていく。

どうしようもなく、なにかが食い違っている。それを知りながら、怯える年上の男をあっさりと許してやるほどには、若い鴻島の懐は深くはなかった。

ましてや一晩限りのことだったとはいえ、確かに交わしたはずの情をまるで知らなさげに、こちらを恐ろしいもののように見つめる咲坂が、どうしようもなく許せないと思った。

「……知らなかったよ、俺だって。ガッコのセンセーだったなんてね」

ふと、薄い笑いが漏れ、しかし目元だけは憤りを隠せない鴻島は、こんなに怒ったのは生まれてはじめてかもしれないと感じた。

（あんまり腹立つと……笑うんだな）

それがまた奇妙な高揚と笑いを誘い、冷徹に歪んでいく自分の表情を不思議だと感じた。

「だ、……だからなんだ」

「べっつにー……」

鼻先で笑えば、途端におろおろと視線をさまよわせる咲坂がみっともないと思った。しかし同時に、その頼りない表情に胸をつまされる自分もいる。

偽悪的にふるまったことなどあまりない鴻島にとって、今の状況は苦痛でしかなかった。勘弁してくれとどこかしら遠い意識で感じつつ、けれど今さら引っ込めるには遅すぎる。

「……脅す気、なのか？」

あげくの果てに、咲坂のわななく声が紡いだ言葉に、最悪だと鴻島は顔を覆った。

「――……はは！」

こんなことまで言われてしまえばもう、本当に笑うしかない。ここまで言葉の通じない相手と接したのもはじめてだと、いっそ感動すらわきあがってくる。

「それいいなあ、俺が、あんたを？　脅してどうすんの？」

こんなにも下劣な人間だと決めつけられて、いっそ殴って唾でも吐きかけてやりたい気分だというのに、それも虚しくてやる気になれない。

「面白えなあ……じゃあ、いっそそうしようか？　ねえ。これから俺、職員室かけこんで、咲坂先生に弄《もてあそ》ばれましたって――」

「やめてくれっ！」

悲鳴じみた声など、聞きたくなかった。あの夜は、怯えて震える細い肩を、ただ守って、慰めてやりたいと思ったのに、今ではただ踏みにじりたい気持ちしかこみ上げてこない。

「じゃあ、どうすんの？」

「どう、……どう、するって……っ、……どうすれば……黙っててくれるんだ」

ことさらゆっくりと、笑ったまま問えば、なんでもするから、と恐怖に潤んだ瞳が追いすがってくる。

惨めだ、とふと感じて、それは咲坂のことでもあり、自分のことでもあると思った。

「金なんか貰っても、しゃあねえしな。……そうだ、だったら身体で黙らせる？」

ここまで来れば、いっそ自分自身さえ貶《おとし》めたいような気分になって冗談混じりに告げれば、咲坂は顔面通り受け取ったようだった。

「な、……ん」

「あんた上手だったしな。……だったらそれで黙ってやってもいいよ」

驚愕に瞳を見開いて青ざめ、また顔を赤らめて、なんともつかない顔色になった男に向かって手を差し伸べれば、跳ね上がるほどに震えるから哀しくなる。衝動的に、そのやわらかい真《ま》っ直《す》ぐな髪を摑み取れば、細い喉からは微かな悲鳴が零れた。

「ひっ……！」

「下、脱いで、俺のしゃぶれよ」

もうなにも言わせるまいと、一瞬強く後頭部の髪を引けば、殴られると思ったのか涙目がひどくなる。

「いた……痛い……っ」

殴らないで、とかすれた声で哀願され、本当に憎たらしいと思いながらも、その細い首筋に噛みついた。

「やっ……！」

（……むかつく……）

いっそ本当に殴ってやりたくても、この繊細な顔立ちを傷つけることはできそうになかった。

（泣きたいのはこっちだよ……っ）

勝手に警戒して、勝手に怯えて、鴻島の人格もなにもかもを踏みにじるような暴言を吐いて、あげくには殴らないでとすすり泣く男の無神経さに、憎悪さえもわき起こる。

「いや、じゃねえだろ？　……なんでもすんだよな？　センセイ」

あえて、センセイ、と嫌味に囁けば、びくりと震えた咲坂はなにもかもあきらめたような表情で瞼《まぶた》を閉じた。

「こ……ここで、か？」

あげく、従順なふりでそんなことまで呟くから、鴻島はもうどうしようもなくなる。

「淫乱。……学校ですんのが好きなのかよ」

「そっ……そんなん、じゃ」

言いたくもない、辱めるような汚い言葉ばかりが零れて、その瞬間きっと眦を吊り上げてきた咲坂に少し安堵する。矛盾する自分の行動も、もはや抑えきれないまま、鴻島は低く笑った。

「じゃ、ここでやれよ。……早く。ほら！」

「わかっ……わかった、からっ……」

小さな頭を押しやった先、こんなにも不愉快な気分でいるのに高ぶっている自分がいて、さらに腹の中がむかつきを覚える。どす黒いような感情が胃の奥で煮詰まり、自分の形相さえも変えてしまっているだろうことを歪む頬に知れば、哀しいと思うことさえもできなくなった。

「するから……するから……」

ややあって、長く震える吐息を零した咲坂の細い指が、真新しいスーツのスラックスにかかる。

ぬめる口腔の感触は、ただ生暖かかった。

あの夜のような快美さは少しも訪れないというのに、簡単に刺激に反応する性器はすぐに膨らんだ。あるいは、この異様なシチュエーションに鴻島自身自覚のないまま興奮を覚えていたのかもしれない。

「う……っえ、っん……」

硬直したそれに喉を突かれたのか、咲坂の小さめの唇からは苦しそうな喉声が漏れる。苦痛とも、官能の喘ぎともとれるそれが耳に届けば、ほどなくして粘ついた水音は激しくなった。

冷めきった視線で規則的に揺れている小作りな頭を眺め下ろし、先ほど鷲摑《わしづか》んだなめらかな手触りの髪をそっと撫でても、無心に口淫する咲坂は気付くこともない。

「……脱げよ、下」

涙目に気付いてしまえば苛立《いらだ》ちはいや増して、鴻島の口から荒い声を吐き捨てさせた。指の先に残る甘さがいっそ不快で、振り払うように、また強く髪を引く。

「く、う……っ」

「脱いで、自分で擦れよ。俺のしゃぶりながら、しろって、ほら！」

鼻をすすった咲坂は、もういやだとも言わないまま、がくがくと震えた指で自分のスラックスを引き下ろす。それでも唇での愛撫を止めることを許さずにいたから、ただ下肢をくつろげるだけでも随分と時間がかかっていた。

「……ははっ、勃《た》ってんじゃんか。やっぱ好きなんだ？　こういうの」

嫌々ながら、という風情を隠しもしないくせに、丈の長いシャツの裾を押し上げるような咲坂もまた、この異常事態に興奮していたのだろうか。

「ち、が……違う……っ」

「違わねえじゃん。……いいからやれって」

弱々しくかぶりを振ってみせる咲坂を哀れと思わなくもない。けれどもうここまでくれば引っ込みもつかないと、鴻島はどこまでも露悪的にふるまった。そうしながら彼に向けた刃が、同時に自分をもずたずたにしていくような気分を噛みしめていた。

「ひっ……う、うっ……」

しゃくり上げ、咳《せ》き込みながらも鴻島の性器を吸って、咲坂は自慰を続ける。静かな部屋にはただ、彼のすすり泣く声と、ふたり分の、そしてバラバラのままの官能が奏でる淫らな音だけがねっとりと水気を含んで響いていた。

「う……っ」

虚しく、情のこもらない猥褻《わいせつ》な行為をただ受け止めて、それでも確かに射精感は高まっていく。

そんな唾棄《だき》すべき男の浅ましい性が、鴻島にはまた情けなく、たまらなかった。

＊　＊　＊

テキストを開いて、と快活な声で言いながら黒板にチョークを滑らせる鴻島を、教室の一番後ろから眺める咲坂の瞳は赤らんでいる。

普段は涼やかな目元が重たげに腫れてはいても、その視線だけは鋭かった。

「えっと、じゃあ……今日は八十一ページから、です。微積分の基本定理の証明について」

一斉に教科書を捲《めく》る生徒たちの瞳は、ひどく真剣で熱っぽく、教壇に立つ長身の青年へと注がれている。懸命にノートを取る様は、むしろ通常の咲坂の授業の時よりも熱心なのではないかと感じるのは、気のせいではない。

実習生の中には気の弱いものも希《まれ》にいて、指導教官がいなければまともに進行出来ない学生もいる。人前に出ただけであがってしまうのは、慣れないうちは致し方のないこととは思う。

だがそんな中で、鴻島は度胸が据《すわ》っているのか、授業を任せた初手からこちらが驚くほどのなめらかさで語りかけ、生徒の心を摑んでいった。

「そんでー、積分とは本来、微分とは独立した別の概念で、それが、微分と深ぁい関係にあるという事が、微積分の基本定理、になるわけ」

「深い関係ってー？」

「センセー、言い方やらしいよぉ」

バカ言ってんじゃねえよ、と一番前の席に座る生徒をテキストで軽く殴るふりをして、揶《や》揄《ゆ》を受け流すのも計算の上だろうか。

「そういうことをヤラシイと思うのは、お前がエッチなこと考えてっからだろ」

「や、ひっどい」

きわどい掛け合いは、咲坂には考えられないほどに砕けた類のもので、場合によってはそれこそ、さばけているようで大人ぶっても、案外潔癖な少女たちから嫌われかねない。

「セクハラじゃーん」

「そういう台詞はもっとチチでかくしてから言え！　なにがセクハラーだ」

しかしそこは、おそらく年齢の近さでさほど粘着質なものにならないのだろう。ひどい、と言いながらも少女たちは笑ったままだ。

また鴻島の人好きのする笑みや、深みのある低い声音があの年頃の少女たちにどのように映るものなのか、毎日嫌というほどに痛感させられ、咲坂はただ顔をしかめるしかない。

「真面目に聞け、真面目に」

「はあーい」

この熱心さも、若くハンサムな教育実習生に「バカな自分」を知られるのが恥ずかしいという乙女心から派生するものであろうとは、容易に察せられるというものだ。

「話逸れたじゃんかよ。……で、dy=f'(t)dx、これがつまりは、えー、座標軸ｄｙ、ｄｘでの一次関数になるのな。それでこのグラフの曲線部分を――……」

またあのやわらかく深みのある声で語られる内容が、たとえ複雑極まりない数式であったとしても、恋に憧《あこが》れる年頃の彼女らは一言も聞き漏らすまいと耳を傾けているのがわかる。

（よくもまあ……）

明朗快活な鴻島は、実際三日と経《た》たないうちにあっという間にこの空間に馴染《なじ》んだ。ふざけたことを話す割には説明も手際よく、態度も真面目で、そつがない。

今日で金曜、実習自体は一週間目の終わりに差し掛かる。鴻島は明るく人当たりもよく、それでいて羽目を外す場もわきまえていて、古参の教師たちには既に礼儀も正しいと一目置かれている。

寄り集まった他大学の学生同士であるはずの実習生のグループの中では、この短い期間で彼がリーダー格となっているのは明らかだった。

(咲坂先生はいいですねえ、担当が鴻島で……)

坂本という実習生を抱えた、先輩の英語教師である笹井《ささい》は、真面目ではあるがどうも要領を得ない彼女相手に苦戦しているようだったが、これも無理もない話かもしれない。

姉妹校という扱いになってはいても、坂本の在籍する女子大と鴻島の通う大学では明らかにレベルが違った。ましてや坂本は、聞いたところによればこの女子校の小学部からの持ち上がりで、通常受験であればあの女子大まで進めたかどうかという状態らしい。

母校出身と言うことで引き受けはしたが、どうにも持て余しているとぼやいていた笹井にはいたく同情する。私立のエスカレーター式の悪習で、内部持ち上がりと外部受験生の偏差値が、著しく違うのだ。ある程度はふるいにかけるけれども、平等教育とかまびすしい昨今、一年次にはムラのないようにクラス編成が行われるため、レベルがピンきりの生徒に合わせて授業をするのは苦痛に等しい。

今現在、鴻島が教鞭《きょうべん》を振るっているのはその中でも比較的優秀な生徒を集めた進学クラスだ。咲坂にとってみれば、「楽な」相手が集《つど》っているパターンと言える。

しかしそれでも、おのが過去を振り返って、実習の時にここまで堂々と生徒の前で語ることができたかどうかは、あやしいものだ。

「……ってわけで、じゃあはい、今日は十二日だから――……高橋《たかはし》、前に出てこれ解いて」

「うっわ、来たー……」

「来たー、じゃねえの、やれ。できんだろ？」

指された生徒は顔をしかめつつ、ほい、とチョークを渡される瞬間にははにかんだような笑みを見せる。そして、やや緊張しつつも設問の答えを几帳面《きちょうめん》な字で書き付けた彼女が傍らで無言の鴻島を振り返った。

「……おおう、完っ璧。あったまいいなー！」

「なにそれ、センセー」

真剣な表情から一転、からりと笑う鴻島の日に焼けた精悍な顔立ちに、赤らんだ頬のまま憎まれ口を叩いて高橋は席に戻った。

（高橋が、あんな顔をするなんて）

学年でもトップクラスの成績を誇る高橋は外部生で、賢い分どこか冷めたようなところのある、大人びた少女だ。問いのひとつが正解したところで特に喜びもしない、かわいげのない子供だと思っていたのにと、咲坂は驚いてしまう。

クラス担任ではないとはいえ、咲坂が彼女に接するようになって一年以上経っている。その間にも見つけることのできなかった表情をあっさりと引き出した鴻島に、感嘆とも嫉妬《しっと》ともつかない複雑な思いがわきあがった。

「……っすよね、先生？」

「えっ？」

物思いに沈んでいた咲坂へ、唐突に鴻島が話しかけてくる。どうやら、設問に関してこちらに意見を求めていたようだったのだが、全く聞いていなかった咲坂は冷や汗が出るほど焦った。

「やぁだセンセ、寝てたんじゃないの？」

「鴻島先生にやらせて、楽してんじゃーん」

「……やかましい」

普段は取り澄ましている分、惚《ほう》けた顔を見せた咲坂、というのがひどく可笑《おか》しかったのか、わざわざ後ろを振り向いてからかいを投げてくる生徒たちに、ばつが悪く咲坂は窘《たしな》めた。

そしてふと視線を上げれば、微かに口元を歪ませただけの鴻島の冷たい瞳に気付いてしまい、よりいっそう羞恥《しゅうち》がこみ上げてくる。

くすくすと笑う生徒に言っても詮《せん》無いことだが、実習生に任せて楽をするなどと、冗談ではない。

普段より増える雑務や報告書に、余計な気苦労まで加わって、この時期は毎年忙殺されてしまうのだ。

残業は主義ではないが、実習生の提出する日誌や指導案、その感想などにも目を通しておかなければならないし、アドバイスを求められれば立場上無下にもできない。その上で、通常の授業やその他の報告書もまとめなければならないのだ。

だから引き受けたくはなかったのにと思いながらも、人間相手の仕事では、手抜きをするにも難しいから疲労ばかりがたまってしまう。

そんな気苦労も知らずにと思えば、幼さの残る生徒たちを見る目も胡乱《うろん》になろうというものだ。

「こーらこら、笑ってんじゃねえの。咲坂先生イジメんなよ、俺が怒られる」

そしてまた、清潔な歯を覗かせる鴻島の笑みにも、歯ぎしりをしたくなるような気分になった。

(誰のせいだと……っ)

それでも、もう勤続六年ともなれば、己が担当したことはなくとも毎年の行事という慣れもあり、ここまで疲れを覚えることなどないはずだった。

今教室の後方に、壁に寄りかかるようにして身体を支えている咲坂の足腰がどうしようもなく怠いのは、鴻島が実習に来て以来ほぼ毎晩のように――抱かれているせいだ。

抱かれる、というのは言葉が正しくないかもしれない。あれは、いたぶられていると言った方がいいのだろう。それくらい、鴻島の施すセックスは容赦がなかった。

「……っ」

昨晩のことを思いだし、ぞくりと身体が震えた咲坂は、目の前にいる生徒に気付かれぬようにそっと押し殺した吐息をする。

「じゃ、次。さっきの高橋の解いたこれだけど――……」

そんな咲坂のことなど既に忘れたかのように、あっさりと黒板を向いて授業を続行した鴻島にしても、決して暇があるわけではない。

この日の授業内容にしても、略案を担当教師に点検させるため、正式な書面を起こさなければならないし、日誌にしろ指導案にしろ毎日毎日こまめにつけ、場合によっては校長や教頭などの添削も入るのだ。

それらも皆、鴻島はパーフェクトだった。当たり前の話だ。なにしろ咲坂の目の前で、書類を作成していることがほとんどなのだから、不可の出ようはずもない。

今日この日、言葉はやわらかだが的確な話術で定理を紐解《ひもと》いた鴻島に、参考となるテキストを渡したのも咲坂だった。そして、鴻島はそれを自分なりに解釈し、今日のように噛み砕いた形にして提示して見せたのだ。

咲坂のベッドに腰掛け、咲坂の身体を、弄びながら。

「……っ、くそ……」

思い出せば、身体の芯から震えが来る。誰にも聞き取れないほどの小さな声で悪態をついた咲坂は、スーツの下でさざめいた肌を庇うように両腕を胸の前で強く組み合わせた。

今はチョークを握る整った形の指先が、公式を呟きながら延々身体の中を弄り回していた。淫らさとは縁遠いはずの数学のテキスト、オンとオフの境目さえも鴻島はめちゃくちゃに崩していく。

もう、学校ではやめてくれと懇願したことが、逆に自分を追いつめてしまったようなものだ。

実習の第一日目、あの準備室で鴻島に最後までを奪われた咲坂は、いつばれるかわからない行為に怯えつつ、結果的には快楽を追わされたことが信じられなかった。

好き者、と嘲笑われ、鴻島の手のひらをべっとりと汚した自分の精液を頬になすられながら、もうこの場所でだけは勘弁してくれと泣いて頼み込んだのだ。

鴻島もそこまでのリスクを犯す気はなかったらしく、場所に関しては了承はしてくれた。しかし、結果としては咲坂は、唯一の逃げ場を失ったようなものだった。

(じゃあ……あんたの家だ)

そうして、淫らな取引の場に選ばれた自宅である2DKのマンションの中は、いざこうして追い込まれれば完璧な密室となることを咲坂は知った。

叫び喚いて逃げようにも近所の目が恐ろしく、抵抗もままならない。

あきらめるしかなかった。

どうしようもなかった。

胸の中で繰り返し、言い聞かせるように呟く理由は、日に日に壊されていく自我を、咲坂が保つ唯一の手段だったのかも知れない。

被虐的な性癖だけはないと思っていたのに、まるで調教でもするかのように、鴻島は次々と淫らな命令を下してきた。

抗えないままに従えば、要求はどこまでもエスカレートし、ここ一週間というもの彼に開かれっぱなしの腰は重怠い。

もう許してと泣きながら、最後には狂ったように腰を振っているのが自分であると——覚えているからなお、唇の中は苦く乾いていく。

「ンじゃ次、えっと……二階堂《にかいどう》！」

「えーっ!?」

不意打ちで指された生徒の上げる困った悲鳴が、ひどく遠い。

「えー、じゃないの。ここ説明したばっかりのとこでしょが。十秒やるから考える！」

「うっそ、センセ、それやだーっ」

「やだじゃない、はい十！　九！」

笑いながらも容赦なくカウントをはじめた鴻島に、指された二階堂と、そして咲坂以外は笑いながらさざめきあう。

（……あんなふうに、笑うのに）

数時間の後には、冷酷な表情を浮かべたままでどこまでも咲坂を追いつめる青年の顔が遠い。

力なく吐息しながら、実習を終えた後の鴻島との「指導」の時間を思って、咲坂はやるせないような気分に見舞われた。

そうしながら、憎むような眼差しで追いかける鴻島の広い背や、その高い位置にある腰、整った横顔のラインに、気付けば執拗なほどの視線を向けている。

テキストを読み上げる唇の動きを追えば、無意識のまま干上がる喉に、疼くような熱がある。

そんな自分のことが、咲坂には最も理解できなかった。

＊　＊　＊

がくがくと痙攣する顎《あご》が痛かった。口の端から零れていく唾液がだらだらと首筋を汚し糸を引いて、それでも終わりにならない鴻島に焦れたように、咲坂は舌の動きを速めた。

「……っう、っう、っう」

唾液と鴻島の滲ませたそれが溢れる口の中で、ねぶり続けている舌だけは熱を持ち、乾いたようにひりついている。既に感覚はおかしくなりはじめ、床にひざまずいたままの足が痛かった。

「……ちょっとさあ、なにだらけてんの」

真面目にやれよ、と口の端に煙草をくわえたままの鴻島が、丸めた書類で頭を小突いてくる。

この日も彼は、指導案の要項をまとめるべくテキストとレポート用紙を抱えたまま、咲坂に奉仕をさせていた。

「いたっ……」

だったらそんなものを読んで気を散らすなといっそ言いたいが、もう長いこと鴻島のそれをしゃぶり続けた口は疲れきって、小さな悲鳴を上げるしかできない。

見上げた先、冷たい目をした青年は無言で煙草をふかしていたが、ふとテキストをベッドに投げ出し、つまらなさそうに深く吸い付けた煙を咲坂の鼻先に吹きかけてくる。

「げほっ……うっ」

嫌煙家の咲坂は強く眉をひそめ、顔を背けようとして頬に指を食い込まされた。火のついた煙草をくわえたままの鴻島が、笑わない瞳で顔を近づけてくる。火傷《やけど》しそうで恐ろしく、ひくひくと頬は無様に痙攣した。

「……ちゃんとする？」

「――……っく、う、ふ……っ」

ふっと、口元だけを弓なりに吊り上げた彼のものやさしげな声音に、鼻の奥がつんと痛んだ。

「ちゃんとしたら、それ。……取ってもいいよ？」

「あうっ！」

上がりきった呼吸は長く強制された口淫のせいばかりでもない。それ、と鴻島の爪先《つまさき》に軽く弾かれたのは、高ぶりきった咲坂の性器で、根本には安っぽい輪ゴムが絡みついていた。

「あっ……あっ……」

「いきたくないの？」

そのまま、裸足《はだし》の足指に揉みこまれるようにされて、痛みと官能が同時に襲ってくる感覚に咲坂は身悶える。

「いっ……いきた、……っきたい……っ」

すすり泣き、どうしてこんなひどいことをするのだろうと思いながらも、いたぶるような真似をされてなお感じている自分が一番信じられない。

「……っ、も、や……っ」

上半身に纏うシャツはボタンひとつはずさず、ジーンズの前をくつろげただけの鴻島に対し、咲坂はシャツ一枚に剝かれている。

弱く抗った咲坂に対して、鴻島は痛めつけるという意味での暴力は決してふるいはしなかった。やや乱暴な所作はみせても殴られたり蹴られるということは一切ない。

ただ、ひどく半端に弱い肌をなぶっては、堪えきれないほどに高ぶらせて疼かせ、そのまま解放を許さずに、つれなく放り出されてしまう。

「おねが……っ、頼む、から……！」

そうして促されるままにベッドに腰掛けた鴻島の長い脚の間に蹲り、あの始まりの日と同じように唇での愛撫を強要され、果ての見えない行為を続けるほかない。

「なに、泣いてんの……？」

閉じられた部屋の中は安全でもあり、また牢獄のようでもあった。露見するリスクはなくとも、誰をも咲坂を助けてはくれない。すがり付くものも、逃げ場もない。

まして今、饐《す》えた匂《にお》いの漂う道玄坂であの日、力強く抱きとめた腕で庇ってくれた青年こそが、今もっとも咲坂を傷つけているのだから、助けを求めることなどもはや、考えもつかない。

「泣、いて……な……っ」

「いやなの？　なあ？　もうしたくないんだ？」

こんな風に、やわらかい声を出しても、決して鴻島は咲坂を許してはいない。愚かな子供を諭すようなやわらかい表情や声を出すのは侮られているからで、責められたいのかと問うためにあえてゆっくりと言葉を紡ぐのだ。

ひきつった息を飲み込みながら懸命にかぶりを振れば、違うだろう、と強く顎を掴まれる。そうしながらまた脚の間を強く踏まれて、ひっと咲坂は竦み上がった。

「ほら。……言って」

「さっ……させて、くだ、さい……っ」

何度も責め立てられ覚えさせられた、屈辱にまみれた言葉を嗚咽混じりに告げれば、しかし鴻島は急に興ざめしたように、その長い指を離した。

「……ばっかくさ」

あげく、ぼそりと告げられればひどい不安がわき起こる。ここで彼の機嫌を損ねればそれこそ、この関係をばらされるかもしれないという恐怖に咲坂は震え上がった。

しかし、その中になぜか、見捨てられてしまったような惨めな哀しみが混じってしまい、膝にすがる指には自然、力がこもる。

（なんで……こんなに）

怖くて怖くて、たまらないのだろう。

職場に周囲にこの事実を晒され、平穏な生活を失うことよりも、むしろもっとプリミティブな恐怖が咲坂を追いつめ、また無力にしてしまうことに、咲坂はしかし明確には気付いてはいなかった。

鴻島の存在そのものが、そして、彼に軽蔑しきった眼差しで見られることが、なによりも咲坂には恐ろしいと思えるものになっている。

咲坂の神経は少し、おかしくなっているのかもしれなかった。行為のたびに長く焦らされ続け、ひどい場合には失禁寸前まで堪えさせられて、意地を張るよりひれ伏した方が容易《たやす》いと身体で思い知らされて、既にこの時間には抗うことを放棄していた。

またたからこそ、肌を晒す以外の時間で彼に接するときは、ぎりぎりで残された矜持《きょうじ》を保つかのように指導教官として厳しく接してきた。そうしてみればますます、実習生の鴻島を監督する日中と、淫らな暴君であるイツキにいたぶられる夜とのギャップがひどくなっていく。

そしてそのことにさらに鴻島は苛立つのか、必死に切り替えようとする咲坂を嘲笑うかのように数式を読み上げては身体を愛撫する。

「い……イツキ……？」

この時間の中でだけ呼ぶことを許された名を唇に上らせると、どうしようもない媚びが混じってしまうことに咲坂も気付いていた。

そして、そのたどたどしいような呼びかけにだけ、鴻島がほんの少し動揺するらしいことも。

「……なに」

「イツキ……なあ、ちゃんと……ちゃんとするから、……なあ……っ」

こっちを向いて、と続けそうになったそれを舌の奥で苦く飲み込む。

哀れに、情を請うような自分の姿など認めたくはないのに、鴻島のことが怖くてたまらない。冷たい瞳で見据えられれば心臓が凍るようなのに、その視線さえ逸らされればどうしようもなくうろたえてしまうのだ。

そして名を呼べば、不機嫌顔をさらしたまま睨め付けてくる鴻島の中に、あの日の「イツキ」を探してしまう自分がいる。

「……どうしたいんだよ」

「これっ……もう、……もう、取って……っ」

涙混じりに懇願すれば、億劫そうに返事がある。どうしてかこんな瞬間、口をきいてくれただけでも嬉しいような歪んだ安堵が押し寄せて、自分を苦しめているはずの相手に咲坂は甘えるような声を出してしまう。

「――……そんで？」

どんなに気のない声や所作でも、長い指が張りつめたそれに触れ、縛めをほどかれただけで腰の奥まで痺れてしまう。そのままつれなく離れていきそうな手を咄嗟に摑めば、振り払われなかったことに心から安堵した。

「どうしたいの」

「……っ、ん、ん、……」

じくじくと体液を滲ませている先端を軽くつままれ、膝立ちのまま腰が揺れた。恐慌と恐れに青ざめていた頰は、ようやく与えられたやわらかな接触にゆるみ、血の色を上らせる。

「あ、も、もっと……もっと強く……」

「なに」

「つよ、く……こっ、こすってっ、あっ、あっ」

自分ですれば、と突き放されそうになって必死ですがり付くのは、鴻島の器用な手が施す愛撫を求めたばかりではない。

（――……淫乱）

しろと言われて己で自身を高めた時、蔑《さげす》みきった声で吐き捨てられたあの声と視線を、もう二度と知りたくはないからだった。

「い、……いってもいい……？」

「だめつったらどうすんの？」

「い、いやっ……いや……いか、いかせて……っ」

緩慢な指の動きに焦れ、しゃくり上げながら許しを請えば、ふっと微かに笑った鴻島が意地悪く問う。そんな、と顔を歪めた瞬間には瞠った瞳からぽろりと、大粒の雫《しずく》が零れていく。

「……卑怯だな、泣き落とし？」

「ちがっ……」

苦い声で呟かれ、そんなつもりはないと見上げた先、涙で霞んだ視界の中にいる鴻島の表情は読みとることはできない。それでも、重く吐き出された吐息の色がどこかしら苦い物を孕《はら》んでいて、少しだけ咲坂は訝しむ。

「……んんあっ、んふっ、ふ！」

「ま、いいよ。出せば？」

しかし、その正体がなんであるのかを見極めようとした瞬間、大きな手のひらが強く握りこんできて、まともな思考は吹き飛んでしまう。

「あーっ、あっ、あ！」

「腰、振れよ、自分で」

両手の中に包まれ、淫らに踊れと唆《そそのか》されるまま咲坂は腰をくねらせた。そうして射精感が高まるにつれ、違う場所が疼きはじめるのは仕方のないことで、達せないまま目の前でぬめった光沢を見せる屹立《きつりつ》を見つめれば、浅ましく喉が鳴ってしまう。

「い……っ、イツキ、……いつき……っ」

先ほどまで、いやいやながらくわえ続けたそれを自ら欲して、咲坂はデニム地に包まれた長いすねにすがり、舌を突き出してその逞しいものへと触れた。

「……なんだよ、やっぱしゃぶるの好きなんじゃん」

「うっ……うふ……」

強要されていた先ほどまでとは違い、自分の意志でちろちろと舐め回すそれは、敏感な舌の先にたまらなく甘美な痺れを催した。高ぶってはいても気乗りしなかった鴻島も、興の乗った咲坂の媚態に引きずられるのか、ぶるりと腰を震わせる。

(……感じた?)

頭上から落ちる息遣いがようやく荒れて、熱のこもる湿ったその吐息が触れるうなじがぞわりと総毛立つ。手のひらに捕らわれたままの咲坂の性器はさらに濡れそぼち、ひくひくと尻の奥が収縮する。

(欲しい……っ)

疼く。たまらない。連日の行為にほころんだままのそこは、とうに鴻島の指もその性器の形も覚えてしまっていて、それをねだるように勝手に内壁を絞り、またゆるんでいく。

「……っイツキ、イツキ……これ、これ……っあ!」

もう口でするのもままならず、頰をすり寄せて男をせがめば、いささか乱暴に首筋を嚙まれた。

「はん、んん……っ」

上位を示す獣のように急所に立てられた並びのよい歯は、咲坂の中にある快楽への期待を損なうことなく、むしろそれによって煽られていく。肩口の肉に食い込んだ犬歯の痛みが、出口を探して荒れ狂う奔流をさらに募らせる。

「あ、あ、あ、あん！」

そうして、求めすぎて痛いほどに収縮したそこに触れた指先を、咲坂の肉は歓待する。早く早くと、飲み込むような動きで喰し埋まっていく指は、咲坂の溢れさせた体液にまみれていた。

「……ローションいらないよな、あんた」

「いっ、あっ、いいー……いい……っ」

「ぐっちょぐちょ。女みてえ……」

もうなにを言われても、屈辱とも思えずに腰を蠢《うごめ》かす咲坂は、浅い吐息をまき散らす自分が無意識に伸び上がり、広い胸にすがり付いていることを知らない。

「いっ、いっく、いくっ……っ」

「指で？」

「あ、……あう……っ」

これでいいのか、とからかうように囁かれ、そのまま味わっていた硬い感触を奪われた。

「いやっ、や、抜いた……っ」

「なに、欲しいの？」

血の上った頭は酔ったようにふらついて、ぬらぬらと指に絡む肉が訴える欲求はそのままゆるんだ唇からこぼれ落ちる。

「イツキ、アレ、ほし、欲しいぃ……っい……入れて……っ、あ……！」

腕を引かれ、背中からベッドへ倒れ込んだ鴻島の上に乗りあがらされ、肉の薄い身体の中で唯一丸みを見せる部分が強い手のひらに割り開かれる。濡れそぼったそこにひんやりとかすめる空気さえたまらず、逞しくしなやかな腰の上で身悶えた。

「お願い……おねが……っ」

小さな尻を包み込むような大きな手のひらと長い指で、肉に食い込むほどにもみくちゃにされ、内部に伝わる振動が咲坂を混乱させた。

「いやあっ、あっ、こすれる、ぬるぬるってっ、すっ……！」

「……先生、欲しい物ははっきり言わなきゃ」

開かれたまま寂しい空洞が欲するものを後ろ手に握りしめ、それでも鴻島の許しがなければ求めることもできない、これもほんの数日の間に染みつかされた感覚だ。

「ぬるぬるに濡れちゃってるとこ、どこ？　そこに、なに欲しいの」

淡々と冷徹にさえ聞こえる鴻島の声も、微かにかすれている。ひそめたそれを耳元に吹き込まれれば、ぞくぞくと鼓膜から尾てい骨に駆け抜ける甘い疼きが堪えきれない。

「……っ、お、……っ」

それでも、直截《ちょくせつ》な幼児めいた言葉を使うのは躊躇われ、忘れかけた羞恥が蘇ると共に、羞じらう自分にさえも官能は煽られる。

「……なに？」

「おし、りに……っ、……を」

「なに？　聞こえねえよ……？」

「ああっ！」

起きあがりざま、ぐい、と腰を突き上げた鴻島はその腹筋で咲坂の震える性器を擦り上げてくる。

「はっ、あ……は……っい、……いれてくださ……っ」

「だから、どこに」

お尻にこれを入れて下さい、切れ切れでようやく紡いだ言葉はしかし、鴻島には不満足だったようだ。耳元に、訂正の言葉を囁かれればもう、それが屈辱なのか歓喜なのか分からないまま脳が煮えたぎり、目の前が赤く霞むような錯覚がある。

「ぐ……ぐしょぐしょの、おしりっ、に……」

「……うん？」

「大きいの、……いれ……っ、いれてくださ……っあっ、……あーっ！」

言い終えた途端に入り込んできた鴻島のそれは、苦しいほどの質量で咲坂を一息に貫いた。

「ひはっ……う……っ」

喘ぎ声さえもままならず、涙が止まらずにしゃくり上げた咲坂は、もう許してくれと鴻島を見つめる。けれどそのまま上下に揺さぶられ、舌を嚙みそうな律動の中では目を開けているのも難しかった。

「あっ、あ、ふぇっ、いっつきっ……いっ、いっ！」

「……っとに、あんたって……っ」

そしてまた、こうまで咲坂のプライドを引き裂くようにして抱いておきながら、少しも満たされない表情の頰を肩口に埋める彼のことが、ますますわからなくなっていく。

ベッドの端に座る鴻島に腰を支えられただけの不安定な体勢で、ぐらぐらと背中から倒れそうな感覚が身体を竦み上がらせた。必死にすがる背中の張りつめた筋肉に、知らず咲坂は愛撫の手つきで指を這わせる。

「あうっ、あ……いいい……っ」

濡れた頰が擦れあい、きりきりと歯を食いしばった鴻島の口元は苦く歪んで、憎んでいるかのように鋭いままの視線が咲坂を惑乱させる。

（なぜ……）

もうなにもわからないはずなのに、肉のかたまりのような、性感だけしか知らない生き物になり下がっているはずなのに。

放埒《ほうらつ》を求め、絶頂を追いかけて腰をすり合わせながら、どこかに飛んでいきそうな身体の感覚が、なにかを忘れてきてしまったような不安が去っていかない。

ぽっかりとうろのように空《あ》いた胸の奥の隙間に、咲坂はひとり、沈み込んでいく。

＊　＊　＊

そうして、毎日のように放課後を過ぎれば、執拗な愛撫にいたぶられ声が嗄《か》れるまで泣かされているせいで、正直実習中には立っているのもやっとだった。いい加減限界に来たこの日、朝からずっと鈍い頭痛と発熱が咲坂を苛んでいる。

（平然とした顔、しやがって……）

しかし同じほどに体力を使っているはずの鴻島は、まったく潑剌《はつらつ》として見えた。あの男は底なしではないのかと思えば呆れるような、ぞっとするような気分にもなる。

さんざん泣かされて、いまだ腫れぼったい瞼は気を抜けば睡魔に襲われそうで、この体力の違いは若さも関係しているのだろうが、元々の体格からして持久力の差は歴然としている。

一回りも大柄な鴻島に連日、彼が満足するまで犯され続けて、咲坂の華奢《きゃしゃ》な足腰はすっかりがたがただった。

「……従って、関数を積分するとは基本的に、『面積』を求めると言うことであり、それを念頭に置いて積分を考えると――」

今、彼が読み上げている定理は、床に這った咲坂の後ろから腰をうねらせながら呟いていたものと同じだ。

(……っあ、……あー……！)

まったく同じ文章を、昨晩はどういうトーンであの唇が紡いだのか、そしてその時自分がどうなっていたのかを思い出した瞬間、背中の産毛《うぶげ》がざわりとするような感覚に咲坂は見舞われた。

(で、……この説明で、いいわけ……？)

(ふっ、あっん、あ……い……っ)

べっとりと濡れそぼった性器を扱《しご》き上げ、そうしながら尻の奥を突いて犯して、たびたびと問いかけられて逸らされる気分に、いつまでも終わることができなかった。

(なんだよ、これでイイんですか、咲坂先生……？)

泣きよがって、「イイ」としか答えられない自分を知っているくせに、憎らしくもわざわざ、丁寧語まで使って追いつめて。

そんな男が、今は教壇の向こうで爽《さわ》やかに笑っているのが、限りなくシュールに感じられてしまうのは、仕方のないことだろう。

「……おーし、じゃあ今日はここまでなー」

終了を告げるチャイムの音に、鴻島のよく通る声が被さる。途端にざわざわと私語をはじめた生徒たちへ明日の予定を通達し、非の打ち所のない授業は終了した。

六時間目の後はホームルームで、担任が現れる前にと咲坂は教室を出た。そのまま足早に去ろうとしたが、ふと足を止める。

「……？」

普段ならばすぐに咲坂へ近寄ってきて、無言でプレッシャーをかけるように隣を歩いてくるはずの鴻島が、廊下へと姿を現さない。

なぜか少し気がかりで、ふと教室を覗いてみれば生徒たちに囲まれ、何事かを問われている鴻島の明るい笑みがあった。

そして、その表情を認めた途端にひやりとしたものが胸にさし、咲坂は慌てて顔を背ける。

（……あんな、顔）

二重人格なのではないかと言うほどに、鴻島の屈託ない笑い顔は眩《まばゆ》い。

（嘘ばっかりで）

人を脅すような真似をして、ひどいセックスを強要して、怯えさせて泣かせて。

冷たい視線で、嘲《あざけ》るように本当は、嗤《わら》うくせに。

「ね、センセー今度遊びに行かない？」

「なに、どこよ。っつか勉強しろ、二階堂。おまえさっきのめためたじゃん」

十把一絡《じっぱひとから》げの、顔の判別もつかないような女生徒には、惜しみないようなやさしげな声で、問われる言葉を返すのかと思えば、腹の奥が憤りに熱くなる。

「センセ、センセ、どこ住んでんの？」

「教えませーん。プライベートな質問なら、俺もう行くぞ」

媚びるような目で見つめてくる少女たちをさらさらと上手に躱《かわ》して、それでも真面目な問いかけには真剣に答えている鴻島の姿が、咲坂にはひどく遠かった。

（俺には——……）

蔑むような顔しか知らない。突き放す瞳しか見せてもくれない。冷たく見下した視線のまま、苛むためだけの愛撫でしか触れてこない。

それでも、一度だけは、あの甘い表情を見たことがあると咲坂は思う。

名前さえまともに知らなかった、あの夜だけは。

（イツキ……）

こんな、痛めつけ合うような感覚を知らず、ただ長い腕の中で溺れていればよかったのに。

「なにを……」

女々《めめ》しい感傷を覚えた自分が信じられず、また呆然《ぼうぜん》と鴻島を見つめている状況にも腹立たしくなる。気まずく視線を逸らし、足早に背を向けて歩き出せば、背後の明るい笑い声にまた疎外感を感じた。

そうして、鴻島のあの笑みを甘受する側にいられない自分のことが、ひどく惨めだと思った。


ぼんやりとしたまま準備室にひとり戻れば、詰めていた息がこぼれ落ちる。肺の中をすべて押し出すようなため息に、部屋の空気さえ重くなったような気がして首筋には痛みを覚えた。

いずれにしろ、咲坂に残された期限は後一週間を切る。今日は既に折り返し地点にかかり、この膠着状態を抜け出すには、最後のその日を迎えるしかないのだろうとも思う。

使い慣れた自分の机に肘《ひじ》をつき、指を組んで頭をのせた途端、気がゆるんだのか眼底の奥が鈍く痛みだした。

「っつ……」

額を手の甲に擦り付ければ、偏頭痛がつきりとまたこみ上げる。たまりかねて、保健室から貰ってきた鎮痛剤を、常備してあるポットの湯をまずい水道水で薄めて飲み下す。身体中が乾いていたようで、臭いにもかまわずがぶがぶと水を飲む。

唇も乾ききって、カサついたそれがひび割れていた。指でなぞれば薄皮が剝がれ、ややあって口の中には鉄錆《てつさび》の味が広がる。

もう一度机に戻るだけの動作も億劫で、重く軋む身体は本当につらかった。ここ数年、日を置かずにハードなセックスを繰り返した記憶などなく、微熱が下がらないほどに疲労している。

（もう、本当に若くない……）

自嘲めいた笑いが零れれば、またずきずきとこめかみが疼いた。

かさついた肌は、昨夜《ゆうべ》の行為のせいにほかならない。昨日はもう射精するものもなくなって、薄く水っぽい体液だけになるまで搾り取られたのだ。脱水症状に近いものもあるのだろう。

荒淫《こういん》、という言葉がよぎり、ばかばかしくて咲坂はもう一度低く喉奥で笑う。

「なにをやってるんだか……」

その笑みにさえもまた頭痛がひどくなり、小さく呻いた咲坂は、堪えきれず机の上に突っ伏した。

「う……っ」

耳鳴りさえも始まって、少しも効いてこない薬を恨めしく思う。あげく治まるどころか、きりきりと胃まで痛み出した。半端な時間に服用したせいか、胃の中にあまり物が入っていなかったのだろう。

(吐きそうだ……っ)

冷や汗の滲んだ身体を震えさせ、小さくひきつけながら苦痛を堪えて、ふと咲坂は思った。

(今日だけは……勘弁して貰えないだろうか)

負荷の大きいアナルセックスは、本来日を置かなければ身体に不調を起こす。まして、セイフセックスを心がけてくれと言えるような間柄でもなかったから、咲坂に出来ることといえば極力前後の始末に気をつけるしかなかった。

(このままじゃ……本当にやり殺される……)

庇うように手のひらをあてた胃も、そしてここ数日案の定芳しくない腹部も、同時にしくしくと不調を訴えている。

棟のはずれにある準備室は、滅多に人も訪れない。静まり返った部屋の中で痛みを堪え蹲る自分の姿を知れば、恐ろしいような孤独感に苛まれ、咲坂は鼻の奥がつんと痛くなるのを感じた。

「は……っく、う……痛……っ」

なめらかな額には汗が浮き、浅い呼気が机に跳ね返って湿っていく。知らず零れた涙が頬を伝えば、その冷たさにもまた惨めだと思った。

苦しい。ただ苦しい。

端正な顔に苦悶を浮かべたまま唸《うな》り、机に押しあてた片方のこめかみがドラムを叩くような響きをもって脈打つのさえも耐え難かった。その音は徐々に大きくなって、不愉快でたまらないのに顔の向きを変えるのさえ億劫だと感じる。

(頭が痛い)

意識がぼうっと霞み、気を失いそうな朦朧《もうろう》とした状態になって、少しだけ安堵した。

(頭が、痛いんだ……)

もうなにも考えたくはないと目を閉じ、胃と、眼底の奥から突き刺すような鋭い痛みに身体を任せてしまおうと思う。少し薬も効いてきたのか、不意に急速な睡魔に見舞われた。

元より、薬効は回りすぎるきらいがある咲坂だ。強めの鎮痛剤は、場合によってはよくない薬のようなドライブ感を彼に与えてしまう。

くるくると回りだした室内の光景を見ていられずに、誰かの指に押されるように重い瞼を
ゆっくりと咲坂は閉じていく。

(眠りたい……)

そうすれば、胸の奥で冷たくその存在を訴える、根の深い苦しさを、忘れられる気がした。

しかし。

「……失礼します」

ノックの音と共にかけられた声に、苦しみながら微睡《まどろ》みかけていた意識は覚醒し、濡れたままの瞳を咲坂ははっと見開く。だが、鎮痛剤の効き始めた身体は鈍く重たくて、身を起こすことができなかった。

「先生……？」

先ほどとは打って変わった、不機嫌な表情で室内に姿を現した鴻島は、しかし机に伏したままの咲坂を認めた途端、眉間《みけん》の険しさをふっとゆるめた。

「……具合悪いの」

「あ……」

どろりと重い意識に阻まれ、効きすぎた鎮痛剤は咲坂の舌を痺れさせていた。茫洋《ぼうよう》と霞んでいる視線に答えを貰ったのか、鴻島はふっと瞳を眇める。

みっともない、と咎められている気がして小さく肩を竦めた咲坂に、しかし鴻島は正反対のことを告げた。

「さっきっからしんどそうだったもんな。熱ありそうだし……薬、飲んだ？」

「え……あ、ああ」

まさか心配するようなことを、この状況で言われるとは思わずに驚いた咲坂は、うっかりと素直に頷く。その反応は鴻島を怒らせるものではなかったらしい。

「っつうか昼飯から大分経ってっけど……なんか先に、胃に入れた？」

だが、胃を庇うように身を固めている状態は、あまり彼のお気に召したものではなかったようだ。ふと気付いたように問われ、なにも、と小声で答えれば、今度は呆れ返ったような吐息を落とされる。

「……バカじゃねえの」

「あ……」

舌打ちして吐き捨てられ、くるりと背中を向けられた瞬間、うるさいほどのこめかみの脈さえも聞こえなくなる。ただ、すうっと血の気が引いて、一瞬追うように伸ばされかけた自分の腕を咲坂は力なく下ろした。

そして、声さえもかけられないままにぴしゃりと引き戸は閉められて、大股に歩いていると知れる速さで足音は遠ざかっていく。

（……呆れられ、た……？）

内心呟き、愕然《がくぜん》と目を瞠ったまま咲坂は凍り付く。

いい年をして、自分の身体ひとつ管理できない咲坂を、鴻島はどう見たのだろうか。そう思えば羞恥と悔しさに眩暈がするようで、実際くらくらと視界は歪んでいった。

なけなしではあるが年長者のプライドとしてせめて仕事だけはきちんとしているのだと思わせたかった。それくらいしか、鴻島の前で咲坂が己を保つ方法がない。

（もう、とっくだろうが……）

けれど今さら、貶められるものもないような気もする。鴻島に蔑まれているのは既に身も心も思い知らされていて、今さらなんの恥だとも思う。

それでも、痛むほどに口惜しく、恥ずかしいと思う気持ちも確かにあるのだ。

そんな自分の感情の所以《ゆえん》に気付きたくはなく、咲坂は伏せた顔の側で拳《こぶし》を握った。

「いっ……！」

ぎりり、と刺し込むように胃が痛んで、唇を嚙みしめればまた鉄の味と、それ以上の苦さを感じ取る。

「う……っ、う！」

思わず声をあげるほどに苦しくて、椅子《いす》から転げ落ちそうな身体を机にすがって支えていると、もう意地も張れないままに涙がこぼれた。

情けない、みっともない、痛い――苦しい。

身体中が上げる悲鳴はそのまま、咲坂の心の悲鳴でもある。そうして、ようやく泣く理由を見つけた涙腺はゆるみ、冷たいそれは頰を汚して机にわだかまった。

胃の粘膜を鋭いもので引っかかれているかのような痛みは、いっそこのまま切り取って欲しいと思うほどに激しい。軽い嘔吐感《おうとかん》がこみ上げて、えずくように息をすれば肺の奥も締め上げられる。

「うぐ――……っ」

咳き込み、背中を曲げた瞬間、ずるりと崩れた身体がキャスター付きの椅子から転げ落ちそうになり、倒れる、と感じた。

しかし。

「……おい！」

床にぶつかる衝撃に目を閉じた咲坂の身体を、暖かい腕が支えている。驚き、霞んでいる目を瞠れば、苦い表情の鴻島が至近距離にいた。

「ちょっと、やばいのか⁉　救急車、呼ぶか⁉」

「あ……いや……」

微かに焦ったようなそれに気付けば、すうっと痛みが遠のく気がした。

「眩暈がした、だけだから……そこまでは」

強い腕に支えられ、崩れた身体を椅子にもう一度座らされる。肩で息をして、それでも呼吸のために膨らませた腹部には、やはりまだ鈍い痛みがあった。

「取りあえずこれ、飲めよ」

「え……？」

胸を喘がせ、手のひらの熱で胃の痛みを誤魔化していれば、目の前の机に置かれたのは牛乳のパックだった。

「それ、空腹時には飲むなって書いてあんだろ。牛乳飲めば少し、楽になるから」

顎をしゃくった鴻島の示したのは、先ほど服用した鎮痛剤だった。

「飲めば……って……」

朦朧としたままの頭では、去ったはずの鴻島がここにいることをいまだ認められず、おうむ返しに咲坂は呟いた。

硬直したままただぼんやりとするだけの咲坂に、なにを言っても無駄だと思ったのか焦れたのか。

吐息した長い指の持ち主は、売店で買ったとおぼしき牛乳のパックを開け、手近なカップにそそぎ込んだ。

「本当は温かい方がいいんだけど、この時期じゃ、これしかないし……一気に飲まないで口の中で少しぬるめてから、飲めよ」

ほら、と差し出されたカップをなにも考えられないまま両手に受け取り、信じられない状況を確かめるように上目に窺えば、首を軽く傾げた咲坂を視線で促してくる。

早く、と目顔で告げられ口を付けた牛乳は、さほど冷たくもない。

（……甘い）

苦く乾いていた口腔に、砂糖入りでもないはずのただの牛乳は甘露のようにやさしかった。

鴻島に言われたとおり、ゆっくりと噛むように飲み干せば、食道を滑って落ちていく少し粘質の液体は、やわらかにささくれた胃壁を包み込んでいく。

長い時間をかけてその一杯を飲み干すと、大分痛みはやわらいでいた。

「ふ……」

大きく息をついた咲坂の頬に、先ほどよりは血の気が戻ったのを見て取った鴻島も、ほっとしたように肩を上下させる。だが、咲坂がその様子をじっと見つめているのに気付けば、また渋面を作って視線を逸らした。

「タクシー、呼んで貰ってくるから、あんたもう、帰れば」

ぶっきらぼうに告げ、図らずも情をかけてしまったことを悔いるように、その整った横顔は硬く強ばっている。

そして、熱に浮かされたままの咲坂は振れ幅の大きくなった感情のまま、ひどく素直に口を開いた。

「……ありがとう……」

かすれた弱々しい、それでも素直な声音に鴻島はひどく驚いたようにこちらを振り返り、しかしまた頑なさを示して、目を伏せる。

「別に。……病人になんかしたって、つまんねえから」

吐き捨てるそれも、嘲笑うようなものを装ってももう、咲坂を痛めつけはしない。むしろただ、こんなことを彼に言わせてしまっている要因そのものに、息苦しさを感じた。

「じゃあ……」

なにも言わず、ただじっと見上げたままの咲坂にばつが悪くなったのか、ここ一週間のふてぶてしさを忘れたように鴻島はそそくさと背を向けた。

「――……イツキ」

そっと、聞こえるか聞こえないかの小さな声で、校内では口にしたことのない名を呼びかければ、鴻島は応えてはこなかった。

それでも、広い背中に走った一瞬の緊張に気付かないわけもなく、遠くなっていく背中を見つめた咲坂は、ただ胸の奥に渦巻く狂おしさに泣きたくなる。

言葉もないまま、鴻島と咲坂を隔てる扉はそっと閉められた。それでも、咲坂は彼の去っていったその部屋の入り口から、視線を外すことはできなかった。

「いつ、き……」

呟いた咲坂は、自分が飲み終えたカップから手を離せないでいることには、とうに気付いていた。再会して以来、鴻島がようやく咲坂へくれた彼らしい情の、それが象徴であるかのような気がして、ほんの少し示されただけのやさしさに、弱り切った心は全身ですがり付いている。

「ど、うして……っ？」

瞬《まばた》きも忘れていたような瞳から、はたりと落ちた雫にはもう、なんの言い訳もつけられない。カップの底にひとつ、ふたつと落ちていく涙は、後悔と自己嫌悪とそして、やるせなさからのものだ。

当たり前のやさしさなど、見せないでほしい。暴君のままでいてくれたなら、咲坂にも自分を保つ術《すべ》があった。鴻島を憎むことも、逆に蔑むこともできたのに。

やさしくされたら——崩れてしまう。保ち続けた最後の矜持まで、失ってしまう。

すべてを奪われて、本当に鴻島に虐げられたいだけの、肉の器になりはてる。セックスの間だけの奴隷ではなく、気持ちまでもが彼の手に握りつぶされたら、どうすればいいというのだ。

「いやだ……」

朦朧とした意識の中では、このせつない痛みがなんであるのかを明確に読みとることはできず、ただ自分の根底にあるものをぐらぐらと揺るがしてくる鴻島の存在が、怖かった。

「やさしく、なんか、するな……っ」

ぶざまで、情けない。痛む瞼を閉じれば泣く寸前の感覚にそれは酷似して、身体に引きずられた感情がらしくもなく、咲坂の心を弱くする。

今すぐにでも泣いてすがって、鴻島に許しを請いたいような、不意打ちで情を見せつけた彼を恨みたいような、相反した気持ちに引き裂かれ、混乱した咲坂は、しゃくり上げ小さな声で呟いていた。

そしてまた胸の奥に潜む誰かは、同時に咲坂へとこう囁いているのだ。

もう、遅い。

＊　＊　＊

咲坂に背を向け、強ばった顔をした鴻島は、胸の裡に渦巻く複雑に絡まった感情は取りあえずよそへ置いて、まっすぐに職員室へ赴いた。

「すみません、咲坂先生が具合が悪いそうです」

そうして、居合わせた笹井に状況を告げてタクシーを呼んでもらった後、準備室にいる彼を慌てて迎えに行ったのは養護教諭の村下《むらした》だった。

病院に行くなら付き添いにはベテランの彼女がよかろうと思われたが、それは咲坂自身の辞退で遠慮された。

「本当に、大丈夫ですか？」

「ええ、寝ていれば……それじゃあ」

見送られる咲坂は、いささか弱い笑みを作って答え、明日はちゃんとしますのでと何度も先輩教師に頭を下げていた。

行きがかり上見送りに立っていた鴻島に、やや焦点のずれた視線を合わせた咲坂は、一瞬だけ眉を軽く顰め、けれどもいつものようには強く見据えてくることはない。

どこか、不思議なものを見るように力ないその視線に居心地が悪くなって、口ごもりつつ気をつけてと告げれば、先ほどのそれよりもさらに穏やかな遠い声で、ありがとう、と言われてしまった。

「それじゃもし、……明日も具合悪いようなら、太田《おおた》先生にお願いします」

「わかりました、気をつけて」

人前であるからか、去り際まで咲坂は薄い笑みを崩さず、それがあの端正な顔立ちをいっそう儚《はかな》く見せていた。

タクシーを見送った後、咲坂の紙のように白かった顔色に、村下は「明日は無理かもね」と呟く。

「実習は、太田先生にバトンタッチかもしれないわ。念のため、打ち合わせしておいたら?」

「あ、はい」

実習疲れかな、と呟いた村下は、あんまり迷惑かけちゃだめよと冗談混じりに鴻島をはたき、白衣を翻《ひるがえ》して校舎へと戻っていった。

「……すいません」

呟きは重く、既に誰も届けるもののない空間に落ちていく。

その場を去る自分の口の中に後味の悪さを感じながら、これは自己嫌悪の苦みだろうと鴻島は思う。この日はもう予定がなく、同期実習生の集う準備室へ戻って身支度をするばかりだった。

一棟の三階にある準備室へ戻るためのろのろと進んできた廊下の角を曲がり、陰った階段の踊り場で、ふっと鴻島は足下が頼りないような感覚に見舞われた。

「――……っと！」

たたらを踏んで手すりを摑み、転げ落ちることはどうにか免れたけれども、驚愕を覚えた身体は一瞬の後にどっと冷や汗をかく。

疲れている、と鴻島は吐息して、高鳴る心臓を押さえて肩の力を抜く。

その精悍に整った顔立ちは、先ほどまでの張りつめたものから一転、疲弊し苦渋に満ちたものへと表情を変化させ、およそ二十代の若者とは思えないような暗い影を落とした。

(顔色、……真っ青だった)

無理もない。鴻島でさえこれほど怠いのだ。人前では元気にふるまっていても、気の抜けた瞬間にはぼんやりと思考が霞み、足腰が重いことを自覚させられる。

連日のセックスはいかな若い鴻島でもつらいものがあった。そしてそれは受け身の咲坂を、既に暴力と変わりなく痛めつけているはずだ。拒みつつ、快楽に弱い彼は最終的に乱れはするが、ダメージが少ないわけもない。

いつでも終わった後には失神するように気を失って、それを放ったまま彼の部屋を去るとき、もしかして死んでいるのではないかといった風情でぐったりとしている。

あの慣れた、感じやすい身体であればこそまだこの程度で済んでいるが、これが経験の浅い相手であれば、あんな無茶なセックスを手加減せず繰り返せば、病院送りになっていてもおかしくない。

(わかってるのに……なんで)

もう、いい加減にしなければと思ってはいる。常軌を逸したような交合を繰り返し、夥《おびただ》しく精液を吐き出すだけの関係には、正直疲れ果ててもいる。

(なんで俺、あんなこと……できるんだろう)

元来、サディストの気はないと信じていた自分が、咲坂を前にすれば今まで使ったこともないようなひどい汚い言葉を吐き捨て、道具を使うように身体を開かせるのが信じられなかった。

若者らしく、少し危ないことへの好奇心や興味はあっても、実行するとなれば意味合いがまるで違う。本来は健全である鴻島の神経は、禍々《まがまが》しいようなこの関係にすり減らされ、一週間目にして既に焼き切れそうになっていた。

(もう、いやなのに)

初日、あの準備室で咲坂を踏みにじり、教科書や書類の積み上がった空間を眺めながら吐精を果たした瞬間、うわんと空間が歪んだ気がした。ワックスのかかった古びた床に滴り落ちるふたり分の精液を見た途端に、既に後悔ははじまっていた。

もうやめよう、今日はもういい、いつでもそう告げるつもりで咲坂へと声をかけるのに、あの日以来怯えた、それでいた媚びた表情しか見せないあの切れ長の双眸《そうぼう》を見つめた瞬間、鴻島は胃の奥が煮えるような気分にさせられ、そして日に日に暴力めいたセックスはエスカレートしてしまう。

汚して、痛めつけるのは、復讐のようなものだと思っていた。鴻島の人格を踏みにじるような、下衆な勘ぐりをした咲坂へ、仕返しをしてやるつもりだった。

けれどその行動が、間違いだったと早々に鴻島は悟っていた。

(しんどい、だけなのに)

傷つけられた分だけ傷つけ返してみれば、胸がすくどころか結果的に痛ましい咲坂を見ては嫌な罪悪感に苛まれただけのことだ。

暴力的な高揚など、結局は肌に馴染まず居心地が悪い。けれどもう、引っ込みもつけられなくて露悪的にふるまってしまうのだ。悪辣《あくらつ》な言動をしつつ普段通りに笑うアンビバレンツに自分が誰だかわからなくなってしまいそうだった。

咲坂を、そしてずっと哀れんでいた。ばかな人だな、と冷めて白けて、一段高い位置から、泣いている彼を見下していた。

けれど、たったひとり薄い背中を丸めた彼の青ざめきった顔を見てしまえば、ばかなのは自分だと思った。

本当は隙だらけの咲坂。プライドばかり高くて気を張って、そのくせ薬の飲み方さえもまともに知らないで、虐《いじ》められている相手に、あんなにうっかりと「ありがとう」なんて言ってしまう。

(なにしてんの俺)

抱え起こした咲坂の肩は骨から細く、きっと自分がこの大きな手のひらで張り飛ばせば、簡単にあの身体は飛んでしまうだろうと思えば苦々しい。

(なにしてんの、……俺)

一息に薙《な》ぎ払えるような弱いものをいたぶって、悦にいるような見苦しい人間になり下がって。

仕返しも気晴らしも、なにひとつこの苛立つ気持ちをおさめることはないと、知っていたくせに。

ありがとう、と無心な声で言われた瞬間、どうしようもない自己嫌悪に見舞われて、拳を握りしめて悲鳴を堪えた。

(わかってた、くせに)

あの人もばかで、自分もそうで、でもそれがわかっているのなら、事態をちゃんと理解している方があきらめて、譲るしかなかったんだろう。

あの夜のようになにも聞かないまま、不安定で脆《もろ》くて考えなしな咲坂を、浅はかと知りつつ許してやればよかったのだ。

どんなに、ふざけた言いざまで疑われても。

そういう咲坂だからと、はじめから。許してやれていれば。

（可哀想に）

震えて苦しんでいる細い身体を見つけた瞬間、素直に鴻島はそう思った。一段上から哀れむのではなく、彼の目線に下りた位置で、可哀想にと哀しくなった。

その言葉を、「可愛そう」とも書くのだと、言葉の戯《たわむ》れに習ったのはいつの頃だったか。

この今たたずむ、四角四面な空間によく似た場所で、嗄れた声の、しかし人格の温かな担任教師がふと、思い出される。

中学生の、頃だったろうか。

（読んで字のごとく。かわいいのさ。可愛いから、可愛そう、可哀想なんだ）

哀れむとはそして、愛おしむことなのだ。

だから弱いものほど、人間はどうしても慈しみ、やさしくしたくなるものなのだと教えられ、まだ十代だった鴻島にはそれは甘ったるく、馴染めない感覚だと思った。それでも、いまださやかなときめきしか知らない少年は、ほんの少しだけその言葉に憧れめいたものを抱いた。

そのイメージは淡く、甘く、ただただやわらいだ薄桃色の印象があって気恥ずかしく、当時もそんな純情をむろん表に出すことなどなかった。そしてそのまま、静かに記憶から薄れていったのだ。

かわいそう。

力なく呟けばいっそつたないような、その言葉。

「……なるほど、ね」

シニカルな笑みを浮かべる鴻島の表情は、既にその頃の甘さや初々《ういうい》しさを払拭《ふっしょく》しきり、いくつかの恋も経てきた男のふてぶてしさをも身につけていた。ある意味すれたとも、乾いたとも言える。

けれど思うのだ。咲坂を、どうしようもなく可哀想に思うのだ。

そしてこの瞬間、心の奥底に置き忘れてきたあの言葉を噛みしめている自分を、鴻島はもはや否定できない。

長く背を預けていたようで、気付けばコンクリートの壁は鴻島の体温でぬるまっていた。そうしてうっそりと身を起こし、もう一度だけ大きく深いため息をついた後に、薄暗い階段を上っていく。

踊り場の西日は眩く、やがてくる夏を思わせて赤い。梅雨のただ中に始まったこの実習も、やがて雲が切れる頃には終わりを告げる。

その先にある、白く眩い夏空のもと、せめて屈託ない自分でありたいと鴻島は強く願った。

これ以上、自分もそして咲坂のことも、貶め、憎むことはしたくなかった。

＊　＊　＊

そして、咲坂が倒れた翌日のことだ。体調不良の咲坂には荷がかちすぎるだろうと、臨時で交代となったベテランの太田に、その後の鴻島の実習は任されることとなった。

「そんなに無理なものでもないんだろうけれど……」

どうやら神経性胃炎と過労ではないか、と休むに当たって連絡を入れてきた咲坂に、太田はあまりいい顔をしなかった。

「鴻島くんは面倒も少ないだろうに、困ったもんだ」

大学での成績もよく、実習生の中ではだんとつに評判のいい鴻島は、キャリアの浅い咲坂には楽だろうと判断されてあてがわれたのだと、その時にぽつりと漏らされる。

側にいた教頭まで芳しくない表情をして、内部事情、主に査定の話などまでぽろぽろと漏らすから、聞いている鴻島の方が青くなった。

「いえ、それは」

これでは下手をすれば、職員内での咲坂の評判どころか、給与査定にまで響いてしまう。いささかどころではなく自責の念を刺激され、鴻島は思わずフォローするような言葉を発していた。

「それは僕が——あの、実は遅くまで色々、指導して戴《いただ》いていたので。自宅まで押し掛けて、教えを請うような真似もしましたから。ご迷惑をかけていたのだと」

多分ご無理をさせたのだと思いますと、無意識に熱を入れて咲坂をかばえば、少し驚いたような職員たちの顔があった。

そしてややあって、穏やかに笑んだ教頭の言葉に、鴻島は恥じ入るような気分になる。

「……咲坂先生はなんというか、もっと冷めて、淡々としていると思っていたんだけれどね」

実習生にそうまで慕われるのなら、まあ今回は熱心さゆえということで、とその場はおさめられ、鴻島は大きく息をつく。

「しかし、そんなに仲良くやっていたとは知らなかった。鴻島くんも熱心だね」

「いや、あの……」

あげく、近頃の学生にはないことだと好感を持たれたらしく、本気で教職を取るつもりはあるのかと問われてしまえば後ろめたさに冷や汗が出た。

「生徒には、評判もいいんだ。どうかな、卒業後の就職は？」

「いや、え!?　気が早いですよ！　っつーか卒業できるかな……卒論も怖いし」

「おいおい、しっかりやってくれよ」

ごく当たり前のように、実習生としての鴻島を評価する言葉に焦ってしまう。どうにかその場を逃れたものの、やはり少しばかり気が重かった。

「——……おつかれさん」

「おう」

実習生準備室に戻り、窓辺で煙草をふかしていれば、山岡が苦笑を浮かべて声をかけてきた。

「交代だって？」

「おーよ、参ったね、中盤で」

「んー、……つうかさ」

こちらも苦い笑みで軽く答えたが、木訥《ぼくとつ》な顔をしている割に、実は機微に聡《さと》い彼は、笑いに誤魔化せない、憂鬱《ゆううつ》な物思いに耽る鴻島の態度を鋭く指摘した。

「……やっぱ、気になる？　咲坂先生のこと」

「っ……？」

いきなりの言葉に、ぎくりとする。

一瞬、なんのことを言われたものかと頭が真っ白になり、鴻島は僅かに反応するのが遅れ

た。

「え、いや……」

平静な顔の下、内心ではひどくうろたえる鴻島には気付かないのか、まあしょうがないよな、と山岡は他意のない顔で頷いてみせる。

「そりゃ鴻島のせいじゃないにしたって、身体壊して途中で担当代わったなんつーのは、ちょっと後味悪いよな、時期も時期だし、こっちのせいかと思うし」

「あ、……ああ、うん」

責任感じちゃうしさ、とあくまで人のいい彼はそう結論付ける。

(やばかった)

同じ大学にいて、数日間を共にしているとはいえ、山岡とは実はこの実習に来るまでさほど親しかったわけではない。鴻島が男もOKというのは付き合いの深い人間にはばらしてあるが、顔見知り程度に公言するほど恥知らずでもない。

また山岡は、親しくなってみればやはりタイプもずいぶんと違い、見た目のままに実直で誠実だ。そこそこ平均的な遊びや人間関係を上手くこなし、時には羽目を外しすぎる鴻島とは違って、彼は不器用だが、懸命に誠実にひとりずつと向き合おうとする。

恐らくは恋愛に関しても、モラルがきちっとした真面目な付き合いをするのだろう。そんな相手に、自分のあの所行を知られればと思うと、ぞっとしないものを感じた。

背中に冷たいものを覚える鴻島には気付かず、のんびりとした声で山岡は話しかけてくる。

「でもやっぱ、結構しんどいし、こっちだっていろいろ考えるよな。俺、センセになったら実習生にはやさしくしよっと」

「あれ、マジなんだ？　山岡」

「うん、前から決めてたからね」

言葉の通り、本気で教職をとろうと思っているらしく、そうだよ、と微かに照れたように笑った。

「でも俺、お前みたいに器用に面白く授業とかできないからさ。あんま受けないし。頑張らないと」

「……なこと、ねえよ」

きっちりと型どおり進めるしかできない山岡の授業は、生徒にはあまり受けはよくない。しかし、丁寧でわかりやすいという意見も確かにあり、教育を長いスパンで見るまでもなく、教師に向いているのは、山岡のようなタイプだ。

この一週間、確かに実習生たちの中でも目立つおかげで、目に見えたリーダーシップは鴻島がとっているように見えても、実は頼られ、相談されているのは彼の方だった。

（当たり前だけど……）

見目よく、人当たりのいい鴻島は、単純に話しかけられやすいだけのことで、またこれは持って生まれた体格と声のせいで押し出しが強い。だが実際、この一週間の来し方といえば通例通り授業をこなす他には、咲坂とセックスばかりしていたような気がする。

（……だらしないな、俺）

鴻島が実習中、あれほどに明るく誠実にふるまった理由のひとつには、咲坂への歪んだ対抗意識のようなものが大きかった部分もあった。そして自分への意地もあって、手を抜いたようなことはしていないけれど、山岡ほどには誠意をもってぶつかっていないことなど、自分が一番知っているのだ。

「……おまえ、よくやってんじゃん」

そして、鴻島が自堕落な行為に耽っていたその間に、きちんとした周囲との人間関係を築いているのは山岡の方で、既に生徒からも進路相談を受けていたりするのを、鴻島は知っている。

目立ちにくく、損な性分ではあるが、いずれ彼の好ましさは皆が知るところになるだろうと鴻島は感じていた。

だからこそ、先ほどの教頭の過分な賛辞や期待が重く、恥ずかしいと思えた。認められるべきは自分ではないと、誰よりも知っていたから。

「向いてるよ、先生。頑張れよ」

「そ、そっかな？　鴻島に言われると、自信つくなあ」

「ばーか」

そんな彼に較《くら》べて、本当に自分は情けないと痛感する。

(なにやってんだ、俺、ほんとに)

裏表を使い分けるように、実際にはずいぶん冷めたままで過ごしていたこの数日間を真っ向から褒められてしまえば、そんな信頼を向けられるような人間ではないのにといたたまれない。

(ほんとに、ちゃんとしなくちゃ)

自分の感情だけに振り回され、あがくばかりだった自分がたまらなく恥ずかしくて、久しぶりに素直に動く情動に、またほっとしてもいた。

過度な讃辞にうろたえたり、友人の声に反省したりと、そんな風にまだ荒みきってはいない自分を知るのが、たまらなく嬉しかったのだ。

「まあ、あと半分、頑張りますか」

「そうしますか。……な、今日飲みいかね？」

「いいね」

血の上った表情を照れに見せかけて誤魔化しながら、山岡ののんびりとした声に、鴻島はしんと冷たかった胸の奥を、なにかやわらかな温かさが溶かしていくのを感じていた。

＊　＊　＊

結局、隔週で休校となる土曜日も入れた休みを挟んで四日、咲坂と会うことはなかった。そうしているうちに週が変わり、出欠としては二日間休んだ咲坂をまず迎えたのは、心配げな生徒たちの声だった。

「もう、センセだぁいじょうぶ？」

「咲坂ちゃん細いもんねぇ」

早朝、登校の途中で見つけた途端に咲坂へ近寄ってくる少女たちは、ふざけた口調でもそれなりに心配していたらしい。教師の出勤時間は生徒のそれよりも当然早く、部活動のためであるとか、一部早めに登校する生徒は数も少なくまばらで、それだけに鴻島もすぐに彼の細いシルエットに気付くことができた。

「平気だ。ちょっとここのところ、寝不足だっただけだから」

線の細い咲坂がやんわりと笑んで告げるそれも、いまだ力ない。数日休んだくらいで回復できるものではなかろうと、遠巻きに眺めながら鴻島は苦く思う。

「鴻島せんせ、おはよっ」

「おっ？　……おっす」

こちらもあまり晴れやかとは言い難い表情で、その背後から距離を空けてゆっくり歩いていた鴻島の背に、バスケ部に所属している元気のいい二階堂が声をかけざま背中を叩いてくる。

不意打ちに驚き、またその威勢のいい声に先を行く咲坂が気づきはしないかと冷や汗をかけば、案の定ゆっくりと彼は振り返った。

無視もできず、曖昧《あいまい》に会釈すれば少し硬い表情で彼も同じようにかすかに細い首を動かしてみせる。見交わした視線の先、まだ顔色は青白かった。

「なにー、しょぼい顔して」

「まだねみーの。早く行けおら」

内心では舌打ちをしたいような気分で、しかしきょとんとしている生徒に罪はない。鴻島をさほど見上げず視線を交わせるほど長身の彼女の、肩口にある小さな頭を叩いて促し、鴻島もその長い脚で咲坂へ歩み寄った。

「……おはようございます」

「ああ、……おはよう」

横に立てば、先ほどの生徒と同じような位置に咲坂の頭はあった。しかし、受ける印象は男性であるはずの咲坂の方が、よほど弱々しいような気がしてばつが悪くなる。

「体調は、平気ですか」

「まあ、……なんとか……」

周囲を慮《おもんぱか》り、丁寧に穏やかな声で問いかけても、咲坂の歯切れは悪かった。まだ警戒されているのだろうと思えば情けなくもあり、また当然のような気がした。

「お大事に。じゃあ、先に行きますから」

「ああ」

早口に告げれば、むしろほっとしたように幅のない肩が上下する。まだ少しだけ残る苛立ちとものの悲しさを感じて、その華奢な身体を追い抜きながら、鴻島は彼にしか聞こえない声で告げた。

「……安心しろよ。もうひどくしない。それに、指導担当代わったから」

「え……？」

そのまま、すたすたと広い歩幅で歩き出せば、弱々しかった気配が遠ざかっていく。意味が分からない、といったように呆然とこの背中を見やる咲坂の眼差しが痛かったが、鴻島は振り返らなかった。

（これでいい）

もう、あの存在を追いつめるのはやめよう。それがここ数日かけて咲坂の不在の間に考えた、鴻島の結論だった。

痛めつけるような行為など本来鴻島は好まない。あんなことをいつまでも続けていたら、本当に自分はすさんでしまう。いずれエスカレートしたそれが本当の暴力に変わらないとも言い切れない。

咲坂に対するわだかまりがすべて消えたわけでもないが、それも後数日のことになる。

(それまでに、俺もちゃんとしなきゃ)

教頭に、そして山岡に貰ったあの時の言葉たちを思い出せば、数日経ってもいたたまれない気分になる。それでも、結果的に咲坂に迷惑をかけずには済んだだろうと思えばほっとして、性懲《しょうこ》りもない自分に苦笑いが零れた。

(矛盾してるのは、わかってるけどな)

なにもかもを許せたわけではないのに、彼の身を案じる自分はどこかおかしいとは思う。

実習の指導教官が代わったことで、鴻島も授業内容についてはかなりの見直しを言い渡されたし、ベテランの太田はやや頭が固く、咲坂の時のように砕けた雰囲気では進められない実習はやはり、やりにくくもあった。

それでも、ほっとしている。これ以上、誰も——咲坂を、傷つけないで済むことに、たまらない開放感と安堵がある。

今週末で終了する実習は、残すところ四日となる。土曜日には発表実習を迎え、そうして後は大学に送られてくる実習評価を待つばかりになる。

その間、できる限りの誠意をもってこの空間で過ごすしかない。

「おっはよー、せんせ」

「うーっす」

今度はもう、背後からの声に怯えることもない。心から笑んで生徒に答えた鴻島の表情は、梅雨の晴れ間、見上げる空のように明るく、眩しかった。

＊　＊　＊

一方の咲坂は、鴻島の態度と雰囲気のあまりの違いに、面食らっていた。

先週までの彼が発していた、どうしようもなく暗い熱気のようなものが払拭され、穏やかな、それが本来のものであると知れる自然な笑みを惜しげもなく振りまく鴻島には、もはや驚きを通り越して呆然としてしまう。

（どうして……）

ひとりの部屋、久しぶりにあの大柄な彼の姿がないことに戸惑っている自分に気付けば、寂しさが襲ってきてひどく混乱した。刺すように痛む胃がなかなか食物を受け付けなくて、だらだらと過ごす羽目になったのは、あの日流してしまった自分の涙の理由について考え続けたせいだ。

やさしくしてほしくないと願う裏に潜む、自分の気持ちについてはっきりと自覚してしまうことは怖いのに、それでも眠れず見上げた天井には鴻島の姿ばかりが浮かんだ。

鴻島は怖い、とても怖い。けれどそれがなぜか、と問われれば、決して導きたくはない答えがはじき出されてしまいそうで、逃避するように布団にくるまって眠り続けた。

結局、気分ではなく体調の方が戻ればぐずぐずとしているわけにもいかず、数年ぶりに味わったモラトリアムな気分は咲坂を、ただいたたまれなくさせた。

鴻島に、どんな顔をして接すればいいのかと悩む内に時間が過ぎ、いよいよ観念して朝方向かった学校への道のりは、ひどく憂鬱に長かった。

（それなのに、……どうして）

この混乱しきった内心での逡巡《しゅんじゅん》を知ってか知らずか、驚いたことにあちらから声をかけられ、どうしても緊張を隠しきれないでいた咲坂の脇をすり抜けていった鴻島の表情は、見たことのないすっきりとしたものだった。

（自分だけ、そんなに）

四日間のお互いの不在は、いったいなにを鴻島にもたらしたものかわからない。ひとり取り残されたような気分で、鬱々と咲坂は眉をひそめる。

あげくにはその直後、欠勤を詫《わ》びに向かった先、教頭からは指導教官の交代を言い渡されてしまった。致し方ないこととは思うけれども、やはり臍を噛むような気分になる。

就職して以来はじめての長期の欠勤もまた気まずく、しかも大事な教育実習期間だ。

（失敗した……）

教頭の前に頭を下げるのは、新米の時以来だと思えば自分が悔しかった。

「自己管理の不行き届きで、申し訳ありません……」

「ああ、いやいや。大事なければかまいません。今日から頑張って」

原因が原因であるだけに気が重かった咲坂は減棒ものかと青ざめたが、続く意外な言葉にさらに動揺する羽目になる。

「鴻島くんも、咲坂先生の不調は自分のせいだから、とずいぶん庇っていてね」

「えっ!?」

後ろめたさのあまり、上擦った声が漏れた。

(まさか——ばれた……?)

一瞬で目の前が真っ暗になり、ただうろたえるしかない咲坂にとっては穏やかな顔をした教頭の表情がにわかに恐ろしく感じられる。

(ばらされた? どうして? あの日、相手をしなかったから……!?)

「いや、しかし、いい青年だね、鴻島くんは」

「は……」

どうして、どうしてとそればかりが胸に渦巻き、指先まで冷たく小刻みに震えはじめた咲坂に、しかし老齢の彼が機嫌のいい声で続けたそれに、俯けた顔を跳ね上げた。

「一生懸命、かばってましたよ。咲坂先生を責めないで欲しいと」

「あ……え……？」

なんのことだ、と瞬きをすれば、こちらとしては咲坂先生に非難の声も少々、上がりかけたんですよと、教頭は一旦諫《いさ》めるような前置きをした。

「しかし、そんな無責任な人ではないと。自分が遅くまでいろいろと指導させたせいなので、責めないでほしいとね、懸命に」

「……え⁉」

（イツキが……⁉）

あまりの意外さに目を瞠った咲坂には気付かず、美談に酔ったように教頭は自分の言葉を噛みしめ、頷いていた。

「いやね、実際、久しぶりにいい実習生ですね、彼は。それにまた、ああして慕われる関係性というのも、近年ではなかなかないことです」

これからも、頑張って下さいという労《ねぎら》いの言葉に、咲坂はなんと答えればいいのかわからなかった。恐らくは慣習で、儀礼的に返答をしたような気もするのだが、まったく記憶にない。

だが、病み上がりの咲坂の血の気のなさや反応の鈍さを教頭はさして気にした様子もなく、お大事にと告げられてその場は終わった。

「……イツキ、が」

場を辞して、いつもの準備室に向かいながらこぼれ出たのは、ぼんやりとした呟きだった。

そして、ふと咲坂は気づく。

何度も頭を下げながら、わき起こるのは自分の失態への純粋な自省と憤りだった。こんな状態へと自分を追い込んだ鴻島への恨みや、怒りなどはかけらも頭になかった。

それだけに、暴露されたのかもしれないと疑った瞬間は血が凍って、けれどそれが自分の短慮だと気付いた瞬間には、血の煮えるような羞恥がこみ上げた。

（——俺は）

地面にぽかりと穴が空いて急速に落下していくような感覚に、校舎内を歩く足下さえおぼつかなくなる。

（なんて、恥ずかしい……）

疑うことしかできなかった自分の浅ましさに、治まったはずの頭痛がまたぶり返した気がして、頼りない足取りで向かう先、ゆらりと影が動いた。

「……っ！」

息を飲んだ咲坂の前にたたずんでいたのは鴻島だった。複雑そうな顔をして、準備室前、その長い脚を軽く交差させ、腕を組んで壁にもたれている。

「身体。……平気すか」

唇を開閉させたまま、声も出ない咲坂にぼそりと告げた声は低かったが、やはりあの突き放すような冷たさはない。

（誰……？）

この日の彼は見たこともない、不思議な顔をしている、とまだ混乱から立ち直れない咲坂はぼんやり鴻島の顔を眺めた。

「まあ、朝も言ったし、もう、聞いたと思うけど、このまま実習は太田先生に代わるそうだから」

「そ……」

「とりあえず、世話になったって挨拶してこいって、言われたんで」

少しまだ気まずげに、けれど心を決めたように、揺るがない穏やかな表情の鴻島は別人のようだ。廊下の窓から差す、白々とした光を受けるにふさわしい焼けた頬の輪郭が、まるで彼の内側から輝いているかのようにそのラインを縁取る。

「——……咲坂先生？」

「ど、……うして？」

無言のままじっと、その鋭角的な頬を見つめている咲坂に、鴻島は長い沈黙を訝しむような声を出した。それこそがわからず、咲坂は理由のわからない不安に苛まれたままかぶりを振る。

「なんで……かばったんだ」

「え？」

「どうしてっ……だっておまえ……俺のこと、嫌って……っ！」

瞬時に高揚した感情が発するままの言葉は、まるで文脈が繋がっていない。けれどもう、いったいなにから彼に問えばいいのか咲坂にはわからず、しなやかな指を強ばらせて、混乱に熱っぽい頭を押さえながら自分の髪を乱した。

嫌な風に跳ね上がる鼓動がひどく呼吸を乱し、喘ぐように肩を上下させた咲坂のその問いに、鴻島は唇を開きかける。

「……予鈴、鳴った」

けれど幾ばくかの躊躇いを含んだ沈黙の果て、形よい肉厚のそれからこぼれ落ちたのは、そんなそっけない言葉だった。

「じゃ、そんなわけで。遅れるから」

しかし、瞳の奥に宿ったものはなにか、違うことを咲坂に訴えかけているようで、軽く壁を弾くように身体を起こし、足を踏み出した鴻島のそれから目を離すことができない。

じっと見つめるばかりの咲坂に、やはり鴻島はなにも言わなかった。ただ、真っ直ぐに澄んだ眼差しでこちらを見つめ返し、そうして、ごくわずかに微笑む。

「——……っ!!」

どん、と心臓が大きく高鳴り、その反応の激しさに咲坂は呼吸さえも忘れてしまう。

その瞳の虹彩が、光を含めば甘い蜜色《みついろ》になるほどに明るいことを、この瞬間はじめて知った。

あんなにも間近に、その肌の距離さえもなくして絡み合った相手の顔立ちを、今までまともに見てさえいなかったことに気付かされ、咲坂は立ち竦む。

「じゃね、先生」

とん、と軽く肩がぶつかる距離で告げられた言葉に、泣きたいような気持ちになった。

「……なん、で」

きれいな、目をしていた。なにもかも振り切って、憑《つ》き物が落ちたような鴻島の瞳には、なんの執着も見苦しさもない。向けられた背の広さ、夏仕立てのシャツに跳ね返る光が眩しすぎて、目が眩《くら》む。

その伸びやかな背は、名も知らないままに咲坂を守り、安堵させたあの日と同じもので。

だからこそ遠く霞んで、咲坂を苦しめる。

(どうして、そんな、ひとりで)

咲坂を見ない鴻島は、どこまでも清潔だった。

(もう、終わったみたいな顔で)

自分ひとりがただ、同じ空間にたたずむにはあまりにも、矮小にみにくく歪んでいるようで、耐え難い。

（終わったみたいな――……）

内心に浮かぶ言葉に、肺の奥が締め付けられるような感覚が襲い、咲坂は小さく呻いて胸を押さえた。

「痛……っ」

鴻島と再び出会って以来、この奥にずっと埋め込まれている鋭利な刃のようなものに、今度こそ内側から切り裂かれたような気がした。

やんわりと、しかし薄く脆い膜を破るには充分な鋭さと強さで。

「イツキ……っ！」

叫んだのはもう、なにを考えてのことではない。届くかどうかもわからない、そのかすれきった哀切な声に、なんの願いを込めたのかも咲坂にはわからない。

廊下の曲がり角に消えかけたその背中は、一瞬だけ躊躇うように動きを止め、ややあって信じられないことに、振り向いた。

「……なんでしょう？」

けれども、穏やかさを崩さないままの鴻島のそれは、丁寧にやさしげだからこそ咲坂には苦しかった。

淫らに引き裂かれた時間の蔑むような冷たさも、咲坂をずっと嘖《さいな》んだけれども、今この時ほどにせつなくはさせなかった。

（違う……）

やわらかな鴻島の声の中には、彼から提示された距離がある。どれほどにやさしげでもそれは、言うなれば彼の授業中、生徒たちに向けるような薄く平等なものでしかない。

咲坂本人に向けられた、あの激しく厳しい、ねじれた、それでも真っ直ぐに胸を突き刺した感情が、どこにも見えない。

「も……もう、いい、のか？」

すぐ側で、同じように傷つけあったはずの青年は、一息にその長い脚で咲坂には見えない方向へ歩き出してしまっている。

「黙ってて、くれたから、……だから……っ」

それなのに、引き留める自分の言葉はこんな無様なものしかない。差し出すものも、散々に手垢《てあか》のついたような身体の他になにもない。

絶望的な気分で、それでも衝動的に放った言葉は戻らず、落ちる沈黙は今までの比ではなく咲坂を怯えさせた。

「……さっき」

長い、静寂の果てに空気を震わせた鴻島の声は、隔てた距離にあってさえ囁くようにやさしかった。ようやく、こちらに向けて発せられたそれを聞き漏らすまいと、精一杯神経を尖らせて彼を見つめた咲坂は、紡がれた言葉にまた困惑する。

「さっきの、あれだけど。……嫌いじゃないよ」

「え……？」

「どうして、って言っただろ？」

あんたが聞いたんだろう、と苦笑した彼は、一度だけ視線を床に落とした。そして身体ごと向き直り、告げる。

「あんたのこと。……俺は、嫌いじゃない」

「いっ……っ」

結構、鬼みたいなことしてたけどねと、また頬を歪ませて鴻島は続ける。

「でもね、俺、わかったんだ」

「なに、なにが、わかったって……っ」

信じられない言葉に、肌の表面が電流を流したように痺れた。

「……俺はね」

けれど咲坂がその感覚がなんなのかを悟る直前、笑ったままの鴻島は言葉を遮り、そして一息に言った。

「俺は、あんたといるときの俺が、……いちばん嫌いだ」

「——……」

ひゅう、と喉奥に風が吹き込んで、肺の奥に鉛が押し込まれたかのような重みが感じられる。

「だから、もういい。……誰にも、言わないよ。傷つけたりしない。ひどいことも、しない」

もういいよと、待ち望んだはずの言葉を告げられても、なにひとつ咲坂は救われない。

そして、蜜を溶かしたような瞳の奥、穏やかな色の向こうに見えるそれが、憐憫《れんびん》の情であることに気付いてしまえば、もう舌の先も凍り付いた。

「遅れるから」

(――……待ってくれ)

声は喉の奥に棘《とげ》のある塊《かたまり》として引っかかったまま、頼りない呼吸音だけが唇を震わせる。

(待って)

いかないで。

こっちを、向いて。

やさしい拒絶を浮かべる背中だけ見せて、消えていかないで。

(誰にも、言わないよ。傷つけたりしない。ひどいことも、しない)

あんなにもやわらかな声で告げられた、二度と触れないという宣言を、咲坂は知らない。

そして自分には、それを取り消してくれと願う術も、権利も、なにひとつなかった。

「――……イツキ」

彼の消えた廊下に響く声は虚しく、本鈴のチャイムにかき消されて、咲坂の耳にさえ聞こえなかった。

「終わっ……た……？」

信じられないほどのあっけない終焉《しゅうえん》に、咲坂がようやく言葉を発したのは、それからずいぶん経ってからのことだった。

三時間目には、担当するクラスの授業があったことを思い出したのは、窓の下遠く、グラウンドから聞こえる体育の号令を聞いてからだった。

「準備……」

のろのろと、数日ぶりの準備室に戻ればそこには、誰もいない。

この学校に勤めて以来、ほとんどの時間をここで過ごし、煩わしい人間関係から逃れる唯一の根城であった空間は、空々しく冷たい空気で咲坂を迎えた。

ここで、鴻島斎としてのイツキと、はじめて言葉を交わした。

そしてその瞬間にねじれてしまったものが、どっと記憶の渦として押し寄せてくる。

「俺……？」

もう、なににショックを受けているのかわからないまま立ち竦んだ咲坂は、出逢いからの場面がぐるぐると走馬灯のように回るのを呆然と眺めていた。

道玄坂。実習生の書類。職員室。

(大体、あんたなんか騙してなんになるってんだよ、んーなこともわかんねえからクスリなんか使われれんじゃゃねえの⁉)

耳に残る、激しい怒声。

「……なんで」

ひとつひとつを振り返り、終わってそうしてはじめて、腑《ふ》に落ちる。

鴻島のあれほどまでの怒りの理由、そして自分の怯えの根元。

「俺は……なんで」

本当は、咲坂にもわかっていたのだ。

これまでの状況も、ただ恨みがましく泣いていた場面でも、咎めるべきは鴻島ではない。

すべては自分の招いたことだった。

あんなにもばかばかしい取引めいたセックスをする羽目になっていたのも、もとをただせば恐慌のあまり放った己の言動のせいだと、本当は理解していて目を瞑っていた。

だから苦しかった。ずっと。自分自身に向き合うこともできない惨めさがたまらなかったのだ。

あの日、恐ろしいような偶然に、ただ、怯えて。本当は素直に、黙っていてくれと頼み込むつもりだったのだ。

(あんなはずじゃ、なかった……)

けれどあまりのことにうろたえ、不愉快そうに睨め下ろしてくる鴻島の——イツキの表情に、ささくれた神経はどこまでも過剰に反応した。

あげく、そんな精神状態の時にまた女生徒に告白されてしまい、うまい断りさえもできないまま困り果てていた場面まで見られ、どこまでみっともない姿を見られることになるのかと、彼との巡り合わせの悪さを咲坂は呪った。

(……そんなに警戒しなくたっていいじゃない?)

吐息混じりの鴻島の声は、それがあの夜のイツキが発したとは思えないほどに冷たく、呆れたように咲坂には聞こえた。彼の目に自分は、さぞやみっともなく映っているのだと思えばたまらなく恥ずかしく、またそれを素直に表すには状況が悪すぎた。

一晩限りと思えばこそ、あさましく男を求める姿もさらけ出せた。それが、指導する立場の人間として再会した皮肉には、笑いさえもこみあげてしまった。

尻の奥に、猛った性器を突き立ててくれとせがみ、滴り落ちるほどの精液を腹にぶちまけろと腰を振った自分が、いったいなにを導けというのだろう。

あれほどまでに乱れたのは、確かに薬のせいもあったかもしれない。それでも、鴻島が揶揄したように、そうした行為に慣れ、また自分から求めるような性癖を持つことを、今さら誤魔化せるわけもなかった。

いたたまれなかった。見ないで欲しかった。そしてまた、純粋なこれは勘違いから、イッキというその名も騙ったものであったのかと思えば、あの瞬間咲坂は、哀しかったのだ。

ただ純粋に、哀しかったのだ。

(……当たり前なのに)

名を知らぬままセックスだけを求め合う関係など、珍しい物でもない。傷つくような資格など、今さら自分にあるわけもないと思っている。

(でも……)

それでも、少しだけ戸惑ったように、強引に誘いをかけた咲坂をおずおずと抱いたイッキの指先の初々しさが、愛おしいような気分がした。

(気持ちいいの……?)

躊躇い勝ちの愛撫が熱を帯びて、何度も咲坂の反応を確かめるように瞳を覗き込んできた、そんな可愛い顔をしてくる男に抱かれたのは、久しぶりだったから。

些細な嘘さえも許せないと、思ってしまったのだ。

「……俺は、ほんとに……」

そうして放った下衆な勘ぐりを、当たり前だが鴻島は許さなかった。日が経つうちに頭が冷え、自省の気持ちが芽生えたところで既に、あの日にすれ違った互いの気持ちは、もう元には戻らなかった。

「ばか、みたいに……」

こちらから折れて行こうにも、鴻島の態度は硬化したまま戻らず、苛まれれば泣いて抱かれる以外になかった。突き放すような目をしたまま伸べられる手に、怯えてまたそんな自分にもプライドを傷つけられ、憎んでいるように睨み返すほかに、咲坂には術もなかったと、そう思いこんで。

そんなことのなにもかもが、ただの責任転嫁と知っていながら、やめられなかった。

「……ひっ」

喉が痙攣して、瞼の裏が熱くなる。

わんとまた耳鳴りがする感覚の後に視界が溶けて、その水の膜が弾けた瞬間には頬が熱く濡れていくから、泣いているのだと気付かされた。

「……っん、……っく」

嗚咽は苦しく、荒く乱れた呼吸の音も、喉奥からみっともなく漏れてしまう泣き声も、咲坂にはもう止められない。

「ふっ……う、うー……！」

感情のまま こんなに激しく泣いたことなど、何年ぶりだろうと他人事《ひとごと》のように思って、慣

れ親しんだ乾いた感情を呼び戻そうにもできなかった。

そうして、破れた胸の奥が血を流すように熱くて、シャツの上から爪を立ててもおさまらない。

この中にいっぱいに詰まっていた、熱量の高い感情を押し込めていた臓器は、その奥底に忍んでいた、ねじれた刃の切っ先に裂かれたままどんどんとその傷口を広げていく。

「痛い……痛い……っ」

硬く鎧《よろ》った心の内側に、こんなものがあったことさえ忘れていたと思って、そんな自分が哀しくて咲坂は泣き続けた。

誰しもと同じように、若く感性のやわらかい時期は咲坂にも確かにあった。今、破れた胸から溢れて流れ出している、どうしようもないほど焦がれる情念を、肌身に感じてつらい、そんな時代もあったことを思い出す。

「……だって、……っもう、やだ……っ」

咲坂とて好きこのんで、今のようなすれた自分になったわけではなかった。

生活にも仕事にも、人生にも夢はあって、勿論《もちろん》恋愛に対して、甘い希望を抱いていた時期もあったのだ。

それでも、年を重ねて。

若さゆえの熱量が次第に消え失《う》せ、曖昧に描いていた将来に対する現実が差し迫って来る頃には、同性愛者というマイノリティである自分が、いかに上手く生きていくかを考えるしかなかった。

恋にしても、同じだ。本当ならば次々と相手を乗り換えたりせず、焦がれたひとと、やさしい時間を重ねたいと感じた時期が、咲坂にも確かにあったのだ。

現実はままならないと咲坂が知った要因には、ゲイであることがやはり、大きい。

今までの経験の中で、やわらかな気持ちのまま愛を囁いた相手に嘲笑われ、また軽蔑されることも、知らなかったわけではない。

そうして少しずつやわらかなものをすり減らして、なけなしになった心を守るには、なにも感じないふりでいるしかなかった。

年齢と共に硬化する皮膚のように、代謝が遅くなり成長の止まった身体のままに、心までも劣化して、硬く縮こまり鈍くなった。

あるいは、自分で望んだのだ。摩滅することを。

期待して、破れるのはもう、つらすぎた。

「だって、も……もう、傷つきたくなかった……っ」

同じようにあきらめた瞳をした連中に混ざり込み、これが「普通」なのだと割り切ったふりで、薄っぺらな関係の中だけを泳ぐことばかり上手くなった。

そんな自分を、好きなわけもない。ただ、卑屈にはなりたくなかったし、誰かに見下されるのもいやで、等身大の自分のみっともなさを、他人を笑い、突き放すことで誤魔化してきた。

「……っ、う……っく」

誰にも心を奪われない自分など、本当は好きになれなかった。ひとりの惨めさを知るのが嫌で、そんなものは最初からないのだとうそぶく方が、容易かっただけだ。

期待などしない、情などないのに求めるのはばかだと嗤いながら、本当はなによりもそれを希《ねが》っていたくせに。

「なんで……今頃になって……」

あんな存在がいることを、知ってしまったのだろう。

身も知らぬ人間に手を差し伸べて、本当の意味でそつなく、けれど人を突き放しはしないままに上手に距離をとって。そのくせ惜しみなく、笑顔も情も与えてみせる。

鴻島は賢く、清潔で、そしてやさしかった。

人を騙したり陥れたりするような汚さなど、彼が持っているはずがないことなど、はじめての出逢いの日に知っていた。

それなのに穿《うが》った考えで警戒し疑ったのは、咲坂の曇った瞳のせいでしかないことなど、これまでの日々で思い知らされている。

子供のように泣きながら、彼に汚され踏みにじられることを望んだのは、自分だったのだと咲坂は唇を噛んだ。

「だって……っ」

周囲の目を怖がるふりでみっともなく保身をする心の裡、素のままの自分を晒して傷つくよりも、さらに露悪的に接する方がましだとどこかで思っていた。

(だって、そうでもなければ……)

伸べられる腕の裏表ないやさしさが、もはや咲坂にはわからず信じられないまま。少しずつ長い時間をかけて歪んだ心は、素直な情をこそ恐ろしく感じて怯えてしまった。

(イツキ、には……手が届くわけがない……)

すれきって、だらしなくなった自分の目の前に現れた鴻島を、だから許せなかったのだ。

男に騙されて、薬に溺れて。偶然の再会にただうろたえ、取り乱して喚き散らして。

(みっともない)

そんな見苦しい姿ばかりを見られて、恥ずかしくないわけがないじゃないかと咲坂は嗚咽する。

他人ならよかった。遊びならそれでも耐えられたのに、鴻島へ向かった咲坂の感情は、自分でも気恥ずかしいような甘い初々しさを思い出させて、だからこそなおつらかった。

「ひどい……イツキ、ひどい……っ」

手に入らないくせにどうして、現れたりしたのかと思えば恨むような気持ちさえわきあがった。そして、こんな形で出会いたくはなかったと、今さらの嘆きを自覚したことが、なによりも咲坂の自尊心を打ちのめしていく。

きれいな自分をひとつも見せられず、あの清潔な目に、最後までぶざまな自分の姿がどう映ったのかと考えれば、いっそ死んでしまいたいとさえ思う。

やがて衰える容色などなんの頼りにもならない、中身のない自堕落な、年上の同性愛者。そんな男が、真剣な情を今さら訴えても鼻先で嗤われるだけだろう。その程度の存在でしか、もはや自分はいられないのだと自虐に陥る咲坂は思いつめた。

彼は、憧れ続け届かなかった咲坂の理想そのもののように眩く、衒いなく接するにはもう、年ばかり重ねてきた自分はあまりにみすぼらしい。

だから、自分と同じ場所に貶めでもしなければもう、触れることさえも。

咲坂にはできなかったのだ。

「……ごめん……」

ひどいことをさせて、苦しめて、欲にまみれた身体だけで搦め捕ろうとしたけれど、それでもやはり、彼は彼だった。

ほんの数日、目を離しただけで、咲坂に与えられた毒などあっさりと浄化して、あっという間に遠く、手の届かないところに行ってしまった。

(俺は、あんたといるときの俺が、……いちばん嫌いだ)

咲坂のずるさが招いた結果が鴻島を追いつめ、自嘲めいた声で、あんなことを言わせてしまった。

「ごめん……ごめん、イツキ、ごめっ……」

恥ずかしくて、もう二度と顔さえもまともに見られない。言葉を交わすことさえもできないであろう彼に本当に告げたい言葉はふたつ、今壊れたように繰り返す懺悔《ざんげ》と、そして。

咲坂にはもう口にする権利もない、告白だった。

＊　＊　＊

咲坂の気配は、その日以来ますます薄く弱く、儚くなった。

病み上がりだからと納得する周囲をよそに、そわそわと気がかりで仕方のない自分を、鴻島はどうしたものかと持て余している。

傷つけあうだけだった自分たちが、これ以上近づくのはよくないことだと思った。だから離れようと思った。実習が終わればいずれにせよ、無理に顔を合わせることもなくなるのだ。

(ほんの数日、それが早くなっただけのことだ)

もともと、あってなきがごとしの繋がりだった。

鴻島さえ引いてしまえばそれを引き留めるものはない。離れてしまえばそのうちに、お互いがいないことに慣れていくだろうと鴻島は予想していた。

実際、こうしてみると同じ校内にいても、咲坂と話すこともない。自分の受け持ち授業以外はあの準備室から出てこない彼とは、下手をすればほぼ一日、顔を見ない場合もあった。

また、現在の指導教官である太田にしても、もう既に後半に差し掛かった実習では鴻島の提出する日誌にチェックをつける以外、さほどのディスカッションも必要としない。むしろ監督される授業以外は顔を合わせることもなく、本来これが当たり前なのだ。

淡々と実習のカリキュラムをこなす時間は、そうして退屈なほど穏やかに単調に過ぎいくのだけれど。

(……なんで落ち着かないんだろう)

鴻島がどれほど平静を装っていても視界の片隅に咲坂が映ればどきりとしてしまう。そして思わず振り向いた瞬間にはもう彼は遠い位置に立ち、白い横顔からそっと息を零しているのみだ。

(解放してあげた、はずなのに)

か細く吐息して俯く咲坂の顔は、いまだなにかに捕らわれているようで、少しも晴れやかに見えない。

(なんで、あんな顔……)

そしてまた、思い切ろうとしているくせに、彼のことばかり気がかりな自分もまたわからない。

咲坂に向けて放った言葉は、彼を傷つけるためのものではなく、自戒の果てに生まれたものだ。

苛立ち、苦しんで、暴力のような言葉と態度をとり続けるような自分でいることに嫌気がさしていた。

そしてやはり、言葉さえも交わさない時間の中、山岡をはじめとする実習生や他の教師、生徒たちの中にある鴻島は、穏やかに凪《な》いでいる。

どこかしら深みの出た表情を浮かべる自分を、鴻島も嫌いではない。生来の、明るいがややもすれば軽薄とも取れた言動も落ち着いたことで、また周囲での評価が上がってしまったのは皮肉なことだと感じてはいたが、そう見えるのならせめて期待に応えるか、と思えるようにもなった。

けれども、胸の奥にはまだ溶けきれない小さな氷のように、咲坂の存在が引っかかっていて、それが鴻島の頬に微かな屈託を滲ませる。

向かいの校舎、渡り廊下の先、そんな小さな影でも、どうしても咲坂のことがわかってしまう。はっと目を奪われて、けれどこちらには気づきもしない様子に勝手に苛ついていたりする、そんな自分を変えたいと思うのだが、どうもうまくない。

「……あ、また咲坂先生見てる？」

「えっ…」

「そんなに気になるか？」

ひょこりと、横に並んだ山岡につっこまれ、もう誤魔化すのも面倒で、鴻島は眉をひそめる。

最終日一日前のこの日からは、発表実習として同期の実習生であるそれぞれの授業を見学し、その意見交換をする時間を取られている。一時間ごとに移動して、次々と見回るのは案外面倒だと愚痴《ぐち》を言い合いつつの、移動の合間だった。

「や、なんか……ふらふらしてっからさ、大丈夫かなって」

「ああ、なーんかあの人、あれだよな。そりゃ男なんだけど、俺とかと人種違う感じ、するもんな。なんかこう、……労咳《ろうがい》病みでサナトリウムとかにいる美青年って感じしないか？」

文学部の山岡らしい、持って回った言い回しに面くらい、その木訥な見た目とのミスマッチに鴻島は思わず吹き出した。

「だなあ、……うん、……くっ」

「いやそこまで納得されることでも……って笑うなよ！」

「い、いや……わりい」

だが、「人種が違う」というのはある意味言い得て妙、と納得する。

「うわ、ひでえ……そんな笑うか!?」

おさまらず喉奥で笑えば、時代がかった言い回しを笑われたと思ったのか山岡は赤くなる。だが鴻島は、ばかにしたんじゃないからと謝りつつ、内心思った。

(ほんと、鋭くていやんなるな)

他意のない彼だからこそ、よく見えてしまうのだろう。

鴻島がどうあっても咲坂から意識を逸らせないことや、咲坂自身の危うさや。濁りない視線は本質だけを見据えて、しかしその先を穿つこともない。

「……山岡、絶対いいセンセーになるよ、俺保証する」

「え？　な、なんだよいきなり」

肩を叩き、うんうんとひとり納得する鴻島に、山岡の小さな、だが澄み切った瞳はきょとんと見開かれる。

「や、まあいいっていいって。遅れるぜ」

「……あ、そうだ！　やべっ」

坂本を担当する笹井は、時間には厳しい。また生徒より遅れるなどとなれば評価にも響いてしまうため、青年たちは軽口をやめて先を急いだ。

明日には、この廊下を歩くこともないのだと思えば、奇妙に感傷的な気分になった。

わらわらと移動する生徒たちは、毎日の見慣れた光景に倦《う》み、あるいは不愉快さや苦さをもって眺めるであろう教室も、鴻島にとってはノスタルジックな懐かしさと痛みを感じる象徴だ。

いずれ、時が経ち、過渡期にある今とは違う視線で眺めた瞬間にわきあがるせつなさは、普遍的なものであるだろうと鴻島は思う。

苦いものであれ甘いものであれ、時間は決して、もとに戻らない。二度と、同じ場所で同じ時を過ごすことはないのだという現実を知る頃に、目の前にはまた新しい時間が流れている。

だからせめて、悔いのないように。過去に捕らわれず、現実を見逃さず誠実に、あればいいのだが。

(……浸ってるかな)

なににせよ、終わりとは案外に寂しいものだからと、坂本の最後までたどたどしい授業を聞きながら、胸に迫るものの正体を鴻島は位置づけようとして、しかし果たせず。

憂えた表情に落ちた咲坂の長い睫毛《まつげ》のことばかりを、考えていた。

＊　＊　＊

そしてつつがなく最終日を迎え、偶然だったが鴻島の実習発表の授業は、三コマしかない土曜の最後の時間に当てられていた。

「え、と。……そんなわけで、えー、今日のこの授業で、俺の実習が終わります」

一通り、いつも通りに進めてはいたが、やはりかなり緊張を強《し》いられたのは、授業参観をする全実習生と、太田をはじめとする幾多の職員が教室の後方にずらりと並び、評価チェックを行っていたことが大きい。

「二週間という、短い期間でしたが、皆さんと接することができて、本当によかったと思っています」

それだけでも随分なプレッシャーではあったが、教壇に立って鴻島を驚愕させたのは、その中に咲坂の顔もあったからだ。

しかし、考えてみれば山岡や坂本のそれの時も、本来実習に関わらないまでもその教科担当の教師は評価のために顔を出していたなと、すぐに鴻島は納得した。

「せんせ、卒業したらウチに来る？」

最後の挨拶として、授業終了前の十分を貰った。話しながら、案外いっぱしの先生ぶったことを言っている自分が可笑しくもあり、生徒にまた茶々を入れられれば気取った顔もできなくなる。

「おいおい、来るったってその頃はそっちが卒業してんじゃんかよ」

混ぜ返した鴻島にどっと笑いがあがり、後方の教師たちも今日は無礼講と笑み崩れていたが、ちらりと眺めた咲坂だけは、硬い表情のままだった。

「まあこれで、明日から――……っつか月曜は俺は休講なんで、火曜からは大学生に戻るわけですが、まだ後一年、そっちで学生をやりますんで。無事に卒業できるように祈ってくれ」

「留年しないでねー？」

「だから縁起でもないこと言うな、二階堂っ！　っつーか最後はちゃんとさせろ！」

先生いっぱい見てんだろうと、二週間の間に一番鴻島へ話しかけてくることの多かった彼女を小突き、改めて表情を作った。

「えと。……至らない点も多く、先生方にも、そしてみんなにも、お世話になりました。なにしろはじめての経験で、わかりにくいところとか、あったとは思う。授業の進行もね、俺なりに考えたけど、迷惑かけたかもしれませんが」

いい経験でした、とこれは自然に破顔した鴻島を見つめ、生徒の中にはうっすらと涙ぐんでいるものもいた。

「学ぶところの多い、実習でした。今後の自分に、この経験をいかしていこうと、俺は思ってます。――……みんなも、いずれ進路を決める時、悔いのないように精一杯、この場所で頑張って下さい」

終わりです、と頭を下げれば、拍手が一斉に起こる。ども、と照れ笑う鴻島は、しかし素早く教室を出ていった高橋に、両手一杯の花束を渡されて面食らった。

「うわっ、なにこれ！」

百合《ゆり》とバラの香りに包まれ、普段にはあまり手にすることのない生花の瑞々《みずみず》しいそれが眩暈を呼び起こす。

「あたしたちの気持ちー」

「せんせの授業、面白かったよ」

「頑張ってね、また、顔見せてね」

口々に言いながら、用意してあったのだろう。次々とそれぞれの実習生に同じような花束が渡されて、山岡は顔を赤くして涙目になっている。

卒業式でもあるまいし、と思ったが、はなむけは面映《おもは》ゆいような気分を鴻島にもたらした。人の輪に囲まれながら、鳴り響くチャイムを鴻島は聞いた。そして、終わった、と感じた瞬間大きく肩を上下させ、肺の奥から空気を押し出してしまう。

「やぁだ、山岡ちゃーん、泣かないでよ」

そして、やはり慕われていたのだろう山岡の周りに、一番その人垣ができていることに、少しの羨《うらや》ましさと、ここの生徒は案外見る目があるなという誇らしさをも感じた。

職員たちは歓談しつつ、教室を出ていく。いずれにせよ花束と女生徒を持て余している今の状況では身動きも取れないが、後のスケジュールは既に伝達されていた。

この後は全員一斉に職員会議室でディスカッションをし、個人面接を終えて最後の評価をされることになっているから、一通り別れを告げた後に、来ればいいということなのだろう。私立であるこの学校は校風も穏やかで、総じてやんわりとした教師も多かったなと、しみじみと鴻島は思った。

（……あ）

そして教室を後にする一団に会釈していれば、その中に、咲坂がいた。相変わらず俯いたままの彼は、なんだか身体まで一回りも薄くなった気がして思わずじっと見つめてしまう。

担当が代わったことを伝えたあの日から、一言の言葉も視線も交わしていないこれが、彼に徹底的に避けられている末のものだと鴻島もわからないはずはない。むしろ当然のことと、痛みを覚えつつも納得していた。

怯えさせ、傷つけた自分の姿など、もう見たくもないのだろうと思って、けれど。

（……え？）

一瞬だけ、出口にたたずみ振り返った咲坂の瞳の中にあるものは、鴻島の予想を裏切った。すがるような、せつなげな瞳はかすかに潤んでいて、頼りなく揺れているくせに鴻島を射抜く。

じん、と指の先まで痛むような気がして目を凝らせば、一瞬の瞬きの合間にあの薄い身体は消えてしまう。

「あ、ちょっ……」

追いかけようとして、けれど感傷的になったムードに泣き始めた生徒たちを前にしては、途方にくれる他にない。そうしてふっと、強い視線に気付けば、高橋がなにか思いつめたような顔をしてこちらを見つめている。

「……あとで、お話があるんですけど」

誰にも聞こえないように小声で、お時間頂けますかと告げた彼女の話が、聞くまでもなく予想され、鴻島は困り果てた。

「……俺？」

その表情に、真摯《しんし》な瞳をした少女は一瞬傷ついた顔を見せたが、気丈にゆっくりと頷いた。

「ごめんなさい。自己満足だけど、言っておかなきゃって思うから。……少しだけ時間、下さい」

破れると知っている告白を、あえて口に出そうとする高橋の強さと潔さに、鴻島は誤魔化さず真っ直ぐに視線を受け止める。

「ん、……わかった。でもこれから評定入るから、えっと……早くても三時まわるぞ」

「かまいません」

一礼して、高橋はその場をそっと去っていった。

（……迂闊《うかつ》だったな）

真面目な彼女は、あまり積極的に話しかけてくるタイプではなかった。だが、あの射抜かれるような視線の熱量をもってして毎日のように見つめられ続けていれば、普段の鴻島であればすぐに、その意図するところを察しただろう。そして、厄介なことになる前にと躱すこともできていただろう。

それができなかったのは、目の前のことで手一杯だったからだ。そして、自分もまた、同じように思いつめた顔をして、見つめていたからだ。

ただひとりを。

（ったって……今さら、か）

そう思って、自嘲気味に顔を歪ませようとして——しかし、できなかった。

高橋のあの清廉な、挑むような視線に晒された後では、そんな風に誤魔化してしまうことは、本当に卑怯だと思えたからだ。

また、咲坂のあの視線の中に、逃げるのではなく怯えるのではなく、この胸の奥に巣くったものと同等の熱と、痛みを読みとったからかもしれない。

間違いでは、きっとない。あの瞳をした咲坂を、鴻島は知らないわけではない。

イツキと、甘い声で繰り返したあの夜、この痛みの断片はそこに、既にあったのだ。

（いや、まだ……）

過ぎたこととするには、おそらくまだ、早い。

悔やむのはきっと、もう少し先でいい。酔うように感傷に溺れて過去のものと決めつけるべきでは、ないのかもしれない。

現実を見逃さず、誠実に自分があるには、この今を逃すべきではないのかもしれない。

(俺は……)

百合とバラの香りに包まれるまま、鴻島は一瞬だけ目を閉じた。そして浮かんだ、山岡の誠実な瞳に象徴される平穏な日々の安寧と、今見せつけられた高橋の強い情熱にもまして、自分を捕らえるものはなにかを、考えた。

残ったのは、少しのずるさと弱さを持った、寂しげなあの、力ない瞳でしかなかった。

「な、ちょっと」

そろそろ移動、と赤い目をした実習生たちを集め、鴻島は提案を口にする。

「今日の終わりにさ、飲み会するつってたじゃん？　あれさ、先生とか誘うのどうかな」

最後だし、と付け足すように言いながら全員を見渡せば、それぞれに頷いてみせる。

「だよね、お世話になったし」

「んー、でも金足りるかな？」

多分全員、少しばかりでなく感傷に酔ってもいたのだろう。自分の恩師でもなし、普段の彼らであれば目上の人間と一緒に飲み会など敬遠するに違いないのにと、鴻島は少し不思議になる。

「いやそこは自費でお願いするしかないいんじゃない？」

「えー、誘っといてそりゃないだろ……」

それでも、懸命に赤い目をしばたたく彼らのことを、冷ややかなスマートさだけ身につけた人種よりもやはり、好ましいと思った。

「じゃ、山岡、幹事任すわ」

「え⁉ うっそ、俺⁉」

行ってこい、と肩を叩いた鴻島に恨みがましい目を向けつつ、それじゃひとりいくらで、と既に仕切りに入る山岡の耳元に、鴻島はそれと、と付け加える。

「——……咲坂先生、呼んでいいかな」

あっさりと、かまわないよと頷く彼に感謝しつつ、咲坂がどうかこの最後のチャンスを断らないでくれるようにと、鴻島は誰にともなく祈った。

＊　＊　＊

居酒屋の、しかも座敷にあがったことなど何年ぶりだろうかと咲坂は思う。

乾杯の音頭もずらり並んだビールやコップ酒も、いっそ新鮮だ。飲みに行くと言えば、ふらりと入ったバーかクラブでひとりたしなむ程度で、こうしたいかにもな飲み会というものには、そもそも学生の頃からあまり縁がなかったのだ。

「咲坂先生、どうぞ。あんまり飲んでないじゃないですか」

「あ……ありがとうございます」

隣に座った同僚にビールを差し出され、キリンは苦手だと言うのもはばかられ、あまり好きではない発泡酒を舐めた。

（……居心地悪い）

実際この学校に勤めだしてからも、さほど職員同士では横の繋がりを重んじない空気が幸いし、最初の歓迎会以来こうした酒宴に咲坂が顔を出したことはない。

それでも、太田や笹井などはたまに飲みに行っているらしく、すっかりくつろいだ体勢で実習生女子の酌を受け、赤ら顔で笑っている。

集団での会話はもともと苦手な咲坂にとって、この手の集まりははっきり言って苦痛に近い。通常ならば一も二もなく断るところで、しかし素朴な顔立ちをした山岡に、ぜひにと請われれば断りきれなかった。

職員室を回り、それぞれのスケジュール他を聞いた上で最後に咲坂に声をかけてきたとき、いったい何の用事なのかと思ったほどだ。

（だって……もう僕は、担当から外れて）

戸惑った咲坂のそれに、難色を感じたのだろう。慌てて言い募る山岡は人の好《よ》さ丸出しで、自分が悪いような顔を見せた。

その後、でも体調が悪いようなら無理にとは、と告げられて、遠慮させてもらうと告げるつもりだったのだ。しかし、できれば来てやって下さいと頭を下げる山岡の台詞に、断りの言葉は止められてしまう。

（や、実は……飲み会、鴻島が言い出したんっすよ、咲坂先生には迷惑かけたから、せめて最後くらいはって）

（……え？）

（鴻島、ずっと気にしてたから……俺のせいで悪いことしちゃったって、言ってたし）

俺が見ていても、しょっちゅう先生見てたから、と含みない声で告げる山岡を凝視すれば、なにか変なことでも言いましたか、と彼はまた困った顔をした。

そして、その人のよさげな顔を曇らせているのも忍びないと了承すれば、ほっとしたように山岡は胸を撫で下ろし、咲坂は久方ぶりの混乱に叩き落とされた。

（どういうことなんだ）

鴻島とは、もうあれ以来一言の会話もない。指導担当の任も解かれたことで、周囲の慌ただしさとは無縁の時間を、ここ数日過ごしていた。

人気《ひとけ》ない準備室で大泣きしてからというもの、どこか神経がふつりと切れてしまったかのように、咲坂は自分の感情というものが、まるで色をなくしてしまったのを知っていた。現実感のない、茫洋と霞んだ先に世界があって、ただその中で与えられた役割だけを機械的にこなしていた。

しかし、校内で不意打ちに、そんな咲坂の止まりかけた心音を跳ね上げる瞬間は、たびたび訪れた。鴻島の伸びやかな長身の影が目に入れば、否応なしに頬に血が上り、また引いていく。

ものを食べても味気なく、なにを見てもなにも思えず、そんな状態でいる咲坂にとって鴻島の存在は刺激が強すぎて、見かければそそくさと背を向け、ずっと逃げ回っていた。

そうでもしなければ、あの青年に関わった日々の不安定だった情緒が一気に蘇って、廊下の真ん中にたたずんだまますっかりと涙ぐんでしまいそうになったりするからだ。

(恥ずかしい)

もう、彼の中ではきっと、すべて整理がついてしまったことなのだろう。あの日、それじゃあと背を向ける間際の鴻島の表情は晴れやかで、なにかを心に決めたのだと知れた。

だからきっと今日のこの宴会も、せめて最後には咲坂の顔を立てようという心づもりなのだろう。それ以上の含みはもう、あるわけがない。

(嫌いじゃない、んだものな)

鴻島に問いかけたあの女々しい言葉に、あっさりとそう答えられてしまえば、おまえは嫌うほどの価値もないと言われているのかと哀しかった。

それでも、最後の授業を終えた瞬間、一瞬だけ絡んだ視線に浅ましいような期待を抱いてしまって、のこのことこんな場所にまで出てきて。

店に入っても、一度としてこちらを見ることもない鴻島の姿に、勝手に傷ついている。

（ばかだ）

十数人がひしめき合う、酩酊《めいてい》に満ちた喧噪の中で、酔いきれず片隅に膝を立てて座る自分がひどく惨めな気がすると思えば、また涙が滲みそうになった。

最近ではもうなにかにつけ涙腺がゆるんで、思春期の少女でもあるまいしと思えば、咲坂はさらに自己嫌悪に陥る。

（ほんとに、ばか……）

もうじき三十路《みそじ》にかかる男がめそめそとして、誰が同情してくれるだろう。そんな鬱々《うつうつ》とした気分にのめり込んでいれば、テーブルの向かい側で不意に上がった嬌声が咲坂の意識を呼び戻した。

「――……えー、うっそお！」

席順は実習生も職員もなく、適当に混じって座るようにされていたものの、無礼講だとあちこちに酌をして回る山岡や坂本のせいで、気付けば当初の配置はあってなきがごとしだった。

「まじだよ！　もうこいつ最後までおいしいとこ取ってってってさ！」

「ばっか、ちげっ……いって、痛ぇって、山岡！」

出口側に一番近い端に陣取った咲坂は動かなかったが、その部屋の対角線上には実習生たちが寄り集まっていて、赤らんだ顔の山岡に背中を叩かれた鴻島が悲鳴をあげていた。

（……あ……）

認識してしまえばもう、目を逸らすこともできないままに咲坂は、そっと遠い横顔を窺ってしまう。しかし、漏れ聞こえてきた言葉たちは、咲坂をさらに打ちのめすばかりだった。

「もー、だって高橋って結構美人だった子でしょ⁉」

「そうそう、そんで学年でもトップのさ。そんな子にさあ、おまえ、告白なんかされたら男のロマンでしょ⁉」

「なんか少女マンガの世界ってかんじー、あるのねえ、本当に」

興奮したように声の大きくなる山岡と、ゴシップには興味津々といった永原、坂本の女子大生ふたりは、きゃあきゃあと言いつつさらに話を聞き出そうとしている。

かまびすしい周囲に、うんざりとしたようにネクタイをゆるめた鴻島は長い前髪をかき上げ、吐息した。

「ばっかもー……なにが少女マンガでロマンだよ、俺ロリコンじゃねえよ。……っていうかなんでそんなもん見るかな、永原はぁ」

どうやらその告白シーンとやらを目撃されてしまったらしく、酒の肴《さかな》にされて不本意という顔を隠しもしない鴻島の周りで、一団は勝手に盛り上がっていく。

「やー、なんか余裕って感じッスね、鴻島センセイ」

「るせっ。ああもう……冷やかすな、俺じゃなくて高橋が気の毒だろ！」

「いやん、やっさしー」

もうこれはなにを言っても無駄だ、というように呆れ顔で天を仰いだ鴻島が、ふっと視線を巡らせる。まずい、と思うより先に視線は絡み合い、それは先ほど教室を出る際のいたたまれなさを咲坂に思い起こさせた。

くらり、と眩暈がして鼻の奥がつんと痛くなる。まずい、と咄嗟に顔を覆った咲坂は、手近にあった自分の荷物を引き寄せるなり、おもむろに立ち上がった。

「……あれ、咲坂先生？」

「すいません、やっぱり帰ります」

隣席でしたたかに酔った様子の先輩教師に声をかければ、お疲れさま、とあっさり頷かれる。

「病み上がりですもんねえ、お大事に」

その彼に、自分の分だと千円札数枚を握らせて、もう後ろを見ないままに靴を引っかけ、咲坂は外へと急いだ。

「ありがたーっしたー！」

法被《はっぴ》を着た、威勢のいい店員の声に押し出されるように店を出れば、辺りは既に人気もない。急ごしらえの飲み会では押さえられる店も少なく、駅から少し離れた位置にある飲み屋の周囲は、この時間にもなればほとんど店も閉まり、人通りもない。

寂しい夜道は、今の自分には似合いの気がした。そして、結局あんな形で終わりを迎えた鴻島のことを、それでも未練がましく考えてしまう自分に咲坂は涙が出るのを堪えきれない。

高橋は美人で、賢い。清潔なあの彼女に告白されて、苦い顔をして見せていた鴻島も、悪い気はしなかったことだろう。浮かれる周囲を叱《しか》る声にも、険はなかった。

案外、似合いかも知れないと思えばまた泣けて、咲坂はあきらめと共に鼻をすすった。

(……いいか、もう)

もうここには誰もいないし、夜も遅い。週末に男が泣きながらふらふら歩いていたところで、酔っぱらいのサラリーマンと見られるのがおちだろう。

ほとほとと雫の落ちる頼りない足下を見つめたまま、重い足を踏み出した咲坂は、しかし次の瞬間強い力に腕を引かれて前につんのめった。

「……っ!?」

「な……だ、……」

自分の世界に浸りきっていたおかげで不意打ちのそれに心底驚き、ばくばくと跳ね上がる心音は息をままならなくさせた。しかし、それ以上に、肘を摑んだ手のひらの大きさに覚えがあるような気がして、振り返ることもできない。

「帰るの？」

「あ……」

そして予想に違《たが》わない声が聞こえ、咲坂は硬直する。

「あの、……ちょっと、酔って、……気分、悪くて、だから」

「嘘」

しどろもどろに、振り返らないままどうにか言葉を紡いだ咲坂のそれを、鴻島は軽い笑みを含んだそれで叩き落とす。

「全然飲んでなかったじゃん。ビール、舐めたくらいでしょう。あと突き出し、ちょこっとつまんだだけで、食ってもないし」

「！　……な、なんで……」

迷ったせいで少し遅れてあの飲み屋に咲坂が訪れたときには、鴻島は既に人の輪に囲まれていた。こっそりと目立たないよう、端の席にいた自分のことなど、気付いてもいないと思ったのに。

驚いて思わず背後を振り仰げば、静かな表情の鴻島がいた。夜目に淡く、街灯の光を受けて縁取られる鋭角的な頬のラインは、あの日よりも少しやわらいで映る。

「……なに泣いてんの」

思わずじっと見つめてしまった後に、光るものの残った自分の目元を指摘され、はっとして咲坂はそれを拭った。

「なん……でも、ないから。……戻りなさい、皆、待ってるんだろう？」

わななく指で顔を覆って、口元だけは笑みの形に歪ませたままようよう告げたそれに、しかし鴻島の返事はない。

「手、を……」

ただ、腕を捕らえたままの彼の強い指に、さらなる力がこもったことを感じて咲坂は青ざめる。

（――……怒ってる？）

険しいような気配と、沈黙とため息。それだけあれば、はじめから不可解だった鴻島の感情でも、不愉快を露《あら》わにしているだろうことくらい、咲坂とてわかる。

それなのに、鴻島はその手を離さない。

（どうして……）

終わりにしたのは彼の方だった。今さら、自分の顔など見たくもないと思っているだろうに、ここで引き留めるのはいったいどういうことなのか、本当にわからない。

「……あのさあ。今日。……俺、高橋に告白されちゃった」

「え……」

長い長い沈黙の果て、ふっと吐息した彼は感情の読めない軽いような声で、いきなりそんなことを言った。

「最後だから、って。言われて迷惑かもしれませんけど、自己満足に付き合って下さいって。言わないと、後悔するし、自分でも終わりにできないからって」

結構、ひどいと思わない？

微かに笑いながら紡がれる鴻島の声は淡々と穏やかで、それだけに咲坂を困惑させた。

「ひどいって、……なんで。……ふられるのがわかってるから……高橋、そう言ったんだろう？」

生真面目な彼女の心を思えば、ふとそんな言葉が零れ、咲坂自身驚いた。今まで、自分の方こそ幼い恋心を鬱陶《うっとう》しいと切り捨ててきたくせにと思えば、言う資格もないような気はしたのだ。

だが、この今、高橋の懸命で真摯なそれを、嘲笑うことなど咲坂にはできない。むしろ、壊れると知ってなお挑む、若さゆえの勇気と情熱が羨ましいと思った。

「聞いてやれば、いいじゃないか……聞くだけでも……」

ぽつりぽつりと、歯切れも悪く告げれば、鴻島は「聞いたよ」とこれもあっさり答える。

「でもさ。……最初から高橋にとっては聞かされるため『だけ』に俺はいて、罪悪感も、感じなくちゃいけないわけじゃない。俺のリアクションとか、期待してないわけじゃない」

「だ、だってそれは――……」

あんまりな言いぐさにどうしてか傷ついて、反論しようと見上げた咲坂は、しかし挑むような視線に目を瞠る。

「それは、なに?」

「いや、……あの」

射抜くような熱のある、質量を持っているのかと思うほどに鋭い視線を真っ向から受けて、咲坂は血の気の失せていた頬が熱くなるのを感じた。

慌てて顔を逸らしても、捕らわれた腕はほどけない。そして、この瞬間、高橋の話題にかこつけて、咲坂から彼がなにかを引きだそうとしていることも知る。

何度も唾を飲み込み、咲坂はようやく言葉を発した。

「き、期待してないんじゃなくて、……だって、言ってもだめだって、わかって」

「わかってるってさあ、俺のことを俺以外の、誰がわかるの」

そして最後まで言わせて貰えないまま、もう片方の腕も取られ、気付けば両肩はその大きな手のひらに包まれている。

「……なにがだめなの」

鴻島にじっと見つめられたまま、先ほどまでの乾いたそれではなく、静かに深い声で呟くように告げられれば、はっと目を瞠る咲坂の唇が震えはじめる。

苦しくて、息が上がる。喘いだ胸元では、先ほどから壊れそうなほどに心臓が高鳴って、もう許して欲しいと思うのに、逸らすなと見つめてくる視線から逃れられない。

「だ、って……俺」

「なに？」

「俺と、いるときの……嫌いって、……だって……っ」

既にずれた論旨に気付いていながら——あるいは、ようやくに触れた核心に、自分がひどいほど痛めつけられるのをわかっていながら、咲坂はまたこみ上げる涙を必死に堪えた。

そして、二度と聞きたくもなかった言葉をあえて口に出せば、鴻島は残酷にも頷いてみせる。

「……うん、……言った」

わかってはいても殴られたようなショックに、咲坂は青ざめながら弱く首を振る。

「だったらもう、……もう、この手、離し……っ」

しかし許されず、鴻島はまた残酷な言葉を紡ぎ、咲坂へと押しつけてくるのだ。

「あんたといるときの自分が、いちばんいやだ」

「——……っ、ひ、……っ」

だめ押しのように再度、苦い痛みを与えられれば咲坂は顔色を失った。

（……なんで、そこまで）

何度も何度も傷つけようというのか。そんなにも、許せないのだろうか。

（わかっていたけど……！）

しかし、傷つき凍り付く咲坂へ、そうじゃないと首を振った鴻島は、出会った頃以来のやさしさでわななく白い頬に触れた。

「……イライラするし、腹も立つし。それでも」

びくり、と目を瞑った咲坂の濡れた頬を、鴻島の手は痛めつけるためでなく、拭うために滑っていく。

「——……見捨てきれない」

そして、指先のやわらかな接触に対し、鴻島の声も表情も厳しいままで、どちらを信じていいのかもはやわからないと混乱する咲坂に、思いも寄らない言葉は落とされる。

（どういう、意味……）

もうなにもかもわからない、とかぶりを振れば、そっと鴻島は笑った。

「あんた、どうしたいの」

「どう、……って……」

「今さらおどおどしてないで、言えば？　いろいろ、言ったじゃない俺に。こすってとか突っ込んでとか」

「……っ」

ひどい言葉の羅列に、咲坂の顔は歪む。

誹《そし》るような言葉を使って突き放し、それなのに逃げるなと言うように頬を包む。鴻島がわからなくて、怯え縮こまる舌は嚥下の動きさえもうまくこなせない。

「そ、な……こと、言わない……っ」

「じゃあ、別に、なにもない？」

ない、と涙混じりにようやく告げれば、ああそう、と吐息した鴻島は肩を竦める。

「じゃ、いっか」

「……あっ」

そうして肩の上に置かれた手のひらも、視線さえもあっけなく引き剝がしてしまうから、ますます咲坂はわけがわからない。

「なに？」

きびすを返そうとした彼のシャツを摑んだのは、だから本当に咄嗟のことで、なにを考えたわけでもなかった。ただ、このままあの背中を向けられることだけは耐え難く、しかし答える言葉も心の準備もなにひとつ、できていない。

そして鴻島は、去ろうとした自分を引き留めたのはそちらなのだからと、許さない瞳で語りかけてくる。

「ただ、俺、……ただ……っ」

「ただ？」

うろたえ、みっともなく呼吸を喘がせたまま咲坂は、このまま彼に去って行かれたくない一心でどうにか言葉を絞り出した。

「あ、……謝り、たくて……っ」

「なにを」

平坦な声は、今さらなにを、と咲坂の言葉を阻むようにも、促すようにも聞こえた。そのたびにいちいち傷ついて、しかしそれこそ今さらだ、と咲坂は思った。

（どうせもう――……）

これ以上ないほどにみっともない部分を彼の前には晒してきた。言葉を受け取られなくても当たり前で、それでも告げたいのは自分のエゴでしかない。

「……ず、……ずっと」

そうして覚悟を決めても、わななく唇はまともに言葉を紡げなかった。何度も唾を飲み込んで、痺れたような唇を動かすのには途方もない勇気が必要だった。

「勝手に、……決めつけて、ひ、……ひどいこと言って、ごめんって……」

「……謝るんだ？」

必死のそれを遮るように、鴻島はまた色のない声を放った。怯むまいと、熱した針を刺されたように痛む指先を握りしめ、咲坂は彼の瞳を真っ直ぐに見た。

「謝る。……お、俺の言うことなんかもう、聞きたく、ないかも、しれないけど」

それでも、鴻島の暖かい手のひらは頬から離れない。怖《お》じけて俯きかねない咲坂の顔を、真っ直ぐに上げろと告げるように。

「本当に、ごめん——……それから」

肩を喘がせ、涙を堪えるあまりに瞬きを避け、開ききった瞳の奥が限界を訴えても、咲坂はその潤んだ瞳を閉じることはしなかった。

「……たくさん、……ありがとうって、……最初、あの、……助けてくれたり」

それでも、震え上擦った自分の声が嗄れて、ずいぶんと汚く聞こえて恥ずかしいと感じた瞬間、膨張の限界を超えた水滴は粒になって頬を転がり落ちていく。

「許して、くれなんて言わない、し。……でも、ただ、それだけは、本当に思ってるから」

精一杯の気力を振り絞り、そこまでを口にした後はもう、呼吸が苦しくて声が出ない。唇を噛み、もうだめかもしれないと意気地のない自分を責めた咲坂は、観念したように瞼を下ろす。

「……っ、う、ご、……っ」

途端溢れた涙を、長い指が拭った。二週間という微妙な時間に、大人びた憂いを身につけた青年は静かに問いかけてきた。

「……それだけって？」

しゃくり上げ、もう息もままならない咲坂の頬に次々と溢れるそれは指先では追いつかないのか、少しざらりとした手のひらが触れたことを感触で知る。

「――っく、も、ゆ、った、っからっ……っひ……」

「まだ言ってないだろ、ほら」

てんで情けなく、横隔膜が痙攣する咲坂に、まるで子供にするように辛抱強く鴻島は繰り返す。

「どうしたいのか、言ってない」

「あやまっ、……っ、――……!」

（……わかってたけど……っ）

咲坂の持ちうる限りの誠意をもって紡いだ言葉でも、もう彼には届かないのかと思えば、ただやるせなく哀しかった。

これ以上の言葉などもう胸の奥をどうさらっても出てはこない。たったひとつ、残されたものはあっても、それは口にする権利もないものだと、あの日泣きながらあきらめた。

「……あんた結局そう？」

だからいまさら、なにも。そう思ってかぶりを振った咲坂に、鴻島は鋭く舌打ちをする。

苛立たせたことに怯えて肩を竦め、咲坂は声を絞り出した。

「ごっ、めんなさ……っ」

青ざめ、がくがくと震える指で口元を覆い、もう一つの腕で自分を庇うように肩を抱けば、まったく、とため息をつかれてさらに傷つく。

「あんた、ほんっとに……っ」

「ごっ……も、もう……っ」

消えるから、そんなに怒らないで欲しいと告げるつもりのそれが、喉奥に引っ込んだ。

「もうほんと、いい加減にしなって……！」

「――……!?」

腰の引けた身体が、強い力に引き戻される。涙に熱を持った首筋にあてがわれた大きな手のひらと、視界を塞《ふさ》ぐのは鴻島の着ていた、シャツと同じ青。濡れそぼった顔をそこに押しつけられて、色を変える布は、濃い染みをそこに浮かび上がらせる。

「――……い、つき？」

抱きしめられているという状況が認識できないまま、咲坂は身体の痙攣さえも止まって硬直する。

「そんな顔で泣くなよ、頼むから……」

不快だったのかと、びくりとした背中を、しかし宥めるようにさする手のひらは限りなく甘く。

甘く。

「また、……自分がいやになるだろ」

泣かせるのも苦しめるのも本意ではないと、苦しげな声に語られてしまえば、その甘さはもう咲坂を捕らえて離さない。

「イツキ……？」

それでももう、あの突き落とされるような絶望を味わいたくないと咲坂は怯え、真意を探るようにそっと長い腕の中、瞳を見上げた。

苦しげに、鴻島も顔を歪めたまま、咲坂を見つめている。額を押しあてられ、苦渋に満ちたような顔立ちの輪郭が、近すぎる距離にぼやけた。

「……もう、俺にひどいことさせないで」

「いつ……」

あるいは、また溢れた涙のせいかもしれない。

「自分のこと、放り投げるみたいにすんのも、やめて」

「……イツキ」

「そんで。……泣きたいくらい言いたいことあるなら、言って」

素直に。

囁く距離で告げられたそれらの言葉は、長いこと欲したものに他ならず、けれどにわかには信じられないまま咲坂は何度も瞬きを繰り返す。

「そしたら。……多分、そんなに悪いことには、ならないから」

「……でも」

「でも、じゃないから。……この先はあんた次第、どうするの」

伏していた瞳を睫毛の触れそうな距離でこちらへ視線を向けた鴻島は、子供に言い含めるようにゆっくりと、ひとつひとつ、咲坂へ説いた。

「で、も……っ」

「でも、は言うな。禁止」

「で、……だって……っ」

同じじゃねえか、と鴻島は笑って、それでも自分の告げた子供っぽい「禁止」を守ろうとした咲坂を、もう少ししっかりと抱きしめる。

「十秒しか待たない。言いなよ」

「いつ、……斎、待って……」

「はい九。……八」

喉奥で笑う、鴻島の瞳の端がやわらいで、こんな顔を見せられてはもうなにも言えないと思うのに、容赦なくカウントする彼は意地が悪い。

そして甘い。疑いも怯えもなにもかも、溶けてしまえと言うように甘い。

「七、……言わないの？　六……」

息が止まる。眩暈がする。くらくらと、鴻島しかわからなくなって、これだけはだめだとしまい込んだ、弾けて壊れた胸の奥にひとつだけ、残ったものしか見えなくなる。

「……す」

「あと五秒」

「——……っ」

どうして、だって、でも。

繰り返して渦を巻く言葉が、その小さな破片に蓋《ふた》をしようとするけれども。かぶりを振って、唇を嚙んで、その間に三秒過ぎてしまう。

ゆっくり、数えながら鴻島の手はゆるんでいく。離れていく抱擁は多分、これを逃せばもう、二度と。

「……き……」

「聞こえない」

二秒前、咲坂のかすれきったそれは、間違った公式の答えを告げる生徒のようにおどおどと自信なく発せられる。

だめだと、厳しく鴻島は首を振り、そしてもう許しているからと告げる視線に支えられて、こぼれ落ちた声は涙と同時だ。

「……すき……っ」

「なにが?」

カウントはやみ、もう一度抱きしめる腕が骨を軋ませて痛くて、嬉しい。

「斎が……好き、斎がすき、好きで……っ」

ようやく自分から伸ばした腕で、広い背をかき抱き、もっと強くと咲坂は願った。

それ以上に、もう二度と離せないのではないかと思うほどにきつくしがみつき、指の先が白くなるほどに彼を、求めた。

＊　＊　＊

丁寧に衣服を剝がしてくる鴻島に、シャワーを浴びたいと告げれば、彼は小さく笑った。

「……なんで？」

「な、んでって……なんか、汗……」

問われれば、行為の前に身体を清めたことなどなかった自分たちのことをいやでも思い出させられ、咲坂は視線をうろつかせる。

第一、抱いてほしいと求めたのは咲坂の方だった。本当は鴻島を、あの集まりに戻した方がいいのはわかりきっていて、それでも部屋に誘ったのだ。

許してくれたのかどうか、なによりもわかりやすい形で知りたがる自分を即物的だとは思ったけれど、抱きしめてくれた腕をもっと強く感じるには、咲坂はこの方法しか知らない。

そのくせ、いざとなれば後込《しりご》みをする自分も、好きではなかった。情けないとも思う。

「怖いの？」

時間稼ぎのそれと知っていて、あえてそんなことを告げる鴻島は笑った形の唇で何度も口付けてきた。意地が悪い、とまだいささか潤んだ瞳を閉じ、けれど今までにないやわらかな接触に、咲坂も溺れるように応えてしまう。

「ふっ……う、んっ」

噛みつくような、いきなり舌を絡ませるそれではなく、何度も甘く啄んでは離れていくから追いかけて、肉厚な下唇を吸えば歯の先がかすめて小さな音を立てる。

「く、ふんっ」

「……痛い？」

「ううん……」

小さく呻けば、頬を両手に包んだままそっと問われて、痛くないからもっとと咲坂は口づける。

見慣れた、自分の部屋のベッドの上。壁にもたれ、長い脚を投げ出すように座る鴻島の、足下に額《ぬか》ずくことはあっても、腰を抱かれたままその膝の上に座り込んでいるのははじめてだ。

「……っ、待って」

そんなことにさえ舞い上がっている自分も恥ずかしく、はだけたシャツの隙間に入る手をそっと拒むが、それは聞き入れて貰えない。

「なんで？　……したいようにしていいって、言ったじゃん」

「いっ……言った、けど、こ……あっ、あっ」

感じてるのに、と耳朶を噛まれ、既に尖っていた胸の先は簡単に探り当てられた。背後から抱きしめられ、うなじに、頬にと小さな口づけをいくつも降らされて、そんな些細な愛撫で高まっていく自分がわからず、咲坂は弱くかぶりを振る。

「ああん……っ」

「どしたの、すごい敏感」

思わず漏れた甘すぎる喘ぎに、くすくすと楽しげに笑う声には、あの嘲るような色はない。

「あっ、あっだめ……み、耳、だめ……っ」

髪を撫でた長い指で、慈しむように咲坂の輪郭を辿り、赤くなっている耳の窪みに差し入れて、からかうようにくすぐってくる鴻島に、咲坂は震え上がった。

「い、……斎、ど……して？」

「ん？　どしてってなに」

耳への悪戯《いたずら》を止《や》めて貰えないままひくひくと腹部をひきつらせ、いつもと違いすぎる、と振り仰ぎ問いかけた咲坂へ、鴻島は苦笑した。

「……こっちが、いつもの俺」

「こっち……っ？」

「そ、……俺のセックスの仕方、センセ知らないでしょ」

自嘲の混じった声に、咲坂は目を伏せる。こくりと頷いたのは、異様とも言える状況でしか身体を繋げてこなかったこれまでの苦さを、責められているような気分になったからだ。

「……教えてあげるから」

「う、んっ」

しかし、いたたまれず肩を竦めた咲坂の顎を捕らえた長い指の持ち主は、咎めるでなくそっと唇を合わせてくる。伸ばした舌先で首筋のラインを辿り小さな水音を立てながら、両手を伸ばして咲坂の立てた膝を撫でてきた。

「あっ……あっ……」

下肢をくつろげられ、下着ごと引き下ろされればなお、咲坂の身体は縮こまる。既に硬くこごった性器が身じろぎに揺れたシャツの裾にこすれ、ひんやりとした感触を感じて恥ずかしくなった。

「なんで隠すの」

「や……っ」

「恥ずかしいから？」

靴下までもすべて彼の手で剝がされながら、言葉にされればなお羞恥が増して、体温が上昇する。

「い、……斎は……？」

もう、薄いシャツ以外なにも身に纏わない自分と違って、鴻島はスーツのままだ。脱がないのか、と目顔で問えば、鼻先に唇を押しあてられ囁かれた。

「脱がせて」

甘く落ち着いた、からかうようなそれに喉が干上がる。彼に逆らえないのは、もう身に付いた習性のようなものではあったが、それ以上に逸る気持ちで鴻島のネクタイに手をかけた。

指の先が震えて、結び目をほどくのもままならない。それでも、無言でじっと見つめてくる眼差しに励まされるように、咲坂はどうにかそれをほどいた。

「センセ、それでよく毎日ネクタイ結べるね」

「は、反対だから、か、勝手が、違って……っ」

センセイと呼ぶな、と涙目になりながら睨み付ければ、後はいいよと笑った鴻島は自分でさっさとシャツを脱ぎ捨てる。露わになる上半身は、はじめての晩以来ほとんど目にしておらず、それがひどく眩しくて反射的に咲坂は目を逸らした。

「じゃ、……なんて呼べばいい？」

「いつ……ん……」

問いかけておいて唇を塞ぎ、惜しげもなく均整の取れた肢体を晒した鴻島にのしかかられ、咲坂の細い身体はシーツに沈み込む。

「はふ、んっ……んー……っ、んっ」

こんなに、長い溶けるような口づけをしたことはなく、咲坂はもどかしい甘さに溺れてしまう。

遊び慣れた相手たちとは、安易な快楽を追える場所ばかり高めて、射精すればおしまいというような行為しかしたことがなかった。この彼とも、いつでも時間や状況に、もしくはお互いに急《せ》かされるまま性急に、痛めつけあうように身体を繋げてきた。

だから、口づけばかり繰り返す鴻島に肩の先をそっと包まれただけでも、この先が見えなくて戸惑ってしまう。

「……俺、キスすんの好き」

見上げれば、額を押しあててきた鴻島が小さな声で呟くように言う。

「ゆっくり、触ったり、気持ちいいことすんのが好き。……ついでに言うと、あんまり押され気味なのは好きじゃない」

ぱくりと唇を噛まれ、声にも、その言葉の甘ったるさにも脳が痺れて、咲坂はもう震えているしかない。

「……いつ、き……っ……」

「可愛がらせてよ。そんで、とろとろになってから、俺のこと欲しがって」

「あっ……あっ」

声だけで溶ける。骨までなくなってしまうような頼りない錯覚に陥って、すがる先を求めて伸ばした指は拒まれず彼の手のひらに包まれた。

「はう……んっ」

健康な歯並びが爪の上に当たる。噛まれて、じんと疼いたそれは末端から響いて全身に広がった。

「あ、また」

「あっ、やっ……こ、こすれちゃ……っ」

如実に反応した咲坂自身は、鴻島の引き締まった腹筋に押し潰されている。気付いた彼が腰をずらし、熱く硬くなった性器が触れあうと、咲坂はたまらずに腰を反らせた。

「やっ、やっ、やっ」

ぬらりとした熱が絡み合う。そんな愛撫をされたことがなくて身悶えれば、逃げようとして弓なりになる背中を撫でられ、自然突き出すようになった胸の先をつままれた。

「あはっ……——っあ、あ……っ⁉」

瞬時に強まった射精感を堪えきれず、咲坂の腰が震えた。びくん、と爪先が緊張し、堪える間もなくそれは弾ける。

「あ……うそっ……！」

ねっとりと濡れた感触に、ほんの数回こするように刺激されただけで達したことを知る。

まるで我慢のきかない身体を恥じて顔を逸らせば、羞恥のあまり涙が滲んだ。

（みっともない……）

待ちきれなかったのだ。鴻島の体温を肌の匂いを直《じか》に感じて触れて、それだけで高揚した咲坂の神経は、性に未熟な少年のような反応をしてしまった。

できるだけ、乱れるのは堪えようと思っていた。浅ましい姿ばかりさらして来ただけに、本当に緊張して、まるではじめてのように怯えていたのも事実だった。

それなのに、慣れただらしない身体は咲坂の意志を裏切って、欲深い。日を置かず抱かれ続けた相手の与える、あの強烈な官能を思い出しただけで、嬉しそうに震えて濡れて、精をまき散らしてしまった。

（呆れられる……っ）

咄嗟に身を縮め、両腕を交差して顔を隠してしまったのは、今までの行為の最中に先に達した咲坂を、鴻島が呆れるように見ることがほとんどだったせいだ。

「……咲坂さん。なんで顔隠すの」

しかし、喉奥で笑った彼の声が吐息と共に耳朶を震わせて、ゆっくりとのしかかるように抱きしめられたことで、それは咲坂の忘れきれない怯えがもたらしただけの杞憂《きゆう》だと知る。

「言ったじゃん。……今日は教えるの、俺だって」

「い……つき？」

こっちを向いて、とやんわりした所作で腕をはずされ、おずおずと視線を上げれば少しだけ痛むような顔をする鴻島がいる。そのまま、胸まで飛び散った残滓《ざんし》を指先で拭われて、枕元のティッシュで子供のように始末をつけられた。

所作は穏やかで、そこにはなんの怒りも蔑みも見えず咲坂は戸惑う。そして咲坂の呼吸がおさまる頃、静かに問いかけられて息を飲んだ。

「まだ、怖い？　……忘れらんない？」

「あ……っ、ち、ちが」

余裕ありげに見えた鴻島も、彼なりの必死さでいるのだと、その痛ましい瞳に感じ取り、咲坂は思わず両腕でその身体を抱きしめた。

「は、……恥ずかしい、だけだから……」

「咲坂さん……」

やさしい所作も、声も、あの日々を払拭するための、はじめからやり直すためのものだとそして、咲坂は知る。そうして、彼自身が「嫌いだ」と称した鴻島の言葉の意図するところを知れば、愛おしさに胸がつまって泣けてきた。

（傷つけるのが……嫌いなんだな）

咲坂を竦ませる、怯えさせる自分自身を、この青年が好きになれるはずもない。そんなにも、やさしいからなのだと言葉でなく教えられれば、怯えもわだかまりも意地も、なにもなくなってしまうだろう。

「怖いんじゃ……ない、怖いけど、……違うから……っ」

涙に震えた声ではどこまで伝わったものかわからなかったけれど、怖いのは鴻島の存在ではないと咲坂は訴えた。

「い、……斎に嫌われるのが、怖いだけ、だから……」

「……俺？」

赤裸々な心の裡をそのまま言葉にするのはやはり、勇気がいった。こんなことを言って、それこそ甘ったれていると呆れられはしないかと思いながらも咲坂はしゃくり上げて告白する。

「へんなとこばっかり知られて、……今さらって思うかも、しれないけど……」

だらしなく臆病で、卑怯で。そんな自分がなにを言う権利もないのだけれどもと、震えながら見つめた先には、やさしい口づけが待っていた。

息を飲み、せつない甘さを嚙みしめながら、その触れるだけの唇を咲坂は感じた。

「き、嫌われるかと思うと……死にたくなるくらい、怖いんだ……」

抱きしめあったまま下りた沈黙の合間、鴻島は何事かを考えるようだったけれども、結局はなにも言葉にすることはなかった。

「うん。……もう、いいから……」

ややあって呟いた彼に、きりのないループに陥るような会話はもうよそうと唇が塞がれる。目を閉じ、言葉よりも雄弁に互いを探ろうとする舌の先で、咲坂も応えた。

「んん……」

精一杯四肢を絡みつかせて口づけをねだれば、剝き出しの脚を何度も長い指が撫でてくる。手のひらを肌に馴染ませるようなその触れ方に、じんわりとまた上りはじめる体温が咲坂の身体を色づかせた。

「あ、う……っ」

一度達した咲坂とは違い、まだ興奮状態の鴻島のそれが腿をたわめて、触れようとして指を伸ばすけれどもやんわりと止められる。

「今日は、いいよ」

「ど、して……」

慣れた行為の流れとしてではなく、自然に触れたいと思ってのことだったのだが、なにか気に入らなかったのだろうか。少し不安げに見つめれば、違うよと鴻島は悪戯っぽく笑う。

「ちっとね。……我慢きかそうにないから」

だから触らないで、と絡めた指をシーツに押しあてられれば、抗うこともできないままおとなしくするほかない。

「あっ、や……ず、るっ……ん、ふ……っ」

そうやって咲坂の身動きを取れなくしておきながら、鴻島の唇はそこかしこに触れてきた。器用な指に尖らされた乳首を舐めあげられると、濡れたその感触に長く尾を引く声が漏れる。

「あ、あー……っ」

「きもちい？」

知っているくせに、何度も音を立てて啄んで、さらに尖らせようというのかきつく吸い付いてくる。

「ちっちゃいのに、ここ感じやすいよね……」

「んんぁっ、あ！」

くすりと笑われ、彼の唾液に濡れて光った場所を押し潰すように舌で転がされ、咲坂の細い身体はベッドの上で何度も跳ね上がる。

鴻島の愛撫は、その場所だけに止《とど》まらない。肩を、腕を、脇腹を嚙むようにして全身を舐めあげられ、膝頭を指の先でくすぐられれば、咲坂の腰は揺れて止まらない。放埒に萎えたはずの性器もまた形を変えて、腰が跳ねるたびにゆらゆらと震えた。

「やあ、もっ……も、だ、め……っ」

「まだ」

うずうずと揺れるそこをじっと見られて、もっと脚を広げてと促される。こんなに焦らされたまま、身体中を観察するように見つめられれば、正気が残っている分いたたまれず、そのくせに官能はダイレクトに肌を刺した。

「はっ……は、あ……っ、あ、そこいや、そこ、いやっ」

「なんで、いや？　感じちゃうから？」

「んーっ、んっ、だめ、だか……っ、あああっ！」

特に感じてしまう膝と、腰の背骨をずいぶんしつこく同時に撫でられて、行き場のないような甘い疼きに咲坂はかぶりを振った。

硬い指の腹で、肌身に汗を擦り込むようにされるだけでもつらいのに、抱え上げた膝裏を舌の先でいたぶられて、触れられないまま、また達してしまいそうになる。

「や、あ……いつきっ、も、いや……！」

「……なんで我慢するの？」

雫を垂れ流しながらびくびくと震える性器を握りしめ、必死になって堪える咲坂に、鴻島はむしろ不思議そうな顔をした。

「今日、もう、我慢しなくていいのに」

「あっ……ちが……っ」

まだわからないの、と少ししかめた顔で覗き込まれ、咲坂は必死にかぶりを振る。じんじんと身体中が疼いてつらく、確かに今にもいかせてくれと叫びたいような気分ではいるのだけれども。

「い、……斎と……したい」

「え……？」

鴻島の存在をこの体内で感じたくてたまらない自分をどう伝えればいいのだろうと咲坂は迷った。

(いやらしいって……思われるだろうか)

身体だけの浅ましい欲求と取られかねない台詞を、彼が果たしてきちんと受け取ってくれるかどうかわからなかったけれど、促す瞳が言ってもいいよと囁くようで、言葉足らずに告げていた。

「斎で、いきたい……っ」

とっくにこの唇は汚れている。もっと卑猥な要求も、言葉も、たくさん言わされてきたはずなのに、声を放った瞬間にはかあっと身体が熱くなった。煽るような言葉が強要されてのものではなく、自分自身が探したそれであったせいだろうかと咲坂は思い、心臓を高鳴らせながら鴻島を待った。

「……参るなあ、もう」

「だ、……だめ……？」

吐息混じりのそれに、思わず涙目になってしまう。しかし、失敗したかと怯えたのもつかの間で、息が止まりそうなほど抱きしめられてしまえば、もうなにも考えられなくなっていく。

「そんな初々しい言い方するかなあ、ここにきて」

別人みたい、と困った顔をする鴻島に、自分でも少し反応に戸惑う咲坂はなんと応えればいいのかわからなかった。

「へ、……変？」

「変じゃないけどさ、……もう」

見つめてくる鴻島の表情が、怖くはないのに微妙な鋭さを帯びるからよけいに呼吸は乱れ、体温は上昇する。会話の合間に抱き合う身体の角度を変えて、這わされた指の感触に息を飲んだ。

同時に腰を押しつけられ、開いた脚の間に触れる鴻島の凶暴なまでの熱を感じれば、無意識に喉を鳴らしてしまう。

（……欲しがってる……）

どこかしらせっぱ詰まったような雰囲気を漂わせる鴻島の迫力に、求められている実感を感じて肌が震えた。じんわりと瞳が熱く潤んで、欲情を隠しきれない顔をしている自分が恥ずかしかったけれど、もう止まらない。

「それ……、欲しい……」

うずうずと足先までもどかしさが募って、曲げた膝で鴻島の腰を挟み込んでねだる。ストレートな懇願に、鴻島は咎めるような顔をした。

「まあだ慣らしてないっしょ……せっつくと痛いよ」

「いい、……入るから、ね……？」

いれて、と背中を抱いてねだれば、手のひらの下でうねる筋肉が愛おしかった。気を遣ってくれることは気恥ずかしく嬉しいが、たいしてほぐされずに貫かれても、慣れた咲坂にはさほどダメージもない。

「ここ、ここに……それ、……はや、く……大丈夫、だから……」

とろとろにしてから、と囁いた言葉の通りに、もうとっくになっている。これ以上、待つのは既につらかった。そしてまた、耐えているのであろう鴻島のあの高ぶりを、包んであやしてやりたいような気持ちも止まらないのだ。

「ぜんぶ、ちょ、だ……っ、全部……っ」

自分の感覚を追うためのセックスではなく、相手の心地よさを優先してやりたいと思うのもはじめてで、思わずやわらかく微笑んだ咲坂は汗に湿った広い背中を何度も撫で上げる。

「……おねが、斎、ここ……っ……きて？」

「だ、から痛くないの？　平気？」

誘う声、ゆるやかな動きでもどかしさを訴える肢体に、鴻島の声が少しだけ上擦るのが嬉しい。

「……痛いよ、このままじゃ……」

そうしながら、もっときて、もっといじめてと腰を捩り、どうしても遠慮を捨てきれない鴻島を煽ろうと必死の咲坂は、無意識に細い指の先で自分の尖った胸を淫らにさすっていた。

「ここが……痛い……っ」

こんなに欲しいのは自分ひとりだけかと思えば、胸の奥が苦しくてたまらない。せつないようなこの感覚を、どうか触れて宥めてと、自分の肌に爪を立てた。

「ね、……痛いから……っ」

瞬間、艶めかしいような吐息混じりの声が漏れ、その表情に指の動きに逞しい肩がぶるりと震えて、それだけで咲坂はまた感じてしまう。

「う……っとにも、……そういうことする……？」

観念したように熱い、荒れた息を漏らした鴻島が、肩口に嚙みついてくる。

「あ……っ、おねが……っ」

「……なに、その顔……」

小さな痛みさえもまた咲坂を追いつめて、もう止まらない動きで腰をすり寄せれば、うっとりとため息がこぼれて、肌に触れたその湿った熱さに鴻島はまた煽られたようだった。

「こっちも――……ひくひく、しちゃって」

「や……」

少し意地悪く甘い声を出す彼を、この疼いて熱い身体の中に取り込むのだと想像しただけで、勝手にあの場所が開いたのがわかった。

指をあてがっている鴻島にもそれは伝わったのか、喉を鳴らして見つめてくる。

「そんなに？　我慢、できない……？」

「……あっんっ……しなくてい、って、……言ったくせに……っ」

つるりと滑り込んできた硬い指に、一斉に巻き付く肉がもっと確かな質量を求めて一斉に蠢《うごめ》きはじめた。「イッキ」の身体、それがどんな部分であれこの淫らに過ぎる場所に触れれば、もう条件反射のように咲坂は濡れていく。

「こんな……欲しくて、じんじん、してる……っ」

もう我慢させないでと肌をすり寄せ、自分から腰を掲げてやわらかな尻を擦り付ければ、言葉にもねだる所作にも負けたように、悔しげに呻く声が耳元で聞こえた。

「ちくしょ、……も、知らね……」

眉をひそめたままじろりと睨まれて、それで胸が痺れてしまうから、無言のまま脚を抱えられてももう怖くない。

怖くない。

「あ……！　ん、んっ」

濡れて熱い脈が、ひくついて震える入り口に触れた途端、なにかの生き物のようにその部分はほころび、鴻島を飲み込む蠕動《ぜんどう》を繰り返す。

「きつ……くない？」

「へ、き……平気、だ、から……っ」

もっと、と腰を掲げる咲坂の内壁は、実際には少し軋むような痛みもあった。

それでも、ゆっくりゆっくりと進んでくる彼を早く自分の中に欲しいという欲求の方が体感を凌駕《りょうが》して、焦れったく腰を揺すってしまう。

「っ……あ、はいっ、ちゃう、……はいっちゃ……っ！」

嬉しい。ただそう感じてしゃくり上げながら、やっと貰えたと心から安堵して、そのくせに身体の興奮はどんどんひどくなっていく。腰を摑まれ、舌打ちした鴻島が強く身体を押し込んできた。

「っとに……痛いくせにっ」

「たくな……あう！　……あ、あー……！　ああああ！」

ずん、と奥まで届くような感覚に目を瞠れば、痛みどころか凄まじいまでの快感が咲坂を追いつめ、頭の中が真っ白になる。腰の奥が痙攣して、男をくわえ込んだ尻が不規則に跳ねた。

「ひゃ……あ……っ!?」

がくがくと首を揺らして仰け反ったまま、恐ろしく急激な絶頂に咲坂は一瞬意識が遠ざかるのを感じた。

「……っ、うわ、なに、咲坂さん……!?」

激しい反応に、驚いた声があがる。鴻島の手に委ねた性器からの放埒はないまま、感覚だけで極まったことを知ると、理由のわからない涙がこぼれた。

「ちょ……やっぱ、痛かった？」

急に硬直したと思えばいきなり弛緩《しかん》した咲坂に驚き、覗き込んでくる鴻島の胸に甘えかかって、咲坂はすすり泣く。

「っちゃ……た」

どうしたの、と再三問われ、背中を肩をさする手のやさしさに、鼻にかかった声が止まらなくなる。奥深く、自分を穿ったものの熱はその間中も咲坂を疼かせ、考えるより先に言葉が漏れた。

「……いつき、の……入ったから……い、いっちゃっ……た……」

「え……でも……」

嬉しくて、堪えきれなかったと告げると鴻島の顔が赤く染まる。

「んぁあっ、あ――……！」

ここはまだ、と濡れそぼったまま震えている性器を握りしめられれば、咲坂のほどけた粘膜が鴻島の形に添うようにぴたりと狭まり、彼の腰を震わせた。

「う……っく、いっ……ちょ、咲坂さ……っ」

「だめ、ど……しよ、だめっ、あっ、あ！」

あがった息を、すがり付く青年の首筋に艶めかしく吹き零しながら、蕩けきった思考のまま咲坂はぼろぼろと言葉を零す。

「や、いつきのきもちい……っ、きもち、いい、よ……っ」

おののくような下腹部の痙攣はおさまらず、腹の中で鴻島の性器を揉みこむような蠕動を繰り返して、いつまでも終わらない絶頂感が怖くなる。

「ああ、も……ほんっと、エッチな身体だよね」

ふうっと息をついて呟く台詞に、いや、と顔をしかめた。言わないでくれと肩をすくめて身を捩っても、繋ぎ止められたままでは逃げることもかなわない。

「いいって、もう知ってるって……ね」

「あんっ、あんっ、あんっ、……あ！」

感じすぎて苦しいほどの身体に、そのまま深い抽挿を送られて咲坂は泣きながらかぶりを振った。取り合わず、脚を抱え直した鴻島はもう遠慮はいらないだろうとばかりに、ばねのような筋肉を使って身体を抉ってくる。

「ふっ、あっんっ、んぅ、んっんっ」

抜き取る動きの時には、淫蕩な粘膜が彼を追って閉じていくのがわかった。狭く長い肉の空洞が少しの不在も許せないと絡みつき、痛いほどに収縮すればまた開かれる。

「あっ、あー……っ、んっ、とけ、溶けちゃう……っ」

言葉も忘れて喘ぐだけになって、穿たれるものの心地よさに腰から下が蕩けていく。ぬめった水音がひっきりなしに聞こえているのはふたり分の体液が混ざるせいと知ってはいても、鴻島に掻き回されたそこが本当に溶けて流れ出しているような気がして、怖い、と咲坂は泣きじゃくる。

「怖い？　……よく、ない？」

「あ、ちがっあ、う、いいー……あっ、い、いっからぁ……っ！」

どうしてもその言葉には反応してしまう鴻島が、ふっと不安げに覗き込んでくる。必死になってかぶりをふり、ふいごのように喘ぐ口元を両手で覆って咲坂はやめないでと訴えた。

強すぎる快楽は確かに、恐怖に似ている。走り出す心臓が全身を脈打たせ、苦しくて不安でせつなくなるけれども。

「あ、あ、ん、……すごっ……も、もっと、もっとっ」

「もっと……？」

宥めるような手つきで上下する胸をさすられて、ゆるやかに腰を回されれば、吸い付くように鴻島の性器を締め付けた身体が、甘美な悦びを訴えている。

「んんんっ、してっ、……きもちい、の、してっ」

はじめて、鴻島の身体を知った夜の愉悦より、さらに深いような感覚に振り回され、あれはやはり薬のせいなどではなかったのだと思い知らされた気分だった。

無理矢理にねじ込まれたようなセックスの快感ではなく、本当に欲するものを与えられたその充足感が、どこまでも咲坂をかき乱し、溺れさせる。

「ん、んんんっ、んーっ！」

乾いた唇を舐めて意味もなく首を振れば、覗いた舌先に誘われたように鴻島が荒く口付けてくる。そのまま深く奪われて、両胸を親指の腹で押し揉まれる。すすり泣くような喘ぎは絡み合う舌で舐め溶かされ、鴻島の喉の奥に消えていった。

同じ動きで掻き回された口の中と最奥は、溢れるほどの体液に濡れて限界を訴える。

「ね……もう……？」

「うん、……う、んっも、いってもい……っ？」

そろそろ、と囁かれただけで涙が出る。全身ももう汗にまみれ、とろりとろりと滴っていくそれが肌を伝い、絡み合う肌がさらに滑った。もう余裕のかけらもない鴻島の顔を見つめて、それがまた滲んでぼやける前に、咲坂は必死の声を綴る。

「いつき、も、……い、いって……？」

「ん、……っくしょ、あ、……いい……」

言いながら腰を蠢かし、愛おしい熱を身体を使って扱き上げる。息を飲み、肩口に顔を埋めた少し悔しそうな鴻島が、堪えきれないように震えるのがたまらない。

懸命に腰を絞って、さらに体内に満ちていく鴻島の体液を味わうように粘膜でしゃぶり、咲坂は早鐘を打つ胸の奥までが熱くなるのを感じた。

「ごめ、……で、る……っ」

「あああ……っ、あ！」

鴻島のもたらした奔流が震え続けた体内に迸《ほとばし》る瞬間、痛いような快楽の中に混じった甘い幸福感を、眩暈と共に受け取って咲坂も放埒を迎える。

緊張と弛緩を繰り返した身体は総毛立ち、必死にしがみついた広い胸の持ち主もまた、痛むほどの力で咲坂を抱きしめる。

「は……っは、あ……っ」

余韻にまだ涙が止まらない咲坂の耳元にかかる髪をかきあげ、小さく頬を啄んだ鴻島の唇のやわらかさが息苦しさを徐々に宥めた。濡れた目元にも唇は触れてきて、反射的に目を瞑れば滲んだものを吸い取られ、またぞくりとする。

「……まだ、怖い？」

細い肩の震えを、やはり口づけで宥めながら問いかけてくる青年の声は深く、身体につれて高ぶった感情をゆっくりと鎮めてくれた。無言で首を振れば、両手に頬を包まれて、軽く唇を押しあてられる。

「怖く、ない……」

「じゃ、なんで泣くの？」

それでも、胸に迫るような鋭い痛みが消えないまま、咲坂は頬を静かに伝う涙を止められない。長い指の所作がやさしければやさしいだけ、哀しいような気持ちになって、堪えようと唇を噛めば頭ごと抱えられる。

「どうしたの……？」

「……っ」

暖かな体温と鴻島の匂いに包まれればなおのこと、指の先まで走り抜ける痛みが強くなる。この感覚がなんであるのかわからずに、子供のようにむずかって首を振れば、何度も髪を撫でられた。

ことことと、平常に戻った鴻島の心音を聞きながら、ぼんやりとその痛みに浸っていた咲坂は、それが寂しさから来るものだと悟る。

（なんで……）

セックスの後に感傷に浸ったことなどろくにない咲坂には、その感覚はやはり慣れず、居心地の悪さを覚えた。

鴻島はやさしかった。指も唇も声も愛撫も、この身体を開いた性器までもやさしくて、それなのにどうしてこんなに胸が痛むのか、咲坂にはわからない。

「ねえ」

いつまでもぐずっていてはおかしく思われると嗚咽を嚙んでいれば、そっと鴻島が抱きしめてきた。戯れるように、まだ濡れたままの脚から尻にかけてを撫でられ、ひくんと咲坂は息を飲む。

「俺を、好きって言ったね？」

「……うん」

「嫌われると死にたくなる、っても言ったよね？」

問われたそれは真実そう思っているから、すぐに頷いた。けれどなぜそんなことを訊くのかがわからず、やはりまだ疑われているのだろうかとおずおずと顔を上げれば、困った人だというように笑う鴻島がいた。

「でも、一緒にいるのは……しんどい？　泣いちゃうくらい、いや？」

「え、そ……そんな、そんなんじゃない」

軽く腰を叩かれて、離れていく指。そのまま身を起こそうとする鴻島に、咲坂は視線ですがり付く。

「違うの？」

「ちがっ、そうじゃなくて、俺……っ」

混乱したようなあの感覚を、どう表現すればいいのかわからないまま唇を噛めば、いよいよ鴻島は吐息してその腕をほどいてしまった。待って、と言いかけて、しかしそんな権利もないとまた指を握りしめた咲坂は、それでようやく、気付く。

（……わからないからだ）

好きだと告げて、許されて、溶けるくらい甘く抱かれた。これで満足するべきなのだろう、本当は。過分なほどだと、そう思ってもいるのに。

「……ん？」

じっと見つめた彼は静かに笑ったまま、咲坂の知らない男の顔を見せつける。余裕さえ窺えるような表情には、自分と同じほどに焦がれるような色は見えなくて、それがおそらくは哀しいのだ。

「あの……」

言葉までこの上欲しがるのは強欲に過ぎると思って、それでも胸苦しさの意味を知ってしまえば堪えきれない。稚拙《ちせつ》な言葉でも、なんでもいい、なにかが欲しくて、けれどねだって与えられたところで満たされはしない。

「なに」

どうしようと惑う内にまた、咲坂は俯いた。視線の先には、乱れて湿ったシーツをさらにしわくちゃにする自分の裸の腕が見えて、小刻みに震えている。

この身体のように、心まで鴻島に裸にされた。剥き出しの感情はあまりにも強くて、ほんの少し触れられただけで弾けて壊れそうだと思う。

彼に出会って、怖いものばかりが増えた。怯えたり泣いたり、らしくもない自分にさらに振り回されて、そんなみっともなさに腹立たしく恥ずかしかった。

それでも。

白くなるほど握りしめた指を包むように、大きな手のひらが触れてくるだけで、すべての不安がどこかに霧散するほどの感情を、もう誤魔化せるわけもない。

「……俺の、こと……」

「うん？」

促されて、息を飲む。

好きだと、言ってほしかった。今だけの戯《ざ》れ言《ごと》でかまわないから、それでも言ってほしいとさえ思えば哀しくなるけれど、鴻島のあのやさしい声で言われてみたかった。

（嘘でもいい……）

せがめばきっと、与えられるだろう。ひととき、甘い思いをすることくらい、夢を見るくらいはいいだろうか。けれど言葉を与えられた端から、結局は疑って惨めになる自分を知っている。

（どうすればいい……？）

誰しもが、多分。最上級の好意を持つ相手には知られたくないと感じる醜さを、もう知られてしまっている以上、ここから先に進むには、いったい。

「……っ？」

咲坂が迷う瞳を伏せれば、色をなくした唇はやわらかにたわめられる。

「ごめん、……どうもいじめるの、くせになってる」

不意打ち、高い音を立てて啄まれた唇に驚いていれば、苦笑した鴻島が至近距離で笑っていた。

「でも、泣いてるのかわいいから、つい。……ごめんね？」

「かわっ……」

とんでもない台詞にかっと頰が熱くなって、跳ね起きて反論しようとした唇が、また塞がれた。

「……しょうがないね、結局、泣いてる顔に惚《ほ》れちゃったんだから」

「え……っ？」

不意打ちの口づけで意識を飛ばしているうちに、さらりとなにか言われた気がする。

（今……なに……）

言葉を理解できないまま呆然とする咲坂は、ただ火照っていく顔と速まる心音に、素直ではない心より馴染まされた身体の方が鴻島へと先に反応したのを知った。

「じゃあ、……加算法で、いこっか」

「え……？」

鴻島はぽつりとそんなことを言う。

「スタートラインがマイナスなんだから、後は増やしていけば、いいんじゃない？」

あっさりと告げるそれが、言うほどに容易くないことなど鴻島もわかっているのだろう。声音とは裏腹に、穏やかに見せる表情の奥には隠しきれない痛みがあった。

起きてしまったことを、なかったことにはできない。互いの中にあるねじれた自分の姿にこそ傷ついてしまったから、それはきっとことあるごとに、自分たちを苦しめるのだろう。

それでも、困難と知りつつもあえて口にする鴻島に、咲坂は目を伏せ、抱いてくる腕の温かさに身を委ねる。少し長い、つらさを孕んだ吐息を耳元に感じて、抱擁に応えながら肩の力を抜く。

「しょうがないじゃん、……忘れられなかったから」

「……あ」

「腹立って、むかついて、そんでも見捨てきれないんじゃあ、もうしょうがないよ……」

俺はあきらめた、となにかを通り越してしまった表情で告げられ、確かに胸は鈍く痛む。

「――……でもっ……」

信じ切れず目を瞠っていれば、さっき言ったじゃないかと鴻島はなお、笑う。清々《すがすが》しく、けれどどこか痛みを残した視線は、この二週間の間に随分と大人びた。

「可愛がらせてくれって、俺言ったよ。そんなのやりたいだけならいちいち言わねえよ」

「だって……斎……っ」

変わらざるを得なかったのかもしれないと思えばやるせなく、素直になりきれない咲坂をも、彼は許すと見つめてくる。

「だっては禁止。……ホントもう、先生のくせに日本語わかんないね」

信じられない、と首を振れば、実習中飲み込みの悪い生徒に向けたのと同じ瞳で、けれど数段熱をこめて、鴻島はゆっくりと言い含めてくる。

「……ちゃんと、付き合おうって言ってんの」

「いつっ……」

「それでその疑り深い性格、矯正してやるよ」

笑われて、軽く頬を叩かれて、情けなく顔が歪んだ。こうまで言われて、鴻島の気持ちを疑えようはずもない。

（譲らせて、いつも……許されてばっかりで……）

そんなやさしいことを言われるような自分ではないのにと、咲坂は目を潤ませる。

「また泣く」

「ごっ……ごめ……」

もうこれ以上変な顔を見せたくないと肩に顔を埋めて、しかし次の瞬間には咲坂は違う意味で眉をひそめることになった。

「あ……えっ？」

あげくには、するりと腰に手を滑らされ、まだ火照っている尻の奥へと悪戯な指が触れてくる。

「あ、……もう無理……っんっ、んっ……あっ」

先ほど飲み込んだ鴻島のそれを指で掻き回すようにされ、あっけなく火がつく身体を持て余していれば、突き放すような、それでいて笑った声がまた意地悪を言う。

「だめ。さっき、結局してやられたからね。……それに俺、やさしくしたでしょ？」

だから平気だろう、と指を回されて、とろんと溶けてしまいそうな自分に気付けば逞しい肩にしがみつくしかできなくなる。あげくには、弱くてだめな耳を丸ごとくわえるように愛撫されて、その上こんなことまで告げられた。

「無茶はしないよ。……この先も、ずっとここ、使ってあげるつもりだし」

「い——……っ、や、あっ……」

感触よりなにより、ずっと、という曖昧でしかし毒のように甘い言葉に落とされて、咲坂はただその指先を締め付けた。びくりと震えながらかぶりを振れば、逃げるな、と額を押しあてられる。

「いや、じゃなくて。……どうしたい？」

「ふっ、……ああっ、あぁんっ」

「ああんじゃわかんないよ」

「いっ……じ、わる……っ」

そんな風に、中を広げていじめるから、言葉などなにも出なくなる。弱くてだらしない身体を知っているくせにと睨めば、痛み続ける胸の上に口づけを落とされた。

その奥にある、臆病でずるい心ごと愛してやると告げられた気がして、おずおずと咲坂はその髪に指を差し入れ、そっと撫でてみる。

そっと顔をもたげ、窺うように覗き込んでくる瞳は、戯れ言を発する唇に反して真っ直ぐに真剣に咲坂を見据えている。

視線が絡んだ瞬間、また鼓動の奥に潜むものがちりちりと咲坂を苦しめる。

「斎……」

「うん？」

それでも、終わりを告げられたあの日の、刃物に切り裂かれるようなそれとは違う、締め付けられるような感覚に眩暈がした。

「……くるしい」

そうして、この胸に迫る痛みが、哀しみではなく愛おしさのあまりせつないのだと知れば、潤み揺れている瞳には微笑みが宿る。

「たすけて……？」

ねじれた時間のはじまりであったその言葉に、鴻島も微かに瞳を揺らす。差し出した腕を拒まず受け取られ、指の先に触れた唇がまた違う痛みを咲坂に与えた。

小さな棘のようなそれは、やわらかく開かれた心に刺さって抜けない鴻島への恋情で、凍《こご》えきった咲坂の中にある怯えのかけらを砕かせる。

了承を伝える唇にやがてはそのかけらさえも吸い取られ、消えてしまうだろう。

長かった、孤独の時間の終焉を肌に感じて、精一杯のぎこちないやわらかさで咲坂は鴻島の髪を撫で、梳いた。

かたくなだった心と身体をその熱で侵食して、力強く抱きしめてくる恋人のために、変わりたいと咲坂は強く願った。

願う自分を忘れずにいられるよう、そうして、今この時の幸福を失わずあれるよう、ほどかれた心をどうか離さないでくれと、目を閉じる。

鴻島を抱きしめた腕、その先で指を組み合わせれば、それは祈る形にも似て、その中に摑んだ大事なものを逃したくないというように、強く握り合わされる。

気付いた鴻島は静かに笑んで、与えられた夢のようにやさしい口づけに震えながら、ほとりと落ちた咲坂の涙はどこまでも濁りなく、透明だった。

とろけそうなKNIFE

日暮れてなお熱気の残る夏の宵《よい》。薄闇《うすやみ》の校庭を横切れば、体育館から聞こえる威勢のいいかけ声と、ボールの跳ね返る音がやけに響いた。

酷暑に疲れきっている教師とは違い、部活の夜練に励む生徒たちはその若々しさでもって、蒸れた暑さを吹き飛ばしているらしい。

「もう七時か……」

夏期講習のあとに事務整理を行って思いの外《ほか》に遅くなったと、腕時計を眺めた咲坂暁彦《さきさかあきひこ》は凝《こ》りのひどい首を軽く回してため息をつく。

「まあ、明日は休みだし」

生徒たちには長い夏休みでも、教師には実際同じ期間の休暇はない。補習に講習、場合によれば研修会に会議もあって、実際にはカレンダー通りの休日がある程度だ。この日は金曜で、しかも明日からはほかの会社員よりは心持ち長い盆休みに入るため、残務処理を済ませたらこの時間になってしまった。

私立女子校の教師などといえば、聞こえばかりは華やかで、職場が花園かのように羨《うらや》まれるがとんでもない。男の目を意識しない十代の女どもときたらまるで獣のような生き物で、ひどい時には授業中に生理用品は飛び交うし、言葉遣いの下品さもすさまじいものだ。

とはいえ、咲坂の授業中にはそうしたことは滅多にない。校内でも数少ない若手の男性であるけれど、私語は許さない授業の厳しさは有名だ。まして容姿はそこいらのモデル以上に整っているとくれば、少女たちの傍若無人《ぼうじゃくぶじん》さもなりをひそめるらしい。

咲坂としては彼女らにどんな裏表があろうと、おとなしく授業をこなせればそれでかまわない。というよりそもそも咲坂自身が、まるで女性に興味がない。同性愛嗜好《しこう》があると自覚したのは思春期の頃で、それ以来関係したのは遊びも本気も含めてすべて男ばかりだ。

むろんそんな性癖はひた隠しにして、表面上涼やかな好青年を演じているが。

「先生、さよならー」

「ああ、さよなら」

ボール拾いにやってきた女生徒の、ブルマーから伸びたすらりとした脚線美にも、咲坂はなんの感慨もおきない。あっさりと笑むのみで会釈《えしゃく》を返すから、皮肉なものでそのクールさがいいと囁《ささや》かれる羽目になる。

端麗な容姿と冷静さが、逆にとっつきにくいという向きもあったようなのだが、このところの咲坂は、その笑みにやわらかさが増したと評判で、ますます生徒の人気は上がっているらしい。

「まだ残るのか。暗くなるから、帰りには気をつけなさい」

「はあーい。咲坂ちゃんも気をつけてねぇ」

バスケ部のホープである彼女の身長は、咲坂とほぼ同じほどにある。発育のいい身体《からだ》つきはもうすっかり女だが、ばいばい、と無邪気に手を振る様子が微笑《ほほえ》ましい。

「こら、先生に『ちゃんづけ』はよしなさい」

苦笑しながら窘《たしな》めれば、はあいと笑った彼女は仲間のいる方へと走っていった。

(気をつけなさい、か)

実際、以前ならばこのような気遣いの言葉もかけなかっただろうことは、咲坂自身がもっともわかっている。

咲坂の内面が変化を見せたのは梅雨《つゆ》明けの頃、教育実習中に胃を患って倒れたことから、いろいろ思うことがあったのだろうと周囲には見なされている。

けれど実際に咲坂へと影響を与えたのは、その実習生だった、とある青年だ。

「――あ」

校門を出ようとしたところで、携帯が音楽を奏でる。着メロを聞いた瞬間に誰からのものかわかった咲坂はどきりとした。

それでも確かめるように見つめた液晶画面の表示には［鴻島斎《こうじまいつき》］とある。かつて実習担当だった時期、名簿でいやと言うほどに見たはずの名前にさえ、性懲《しょうこ》りもなく胸が躍る。

通話をオンにすれば［星に願いを］のメロディよりも甘い声が聞こえてきた。

『もしもし。仕事、終わった？』

声に答えるより先、咲坂はこっそり聞こえないよう、大きな深呼吸をしてしまう。

（遊び心でしょ、こういうのも）

デフォルトの電子音だった咲坂の携帯音を、ディズニーの名曲に変えたのも彼だ。素《そ》っ気《け》ない機械に甘い音楽。必要ではないけれど、あれば少し気も安らぐだろうと告げる鴻島は、割り切ることに長《た》けていた咲坂に、曖昧《あいまい》でつかみ所のないふわふわとした甘い気持ちを運んでくる。

「ああ……どうした？」

本当は声を聞いただけで舞い上がっているくせに――だからこそ自分を戒めようと、ひどく素っ気ない口調で返事をしてしまい、咲坂は焦《あせ》った。しかし、そんなこともわかっていると言うように、携帯からは穏やかに笑みを含んだ声がする。

『はは、まだ先生モードだね。ひょっとして帰る途中？』

「いま、校門を出たところで……」

知らず早足になるのは、急《せ》くように胸が高鳴るのを感じたせいだろうか。俯《うつむ》き、周囲に生徒や同僚がいないかどうかを確認しながら、咲坂は家路を急ぐ。

久しぶりの、鴻島の――恋人の声は甘すぎて、頭にも身体にも毒のようだ。こんな道ばたでなく、家の中でゆっくり聞けたなら遠慮なく相好《そうごう》を崩せるのにともどかしく、そのせいか声音はどんどん硬くなってしまう。

　恥ずかしいのだ、たまらなく。たかが電話ひとつでこんなに浮き足立つ自分が、年甲斐《としがい》もないと思えていたたまれない。

『そうか。んじゃ、また』

「あっ！　……の、別に、切ら、なくても」

　そのくせ、あっさりとまたと言い出す鴻島に、待ってくれと上擦《うわず》った声を上げるのも咲坂だ。案外に大きな声だったようで、道の先を歩いていたＯＬらしい女性が怪訝《けげん》な顔を見せて振り返り、足早に去っていくのが見えた。

『……焦らなくても、別にいいよ』

　顔から火が出るようで、それが見えていたかのように、鴻島はまたくすりと笑う。焦ってなんか、と意地を張ろうとしてしかし、次の言葉に声がつまった。

『あのね、俺今日、バイト早く上がったから』

「あ、……ああ、そう」

　会えるのか、と問いかけて、しかしそれも上手《うま》くできないまま、また素っ気ない声が出た。自分の胸の裡《うち》を素直に言えない性格だとは自覚するが、こんな純情なためらいは咲坂には久しぶりすぎて、馴染《なじ》めない。

『ああそう、ってまったく……なに？　疲れてるから話すのもめんどくさい？』

こんな聞き方をする鴻島も悪いと思う。焦って困って、暗い夜道の真ん中で顔中赤らめている咲坂を、わかっているとからかうように意地悪に――そのくせ許すように笑うから、いけないと思う。

「そん、そんなんじゃ、ない……けど」

『けど、なに？』

この七つ下の男とは、出会いからめちゃくちゃだった。こじれた関係の中で傷つけあい、本気で好きだと自覚した頃には終わりを告げられ絶望して、それでも最後を譲ったのは、鴻島の方だ。

(ちゃんと、付き合おうって言ってんの――それでその疑り深い性格、矯正してやるよ)

随分《ずいぶん》な言いざままでまるごと許されて、抉《えぐ》るようにして開かされた胸の奥、心臓をその長い指に摑《つか》み取られてから、まだ二ヶ月もない。

(……意地悪なこと、言わないでくれ……)

突き放すような声にはまだ、生々しい傷口が疼《うず》いてしまう。じんわりと眦《まなじり》さえ湿ってきて、本当にこれはいったい、と咲坂は自分を嗤《わら》いたくなる。

けれど、一週間ぶりの電話なのだ。直接会ったのはさらに前で、三週間近く空《あ》いている。

大学生のモラトリアムな身で、腐るほどに時間があるのは鴻島の方だ。しかしこの夏購入した車の頭金を叩《たた》き出すため、かけもちのアルバイトに励んだ彼は、咲坂をほったらかしにしてくれた。

『ちょっと、黙るなよ。なんか言えば？』

要するに――付き合うと言ってから、デートらしいことをしたのが正直、一回しかないのだ。思っていたよりも堪《こら》えている自分を自覚させられ、咲坂の薄い肩はますます頼りなく落ちてしまう。

恋いこがれる相手にひたすら会いたかったり、寂しかったり。そんな気持ちは本当に久しぶりで、だからこんなに苦しいのに、けろりとしたまま意地悪ばかり告げる鴻島は同じ気持ちでいてくれないのかと、ただ哀《かな》しい。

こんなに女々《めめ》しい性格ではなかったはずなのに。遊びと割り切って、平然と相手を乗りこなすようなことをしてきた自分だったのに、彼を前にすれば言葉さえもままならないから、どうしていいのかわからないのだ。

「なんでもない、悪かった、それじゃあ……」

それ以上に、繰り言を言って疎ましがられるのは、もっと怖かった。悄然《しょうぜん》とした声のまま通話を切ろうとすれば、なぜか焦った声がする。

『わ、こらこらっ！　切るなよ、悪かったってば！　ええっとねえ、いま俺、駅前で待ってんの！　あ、ガッコの方のね？　さっきっから見た顔ばっかでめんどくせえのなんの』

「え……？」

思ってもみないことを言われ、とぼとぼと歩いていた咲坂がはっと顔を上げれば、私鉄の駅横にあるコーヒーショップの、大きなガラス窓が見えた。

『早く来てよ。——待ってるからさ』

「も……」

そこに並んだカウンター席のひとつに、長い髪をした大柄な青年の姿がある。外は薄闇で、向こうから咲坂の姿は見えにくいのだろう。その精悍《せいかん》で整った顔には、はにかんだ甘い笑みが浮かんでいた。

「もう、……すぐ、そこにいる」

心臓を突き刺すような、そのくせ温かい痛みが走って、喘《あえ》ぐように告げればふっと、彼はテーブルに肘《ひじ》をついていた姿勢を正した。

『すぐ出る。そこにいて』

ジェスチャーと携帯の声は同時で、その後に通話が唐突に切れる。言われずともぼんやりと咲坂が立ちすくんだままでいれば、しなやかな長い脚で小走りに、年下の恋人は駆けてきた。

「お疲れさま。驚いた？」

「驚いた……」

惚《ほう》けたままこくんと頷《うなず》いてみせれば、夏の宵にも鮮やかな笑みを鴻島は見せる。前に見たよりも少し、日焼けの色が強い気がする顔に笑いじわが浮かんでいるのを見つけた瞬間、心臓がひどく痛くて咄嗟《とっさ》に咲坂は俯いた。

「え、と……どしたの？　あの、マジで疲れてた？」

「いや、……あの」

不機嫌な態度に映ったのか、鴻島の声が遠慮を帯びる。さっきの電話で怒ったのかと問われ、そうではなくてと咲坂は震える手で口元を覆った。

（……なんで）

痛いくらいに顔が熱いのだ。どっと押し寄せてしまった感情を持て余して変な風に表情を歪《ゆが》めそうで、いったい自分がどうしてしまったのかもわからない。

「ごめ、……顔、見ないで」

「……咲坂さん？」

電話ではあんな意地悪なことを言ったくせに、本当にどうしたのとむしろ心配そうに覗《のぞ》き込んでくる鴻島が、はっとその息を飲む。

「あの。ひょっとして、……」

いくら隠そうにも咲坂の俯けた首筋と、薄い耳朶《みみたぶ》の染まりきった色味、そして小刻みに震えた指先の表情で、鈍くない男はなにかを察したようだった。

「咲坂さん、すごく照れてる？　……てか、緊張してるの？」

「わ……悪かったな……っ」

だって、会いたかったのだ。寂しくてたまらなくて、つれない電話に泣きそうになったくらいの恋人が、いきなり目の前に出たら本気で驚くじゃないかと思いながら、咲坂は精一杯の虚勢を張る。

「いや、別に悪かないけど」

「けど、なんだよ……」

さっきのお返しとばかりに同じ台詞《せりふ》で切り返せば、いや、と声を落とした鴻島は、やや強引に肩を抱いてくる。

手のひらの触れた面積の分だけ発熱したようで、咲坂が震えながら肩を尖《とが》らせれば、そのまま引きずるようにして鴻島は歩き出してしまった。

「ちょっ……どこに」

なにしろ身長で十センチ以上、体重では二十キロ近く違う相手だ。抗《あらが》うにも難しく、また抱かれた肩が気になって、咲坂がろくろく抵抗もできないままでいれば、鴻島はけろりと言う。

「ごっめん……ちょっと盛り上がっちゃった。どこでもいいや、ひとのいないとこ、いこ」

「は!?」

言われた言葉の意味を考える前に、顔から火が噴く。ぱくぱくと口を開閉させていれば、連れて行かれた先は、やや奥まった場所にある月極駐車場だった。そこにはジープタイプの車が止まっていて、コイン式のパーキングメーターを解除する鴻島に咲坂は口を開いた。

「ああ、これ……買ったっていう」

「早く乗って、冷房入れるから」

突然の出現は、この車を見せに来たのだろう。そう思ってのコメントはなぜか遮られ、わけもわからず熱気のこもる助手席におさまった途端、エンジンをかけるより先に長い腕が伸びてきた。

「あ、あの、ちょ……っ」

「ちょっと予想外にかわいかったんで……すんません」

ただ座っているだけでもじんわりと汗ばむほどの車内で、いきなり与えられた抱擁に目が回りそうだったのに、そんなことまで耳語《じご》されるから本気で眩暈《めまい》がしてくる。

気持ちを打ち明けてから時折鴻島が告げるようになったこの手の睦言《むつごと》は、どうしても受け入れがたい。肩口に大きく吐き出した鴻島の吐息が熱くて、くらくらと言葉にもその呼気にも咲坂は首を振った。

「か……かわいく、なんか」

そんな甘いやさしい言葉で表されるような自分ではないと、咲坂は知っているからだ。しかし、腕の力を強くする鴻島には実際、そう見えるのだと言い切られればどうにも反論のしようがない。

「だってさあ。俺の顔見るなり、がーって瞳孔開いちゃったのわかってた？」

「そ、それじゃあ死んじゃうだろ！」

瞳孔はどうだか知らないが、急激に視界が狭くなったのには気づいていた。鴻島を見るといつもそうで、他の音も色もなにもかも、よそに飛んでいってしまうのだ。

「いやだって……死にそうな顔、してるよ」

あげくには違う意味を匂《にお》わせる吐息混じりの声で囁かれ、咲坂の体温がまた跳ね上がる。

「そ……そういう、あつ、暑いから、離して」

久しぶりに会ったら、話をしたいと思っていた。まだお互いに色々、知らないことも多くて、鴻島の趣味が車というのも最近になってやっと教えられて、本当に楽しそうに語るから、そんな色々をもっと聞いてみたかった。

「もう、冷房入れたから……ね」

「……だ、め」

「キスだけ……大丈夫、外から見えない。暗いから」

それなのに、声より先に届くのはあの肉厚の唇で、薄い皮膚が重なった瞬間なにもかもわからなくなってしまう。

「んんう……っあ、いつ、いつき……っ」

いきなりでこれでは、またあの頃と変わらないと言いたいのに、うなじから滑り落ちる汗を拭《ぬぐ》う長い指の感触が、言葉よりも雄弁に咲坂をかき口説《くど》く。震え上がって開いた唇からの喘ぎは、零《こぼ》れる前に吸い取られて、舌の先が触れてしまえばもう、頭がぼうっと霞《かす》んでいった。

「あー、咲坂さんまぁたアンダー着てない……乳首透けそうじゃん、だめだよ」

「そん、そんなの……き、キスだけって……ちょ、ちょっと……っあ、ん！」

覆い被《かぶ》さって唇を啄《ついば》む男に胸をまさぐられ、焦って押し返そうとすれば小さな隆起をつまれる。ぐにゃっと背骨が溶けたような錯覚に陥り、腰砕けになった咲坂がまだ生ぬるい車内の空気に喘いでいれば、鴻島の瞳《ひとみ》が闇の中で光るのがわかった。

「いつき……だめ、ここじゃ……」

「……うん」

その目つきにはいやと言うほど覚えのある咲坂が力なく告げれば、わかってる、と危険な笑みを浮かべた鴻島は、ようやく身体を離した。

ほっとするような残念なような気持ちが同時に襲ってきて、息をつけばネクタイを締めた首元が苦しい。汗に湿ったシャツが鴻島の触れた分だけ皺《しわ》になっていて、肌に貼り付いたまま高ぶった胸の先を浮き上がらせているのが恥ずかしく、腕を組むようにして隠してしまう。

「咲坂さんとこって、駐車場は？」

「ないよ……近くにパーキングはあったかもしれないけど……」

自身は車を持たないせいで、ろくにチェックしていない。家に来てくれるのかと嬉《うれ》しくはあったが、この大きな車を果たしてどうしよう、と案じていた咲坂は、じゃあいいよね、と続いた鴻島の言葉に、少しばかり情けなくなる。

「ホテルいこ。そんで、ゆっくりしよ」

結局はそこに行き着くのだろうか。かつては即物的にすぎるばかりで、まっとうな恋人関係を築いて来なかった自分を振り返れば、文句を言えた義理ではないのだけれど。

(なんだか、これじゃあ……)

やっぱりあの頃となにが変わったのかわからない。

肩を落とし、こっそり吐息する咲坂の横顔を見つめる鴻島の眼差《まなざ》しがどこか悪戯《いたずら》に笑い、決して欲にばかり走ったものではないことを、物憂い思いに沈んだ彼は気づくことができなかった。

＊　＊　＊

車で三十分ほど走って連れて行かれた先、辿《たど》り着いたそこは咲坂の予想していたような安っぽいブティックホテルではなく、都内でも一等地にある有名なホテルだった。

「あ、あの、ここ……？」

「こっち」

地下駐車場に車を止め、さっさと歩き出してしまった鴻島に目を丸くしていれば、早くおいでと手招かれる。なにがなんだか、と思いながらカジュアルなシャツに包まれた広い背中を追いかければ、彼はさっさとチェックインまで済ませてしまった。

(どういうことだ……？)

荷物はないからとポーターも断り、まだ学生の鴻島が場慣れしているのもいっそ不思議で、ぼんやりしたままやはり後に従っていると、最上階にあるバーまで連れて行かれてしまう。それなりに遊び慣れてはいるのだろうと知ってはいたけれど、どうにもこれは、違う。

「あ、あの、斎……？」

「咲坂さん、こういうとこ好きでしょ？」

結構値の張りそうなその店は、実際咲坂の好みではある。しかし一瞬咲坂が躊躇《ちゅうちょ》したのは、やはりこの場が鴻島のイメージにそぐわないと首を傾《かし》げたせいと、また情けない話ながらも仕事帰りに拉致《らち》されてしまったため、財布の中身に不安があったからだ。

「いや、あの……でも」

ちらりと覗いた静かなバーの店内は、落ち着いたムードだった。明らかに周囲の人種は咲坂と同世代かそれ以上のものが多く、おいそれと子供が――鴻島もこの場では充分子供であろう——入り込む空間ではない。

（どうして、こんな？）

　だがその咲坂の戸惑いは、足を踏み入れた店内、カウンターの中からかけられた気安い声で払拭される。


「——あれ、鴻島、来たの？　オフじゃなかったっけ？」

「いや、今日はオフですよ……ほら咲坂さん、あっち、席空いてるから」

　グラスを磨いていたバーテンは、鴻島よりもふたつ三つ年かさに見えた。知り合いなのか、と目顔で問うたのは咲坂もそのバーテンも同時だ。うっすらと笑ったままそれを受け流した鴻島は、軽く肩を抱くようにしたまま咲坂を奥の席へと誘っていく。

「いまね、ここでもバイトしてんの。さっきのひとは大学の先輩だったんだけど、いまは正式な社員でね。人手足りないって言うから」

「ああ……それで」

　淡い照明のみのバーの中、夜景がよく見える窓際のカウンターへと腰を据えるなり、種明かしをした鴻島に、咲坂はどこか安心したように息をついた。

「自分でも、来るのか？」

「まっさか。俺みたいな小僧、バイトじゃなきゃ来ないよ。こんなお高いとこ」

　少しの危惧を孕んで問えば、ちゃんとそれは知っているよと笑う鴻島にほっとして、咲坂もようやく緊張をほどいた。

（ああ……そうか）

なんというのか——あまり、鴻島にはこういう場所に、必要以上に慣れていてほしくなかったのだと、その時になってようやく咲坂は自覚する。

年齢に見合う場というものがある。静かな音楽やうつくしいロケーション、そして高価な酒も、それを手にするにふさわしい年齢と人種というものがあって、子供の背伸びでそこを荒らすのは無粋でしかない。

だが実際、この場所に鴻島自身がそこまでそぐわないのかと言えば、それも違った。確かにラフなプリントシャツとジーンズはカジュアルすぎる気がしたが、長身の逞《たくま》しい身体には下手《へた》なブランドスーツを纏《まと》うよりも似合っている。

「でも、じゃあ……？」

自身でもわきまえているというならなぜここに、と問いかけたところで、オーダーを取りに来た店員によって会話が途切れた。

「ドライジンと、マティーニで」

「かしこまりました」

この店員もおそらくは仕事仲間であろう、型どおりのオーダーをやりとりしつつ、その目には悪戯な笑いを含んでいる。

「あれ？　これ……」

「サービスしてやるよ……おまえの方は天引きだけどな。お連れさんはチャラで」

ややあって頼んだ以外の皿が運ばれ、きれいに盛りつけられた夏野菜とローストビーフに鴻島が驚いた声を出せば、先ほどオーダーを取った店員が笑い混じりにそう言った。

「ひでえなあ、俺にもおまけして下さいよ」

そのやりとりはごく自然で、なにも衒《てら》うところがない。なにより本人がずいぶん落ち着いているので、こうした場でも浮き上がることもないのだろう。むしろ、いい年をして気後れを感じている自分こそがみっともないのではないかと焦って、咲坂はマティーニを口にした。

苦笑する言葉には無邪気さが滲《にじ》んで微笑ましい。野性味は強いが非常に整った顔立ちをした鴻島は、その服装などでなく長い手足と存在感だけで、充分に魅力的だ。

「ここね、シェーカー振りながら、ああ、いい眺めだなーって」

「ああ、うん……」

ジンを一口含んで先ほどの話の続きに戻った鴻島に素直に頷けば、ガラスに映った恋人の頬《ほお》がそっとゆるんだ。

青みを帯びた夏の夜景、うつくしくきらきらとするビルの群れは確かに、日々の煩雑さをひととき忘れさせるものがある。

「咲坂さん、結局ずっと学校あるから夏バテ気味だって聞いてたし、だからまあ、夜景くらいはたまに眺めてもいいんじゃないかなあってね」

本当はドライブにでも行こうと思っていたけれど、バイトで鴻島の休みも潰《つぶ》れていた。

「電話してもなんか声がぴりぴりしてる気がしたし……あんま、時間取れなくてごめん」

「そんな、ことは……別に、斎がいいなら」

目的があって忙しくしている相手に、できるだけ寛容でありたいと思って、連絡を控えていたのは咲坂の方だ。けれど、いつ会えるとも問えないいまま、ひっそり不安になっているのを見透かされていたと知り、どちらが年上なのだかと赤くなってしまう。

（ゆっくりしようって……そういうことか）

あげくには下世話な想像をしていたことさえ恥ずかしく――まあこれは鴻島が意地悪な物言いをしたせいでもあるが――、せっかくの夜景も見られないまま咲坂は俯いた。

「さっきちょっと、えっちなこと考えた？」

「ば……っ、そん、そんなこと」

そうしてまた言い当てられて、焦ったまま睨《にら》んで見せれば、喉奥《のどおく》で笑った鴻島がドライジンを舐《な》める。世慣れない少女でもあるまいし、どうしてこう鴻島相手には簡単にからかわれてしまうのか、本気で咲坂は悔しくなる。

「ああ、顔赤いね。回った？　最近ちゃんと、食べてる？」

唇を噛《か》んでいれば、揶揄《やゆ》の笑みを引っ込めた彼から、不意に真顔で問いかけられた。これだから調子が狂ってしまうのだと、咲坂は上目に眉《まゆ》を寄せる。

いままで、何人かの相手と付き合って、鴻島以上にエスコートの上手かった男も、あちこちと咲坂を連れ歩くのを好んだものもいた。この程度のセッティングなら、余裕で慣れを見せつけることも、本来できてしかるべき経験も積んでいる。

それでも、こちらの好みを考えたり、気持ちのゆとりを持ってと告げるような、そんな男は誰もいなかった。ゲームのような恋愛と、相手のアクセサリーのひとつとしての自分しか知らないような咲坂は、鴻島の投げてくる直球な思いやりに慣れなくて、気の利《き》いた言葉ひとつ言えなくなってしまうのだ。

「飲み過ぎるのもまずいよね。……そろそろ出ようか」

「あ、ああ……」

結局は困ったまま夜景に視線を流していれば、軽く肩を叩いて鴻島が促してくる。結局たいした会話もないままに切り上げて、咲坂が会計を言い出す前にチェックは済まされてしまった。

もう今日はどこまでも、先手を取られるものらしい。いっそため息混じりにあきらめて背中を追いかければ、人気《ひとけ》ないエレベーターホールで、そっと鴻島は囁きかけてくる。

「……まあ、ちなみにさ」

「え？」

長身を折り曲げるようにして耳元に唇を寄せられると、体温と呼気を同時に感じてどきりとする。

「もちろんそっちの意味でも、ゆっくりしたいんで」

その言葉に咲坂が軽く身体を引いたと同時、エレベーターが到着し、開いたドアへはまた肩を抱かれたまま滑り込む。

咲坂の首筋はもう酒のせいでなく染まりきっていて、ドアが完全に閉ざされるその瞬間、戯れるような長い指が、熟れた色の、薄い耳朶をそっと、つまんだ。

＊　＊　＊

インペリアルツインの料金は、車のために貯めた金の一部から支払うと告げられて、いい加減社会人の自分がそこまで学生の鴻島にさせるのはどうかと寄せた眉は、唇でほどかれた。

「……あのさ。俺やっぱ、センセになるのやめようと思うんだ」

部屋に入るなり額に受けた、ずいぶん可愛らしい口づけに赤くなっていれば、唐突に鴻島はそう告げる。

「そう……なのか？　いやそれは、この支払いとは話が」

誤魔化《ごまか》すなとやや目線をきつくすれば、だから聞いて、と鴻島は笑う。

「バイトも確かにあったんだけど……自分のやりたいこときちんと考えてたんだ、ここんとこ」

座ってと促され、肩を抱かれたままベッドに腰掛ければ、鴻島の長い指が髪をいじってくる。

「あれこれやってみて、接客系も事務系もやったんだけど……あの車買ったのって、中古でさ」

「うん？」

「そこの店長と結構仲良くなって……全部個人でやってるんだよ。注文取ってアメリカで買い付けて、なおしてまた売って、ってそういうの。いま、そっちでもバイトやらしてもらってさ。なんかおもしれえひとばっかりなんだよな」

店の中のグッズもすべて、その店長があちらで選んできたものらしい。日本ではまだ扱っていないものを運んできたのは、店長の友人でもあるアメリカ人のバイヤーで、全米をトラックひとつで駆けめぐり、商品を積んでは直接卸し、という仕事を個人で行っている。

それらを説明する鴻島の瞳の熱っぽさと、口調の楽しげな様子は、あまり詳しくはわからない咲坂さえ嬉しくなるような、そんな情熱的なものだった。

「正直、バイト代も大していいわけじゃないし……店長見ててもね、趣味ばっかりで全然儲《もう》からねえぞって笑ってる。けどなんか……ツナギ着て汗まみれで走り回ってるの、すげえいいなって」

「……そうか」

「親とかには、いまさらなんなんだって散々言われたんだけど、でも」

教育大に進んでおいていまさら、中古車のディーラーになるとなれば、随分な進路変更だ。親御さんの嘆きも、教育に携わる人間として容易に想像できるものがあり、咲坂は苦笑した。

「でも……やりたいんだろう？」

しかし、この表情を見れば止められるものではない。それ以上に、いままで聞けなかった将来の話を打ち明けてくれたことも嬉しく、自然咲坂の頬はゆるやかにほころんでいた。

「いいんじゃないかな……俺なんかはそれこそ、でもしか教師ってヤツだけど。やりたいなにかがあるなら、応援だけはするよ」

「そっか」

ありがとう、と照れくさそうに頬を掻《か》いた鴻島に、けれどそれが今回の件とどう繋《つな》がる、と咲坂は首を傾げる。

「うん、だからさ……来年あたりから俺、もっと忙しくなるみたいなんだよね。大学はとりあえず出るって宣言もしたし、並行してあっちの勉強もしなきゃだし……それに」

多分就職してしばらく、かつかつの生活になるだろうと苦笑混じりに鴻島は打ち明ける。

「そしたらさ。多分こういうの、全然してやれないと思ったから」

「斎……」

思いがけない真面目《まじめ》な声、照れくさそうなそれに、咲坂は言葉を失ってしまう。

「ただでさえ年下だしさ、俺。……けど一回くらいこういうの、しといてあげたいかなあって」

「……ふ」

そうして、鴻島が真剣であればあるほどに、理由のわからない笑いがこみ上げて、思わず吹き出してしまえば、ああ、と鴻島は不機嫌に唇を尖らせた。

「ふは、……あははははは！」

「ちょっと……笑うことないっしょ！　ドリーム入ってるとか言いたいわけ!?」

イベント好きな男のように、こんな形でセッティングをまめまめしくするタイプとは思えなかったが、まさかそんな理由だとはと咲坂は可笑《おか》しくてたまらない。

「ひは、はは……だ、だってそん……そんな――もう、ばか、みたいな……」

「ばか!?　ばかって言った、いま!?」

これじゃあまるで、夢見がちな少女の望むエスコートだ。いい加減、三十近い男に対してすることとも思えない。それが純粋な気遣いであればあるほどに、いっそどうにも滑稽《こっけい》で、笑うしかないじゃないか。

「だって、斎、……斎……っ」

相手が気分を損ねるかもしれなかったが、どうにも笑いの発作は止められず、そのままベッドに転がって咲坂は笑い続けた。

笑って笑って、あまりのことに涙が出て――そのまま、嗚咽《おえつ》に喉を震わせる。

「……ばかだよ、斎……」

「ちょ……咲坂さん？」

しゃくり上げながら呟《つぶや》けば、気配でなにか察したのか、怪訝そうに斎が覗き込んでくる。

頼むから、と呟いた声はどうしようもなく震え、湿ったものになっていた。

「そんなに、気を……つかわないで……」

傷つけ合った時間を取り戻そうとするかのように、やさしく甘くと大事にされて、本当にどうしていいのか咲坂はわからないのだ。

会えない間中、ただ不安で怯《おび》えているばかりで、電話ひとつできない自分にもひどく細やかに、鴻島は連絡をくれた。

そうして、苦しめた分だけを埋めるように、過剰なまでに気遣われれば、無理をさせているのかと、いっそ怖くなる時もある。ここまで大事にされる価値を、いまだに自分に見つけられないからだ。

「な、……なんで泣くの。こういうの……好きじゃなかった？」

「そうじゃなくて……っ」

泣きながらまた笑えて、咲坂は濡れた瞳のまま、覆い被さってくる恋人の頬へ触れた。なめらかな頬、整った目鼻立ち。あの時期、怯えに目が眩《くら》んで見逃していた視線のまっすぐな透明さ。抱きしめる腕の強いしなやかな力に、くらくらと眩暈がする。

「こうしてくれるだけで……いいんだ」

痛いほどのときめきと、忘れていた熱を鴻島はくれた。あのまま捨て置いた方がきっと、彼にとっても楽だっただろうに、厄介《やっかい》な性格ごと抱きしめると、そう言い切って。

「なんにもしてくれなくていい……無理に俺に気を遣わないで、変にお金使ったり……時間も」

それだけでも咲坂には充分過ぎて、怖いほどなのに。この先を見据えて、甘すぎるような心遣いまで見せられて、なんて――なんてかわいい男なんだろうか。

「斎の思うように、好きなこと、していいから。……たまにちゃんと、こうして……くれれば」

忘れずに自分のことを考えていてくれれば、ただそれだけで嬉しいのだからと、吐息混じりに咲坂は告げる。

まだ涙の残る瞳のまま、自然と浮かんだ甘やかな笑みは自覚してのものではなかったが、その咲坂の表情に鴻島はなぜか息を飲む。

「……咲坂さん」

「うん……？」

名を呼ばれ額を合わせれば、熱を増した瞳が間近にある。

「でも俺。……今日さ、楽しかった」

「ん……？」

すれすれで触れあわない唇の先が、ひりひりと痛んだ。そのかすかな痛みを宥《なだ》めるように触れた唇が、小さな音を立てて離れる。

「咲坂さん、びっくりしてずっと、目が丸くなってて……ああいう顔、はじめて見たし」

ちょっとは驚くかな。けれど案外クールな遊び人だった咲坂だから、しらじらとした顔をされるかもしれない、そんな風に考えて訪れた今日だったと鴻島は言う。

「そう……かな」

そんな風に考えられていたことが、逆に咲坂には意外だった。鴻島はもっとずっと精神的には、自分より大人びている部分も多いと感じることが、あまりに多かったからだ。

「前はさ。なんか……びくつかせることばっかで、顔見ると青ざめてたのにさ、……今日はずっと真っ赤になって、震えてて」

「そ、……れは」

「ああ、このひと俺のことすげえ好きなんだなあって、思って……嬉しかったよ、それに」

張りつめた状況から抜け出そうとあがいたあの時期、確かに彼も背伸びをしていたのだろう。

「最初からこうしてれば、よかったって思ったけど……逆に、ああいう風だったから、今もあるし」

年齢を重ねたからこそ、疲弊してあきらめがちの咲坂の腕を、傷つけた場所を癒《いや》すように懸命に、若さと情熱で引き上げようとして。

「前は前で、……今、なんつうかさ。……好きだから」

けれどいつまでもそのままでは、息が詰まってしまうと気づくこと自体、やはり鴻島は普通の二十一歳ではない気がする。

「ね。……びくびくするの、もう、よそうよ」

「斎……」

「もうちょっと、普通に……なんつうか、いちゃついてもいいじゃん」

からかうのではなくむしろ愛《いと》おしげに告げられ、それが心からの言葉であると知れるから、よけいに恥ずかしくてたまらない。

「けど、だからって……セッティングしすぎだと」

「ちょっと、はずしてたかもしれないけどさ。……その辺、まけて？　小僧なんで」

色々夢見がちだしと笑われて、つられたように浮かんだ咲坂の笑みに、もう涙はない。

飢えて欲して胸を疼かせた恋情が、相手にもなにかを与えたいと感じた瞬間から、深みを増す。

そのことが咲坂を少し、強くした。

「……咲坂さんて、さあ」

「んん……？」

抱きしめ直され、けれどやはり肌が震える。どうしても緊張も覚えてしまうけれど、しかしそれは怯えのせいではない。甘く高ぶっていく情動がどうしても、咲坂をおののかせてしまうからだ。

「泣くとかわいいけど……笑うとすっげえ、色っぽいの知ってる？」

「知らない……って、いうかその、……かわいい、は、ほんとに」

何度聞いても受け入れがたい形容にさすがに顔をしかめてしまうが、主観の問題だからと鴻島は取り合わない。あげくにそろそろとスラックス越し、脚に指を這《は》わされて、はっと咲坂は目を瞠《みは》った。

「あ、あの、……斎、シャワー、ちゃんと……浴びたい、んだけど」

「あとでいいっしょ……？」

生返事のまま耳朶に食いつかれ、びくりとなりながら咲坂は腰でいざって心地よすぎる胸から逃げる。思っていた以上に盛り上がっていたらしい鴻島は、しかし不満そうにその足首を掴んできた。

「いや、あの、着替えがない……から」

「ん……？　そんなの、いいじゃん……」

一言でいなして、靴を脱がされ放られる。靴下もまとめて放られて、裸足《はだし》の足の甲に触れた指の感触だけで、咲坂はのぼせ上がりそうになった。

「あのでも、……ちょ、ちょっとま……っ」

「……ねえ、なに？」

いい加減身体だけはお互い、知らないところはないと言っていい。久しぶりの行為で、あれほど甘い言葉と抱擁で恋情をかき乱された咲坂も実際、求めてはいる。

「咲坂さーん……なに照れてんの？　いやなわけ？」

「あ！　……そ、じゃなくて……っ！」

けれどこのままではちょっと、と必死に胸を押し返せば、いつまでも愚図るなと鴻島が目をきつくした。腿《もも》に押し当てられた高ぶりにごくりと息を飲んで、唇を震わせながら咲坂は観念する。

「だから、服、ちゃんと脱がないと……っ」

「え？　そりゃ……そうするけど」

わざわざ言うことかと目を丸くする鴻島に、そうじゃない、と咲坂は顔を覆う。そうしてわななく声で、恥ずかしい事実を口にした。

「も……あそこ濡れて……っ、スーツ……明日、着て帰れなくなるから……！」

「え……？」

本当は、あの車の中に連れ込まれた瞬間からもうずっと――焦《じ》れていた。

今日の咲坂のスラックスはゆったりとした幅がある上に、先ほどからどうにかわからないように身体の角度で誤魔化していたのだ。

「いま、ちょっとでもなにかされたら、い……いっちゃうから……」

「さ、きさか……さん」

涙目で、頼むからと距離を取り、そろそろと咲坂はベッドから降りる。シャワーを浴びている間にクリーニングを頼んでおいてくれと告げれば、なにを思うのか無表情のまま、鴻島は素直に頷いた。

（下着、やばい……）

いまさら隠れる必要もない気がしたが、この状態ではとても彼の前で脱衣することができない。うっかりたがが外れそうなのはむしろ自分であるからこそ、ともかくもクリーニングを頼むまでは鴻島から逃げるほかにないと、咲坂はため息をついた。

内線でクリーニングを頼んでいる鴻島の声が聞こえ、すぐに取りに来るとの返事を貰《もら》ったようだ。

「じゃ、これ……っ⁉」

ドアの隙間《すきま》から脱ぎ捨てたスーツを差し出すと、その腕ごと掴まれる。びくりとして衣服を取り落とせば、その隙をついて広い胸に抱き寄せられた。

「ちょ、いつ、斎……っんんん！」

先ほど与えられた淡いそれではなく、乱暴な――――しかし、あの頃によく知る鴻島の口づけに一瞬、怒らせてしまったのかと咲坂は身をすくめた。

「あ、ん、……ん、だ、……め」

「だめって……まったく、もう」

しかしまだ脱衣しきれなかった下着の中に手を入れられたことで、不安はすぐに消えていく。

「意地悪いことすんの、そっちじゃん……なにもう、こんな濡らして」

焦らしてひどいと噛みついてくる、荒い息がいっそ嬉しい。尖りきっている胸の先を咎《とが》めるように弾《はじ》かれて、性器を擦《こす》る音はますます淫靡《いんび》に水気を帯びた。

「しんどいくせに……なんでそういうとこばっか、頭回っちゃうかな、先生は」

「あっあっ……ほ、ほんとに、だ……っだめ、だめぇ……！」

変に冷静になるなよと、苦笑混じりに囁くけれど、指の先は言葉よりもずいぶん性急だった。

「いっちゃっていいから……キスして」

「んーっんー……っ、いつ……っ」

一際強く擦り上げられるのと、言いつけ通り伸び上がった咲坂が唇を押し当てたのはほぼ同時だ。

「んんんん……！」

そしてぶるりと震え上がり、大きな手のひらが濡れそぼつのと、ドアホンのチャイムが鳴り響くのもまた、同じタイミングだった。

「っは……あ」

「いっぱい、出たね」

すがるように、背後の洗面台に手をついた咲坂の下着から引き抜いた手を固く握って、続きは後と鴻島はドアから消える。そのままずるずると、冷たい床にへたりこんだ咲坂は、鼓動が激しくてままならないような耳に、平然とクリーニングを頼む鴻島の声を聞いた気がした。

「――明日の十時にはあげてくれるって」

ほんの数分にも満たない時間で、とって返した鴻島はそう笑い、しゃがみ込んだ咲坂の前で握りしめていた拳《こぶし》を開く。

「パンツも洗って、干しとく？　やってあげようか？」

「ばか……っ」

これじゃあね、と言いながらその濡れた指に下着を引き下ろされても、もう咲坂には抗う力もなにもない。裸にされたまま床の上で膝《ひざ》を抱えれば、本当に下着まで洗われてしまって、もうなんだかいたたまれないなんてものではなかった。

「だって咲坂さんが悪いでしょ……ほら立って、腰が冷えるよ」

「誰の、せい……っ」

しゃあしゃあとした言葉にさすがに腹が立って、睨み上げた咲坂はしかしそのまま言葉を失う。

「ああ、そうそう。……さっき、ゆっくりっつったんだけど」

無造作にシャツを脱ぎ捨てた鴻島の姿に、息が止まった。急激に追い上げられたままの性感は、あんな短いインターバルでは冷めようもない。腕を掴まれて引き起こされても、もう腰が砕けて立っていられない。

「……ゆっくりになんなくっても、もう、いいよね……？」

かすれた、欲情を滲ませる声で宣言されれば、覚え込まされた鴻島の肌しかもう、咲坂にはわからなくなってしまうのだ。

＊　＊　＊

シーツが汚れたらとか、明日の朝これでは立てなくなってしまうかもしれないとか。

そんなまともな思考はきれいに消え失《う》せて、肌を舐め合う音と絡む脚の下から聞こえる衣擦れの音、荒《すさ》いだ吐息ばかりが耳に付く。

「んん……あ、あああ！」

汗に汚れた身体でそのまま抱かれるのはいやだと咲坂が抗い、どうにかシャワーだけは浴びさせてもらった。けれども、そのままシャワーブースの中にも鴻島が一緒に入ってくるようではどうにもならず、シャワーの水滴と共に肌に絡んできた指先に、息も絶え絶えにさせられた。

あげく身体をろくに拭かせてももらえず、床が濡れるとごねれば、半ば抱き上げられるようにしてベッドに押し倒された。

「いつ、斎……っま、って」

「だめ、待たない」

指の先までずきずきと痛くて、シーツの上をのたうち回る咲坂の足先、やわらかな足の甲にきつく吸い付いた鴻島は、逃がさないと両脚を抱きしめる。

「そこ、や、めえ……っ」

くるぶしの内側にあるやわな皮膚に歯を立てられて、震え上がった。びくりと爆《は》ぜた膝裏まで指を這わされれば、シャワーを浴びる間中疼いていた場所から零れた雫《しずく》が、奥まった肉のあわいに流れていく。

「ああ、ああ、ああ……っ」

蒸れた肌に感じる掻痒感《そうようかん》がたまらず身を捩《よじ》れば、腿の際まで長い指が撫《な》で上げてくる。

（もっと……）

もうあとほんの数センチ先を強くいたぶってほしいのに、やわやわと撫でるばかりの指がもどかしく、唇を噛んで腰を捩る。

（違う、もっと先……もっと、強く……っ）

揺れて、誘うように開閉する膝のラインは物欲しげな動きを繰り返すのに、眇《すが》めた視線で笑うばかりの鴻島は、指をそのままに唇だけを這いのぼらせ、捩れた腰を軽く噛んだ。

「あっんっ！」

もうひとつの手が胸を囲むようにして、尖りきった先をつついた。ひゅうっと喉が鳴ったあと、卑猥に過ぎる短い叫びをあげた咲坂は、開ききった先端からまた雫が零れていくのを知る。

「……ぐしょぐしょじゃん」

「ああ、ひ……ん、いつ、きぃ……」

乳首をやわらかく噛みながら、揶揄の視線を流される。眼差しももはや愛撫のようで、竦めた肩に自分で爪を立てながら、咲坂は息を浅くした。

（意地悪い……でも）

この夜の鴻島の求め方は強引で激しい。少しばかりのうろたえと同時に、けれど咲坂は安《あん》堵《ど》を覚えた。

踏み躙《にじ》るように抱かれたあの頃、鴻島はむしろ突き放すような態度を取ることが多かった。冷めた視線で睨まれながらのセックスは心身共につらく、苦いばかりだった、それが。

（嬉しい……こんな顔、してくれるんだ）

いっそ怖いほどに瞳をきつくして、ほんのかすかな仕草さえ見逃さないというほどに見つめられ、熱心な手つきで探られるいま、どれほど所作が荒くてもなにも、怖くない。

「も、う……もう、だめ、も……っ」

「ん？　……欲しい？」

こちらが必死になってその気にさせたりせずとも、強く抱きしめられる事実はそのまま、薄れていない愛情を感じさせるようだ。

「ほ、ほし……あ、も……あーっあーっ！」

指を入れられた瞬間、どれだけこの感触に飢えていたのかをいまさらに思い知らされ、シーツを蹴《け》るように脚を突っ張らせながら咲坂はすすり泣いた。

「あっん、んん！　んあ、いいー……！」

焦らすだけ焦らされて飢えて、あきらめしらけた気分になる手前で与えられる、愛撫の甘さと、そのタイミングはたまらない。先端を食《は》んでそのまま吸い込むような動きを見せた粘膜は、甘く爛《ただ》れきって溶けていた。

「自分でした……？」

「んん、し、してっ、してな……っああ！　も、ゆるっ、許して……っ」

インターバルを考えてもやわらかに過ぎる場所を揶揄混じりに指摘され、していないとすすり泣けば嘘《うそ》をついたからと散々、中をいじめられた。

「……このまんま、指だけにする？」

「いや、やだっ……いつ、斎でして、……いつきので、し……っ」

セックスに関して鴻島は、相も変わらず底意地の悪い発言が多い。けれどそれは以前のように、蔑《さげす》むためではなく、その方が乱れてしまう咲坂を知っているからだ。

というよりも結局、あの時期の毒のような関係で、すっかり咲坂自身が変わってしまったとも言える。自分が優位に立って快感を思うままにするやり方より、鴻島相手にはもういっそ、いじめられて振り回されてぐずぐずになりたいのだ。

「いれ、入れて……お願い……っしてっ」

指ではもう足りないと、濡れそぼって開ききった場所が狂おしいほどに彼を求めて、咲坂のしなやかな脚が恋人の身体に絡みつく。

「ああ……おっきい……おっきい……っ」

ほどなく、ねっとりと熱いものが粘膜に触れ、小刻みに震えながら穿《うが》たれていくものを感じた咲坂は、陶酔に眇めた瞳で淫《みだ》らにその感覚を口にした。

「……いいとこ擦ってほしい？」

「ん、んんっ、……すって、こすって…っ」

そんな入り口のところで、意地悪く腰を動かさないでほしい。もっと中に欲しくなってますます、身体が開いてしまうと、揺すり上げられながら咲坂はかぶりを振る。

「俺がいくまで、我慢できる？　奥まで入れるとすぐいっちゃうじゃん、咲坂さん」

「す……から、がま、するっ、からぁ……！」

「……できなかったら、ひどくするよ」

しゃくり上げ、必死に腕を縋らせながら腰を掲げる。無理のある体勢に脚が攣《つ》ってしまいそうで、お願いだと咲坂は泣き声を上げた。

「いつき……斎、もう、もう……っあ、あぁあ……！」

もうなんでもいいから。ひどくしていいからとせがんで、一息に入り込んできたものを締めつける。

「んっ、んっ……は、う……っ」

「うー……き、っつ……って、ちょっと」

同時にびくりと反応した自身のそれを、咲坂は痛むほどに握りしめていた。なにしてるの、と鴻島が目を丸くして、その表情を見上げた咲坂の顔は頼りなく歪む。

「だ……て、こ、しないと……我慢……っ」

「ああぁ、……そうじゃ、なくてね」

堪えきれないからと必死の面持《おもも》ちで告げれば、鴻島は気まずそうな顔になる。そうして、ぶるぶると震えている指をなぜか、脚の間からはずそうとした。

「や、だめ……っ」

「いいから。……っとにもう、あんまり素直にいじめられないでくれる？」

ばかだねえ、と笑って強《こわ》ばる指の先に歯を立てる鴻島の仕草と視線に、咲坂は震え上がってしまう。そのままゆっくりと抱きしめ直され、深くなる繋がりが息を浅くした。

「かわいくなりすぎないでくれよ……ほんとにひどく、しちゃうだろ」

「だっ……あっあっ、あ！　……ひぁ、んっ」

三度、叩きつけるように強く押し込まれ、全部を含まされたまま今度は腰を淫靡に揺らされる。強弱のついた動きに翻弄《ほんろう》され、くらくらしてしがみつこうとした指を両方、すべて絡ませるやり方で握られ、シーツに両腕を縫い止められた。

「あっあっあっ……あん！　いい！」

舌を嚙みそうなほどに揺さぶられ、悲鳴じみた声を上げれば、今度は摑んだ腕で自分の脚を抱えるように告げられる。

「脚曲げて、膝、くっつけて……そう、そんで自分で脚、抱えて」

「あう、ん……っ、なか、なかが……っあ、んんー……！」

指示された形に身体を動かせば、全部の襞《ひだ》にぴったりと添うように、鴻島のそれを包み込むのがわかる。ぬめった粘膜はかすかな脈動さえもすべて受け止め、快感に痺《しび》れきった爪先《つまさき》が丸く縮まった。

「い……い、斎が……斎のが、あ……！」

「きゅうきゅうになるっしょ……どう？」

「いい……すごくいい……んっんっんっ」

犯してくれと掲げた場所を、腰を鷲摑《わしづか》みにした鴻島に望んだ通りに抉られて、咲坂はただ喘ぐほかにない。蕩《とろ》けきった身体の奥にある、熱く激しいものの感触にただ溺《おぼ》れ、その鋭すぎる愉悦にも耳元を掠《かす》める荒い吐息にも胸が軋《きし》む。

けれどもう、決して傷つけられることはない。傷つかないのだと信じられる。

「こっち触んなくてもいっちゃいそうだな……入れてるの好き？」

「ああ！　あ、ん……っく、すき……」

ぬめった性器をひと撫でされて、中にいる鴻島をまた、きつく締め上げる。どこが好き、と重ねて問われ、もうなにもわからないままに、淫蕩な言葉がぼろぼろと零れた。

「お……おしりに、いれ、いれてるの好き……！　あああ！」

淫らな睦言を発した瞬間、抱えた膝ごと手のひらに押され、腰を捻《ひね》るように倒される。ぐるりと内壁を鴻島が捻るように抉り、咲坂はもうだめだと首を振った。

「っあっあっ……あああも、いく……っ」

「ん……っ、も、ちょい……っ」

肉のぶつかる音がするほど激しくされて、切れ切れの泣き声が響き渡る。宥めるように腹部を這った鴻島の手のひらが、そのまま震えている胸の先に辿り着き、抓《つね》るように乳首を摘んだのと、腰の奥に熱流を感じたのは同時だ。

「あああ、いくっいくぅ……っ！」

「っ――……！」

鴻島の放埒《ほうらつ》を注ぎ込まれながら、咲坂もまた触れられぬままの性器から、勢いよく白いものを吐き出していた。

＊　＊　＊

翌日になって、ドントディスターブを下げたままの部屋からは延泊の連絡がフロントに入れられ、その後三日間を彼らはほとんど、裸のままに過ごした。

「も、う……どうすんっ、ここ……っ、あ！」

「どうにかするから……ね、こっち」

会えなかった分を取り返すと言わんばかりに求めてきた鴻島に、先が大変なのに贅沢《ぜいたく》をするなと言ったが聞き入れてもらえず、結局咲坂は送り込まれる律動に負けてすすり泣く。

「ねえ、これ、どうにかして……」

「んん、んん……っや、あ、動い……っ」

ただ、先もなにもなく情熱のみで求められる事実にとろけた身体の中で、熱しきったナイフのような鴻島自身もまた、濡れた愉悦に溺れている。

切り裂かれるのではなく、みずから開いた心と身体には、熱情と甘さだけが滲《し》みていく。

そうしてぐずぐずになった咲坂がその支払いを結局半分持つかどうかはまだ、定かではない。

みだらなNEEDLE

八月も半ばを迎え、盛夏というにふさわしい、かん、と音がしそうなほど晴れた、ある夏の日のことだ。東京都下某所の中古車ショップ『リアルビークル』の店先では、整備中の車のエンジン音が鳴り響いている。

「おう、鴻島《こうじま》。ちょっと来いや」

「あ、はい」

その騒音にも負けない、店長、宇多田志郎《うただしろう》の太くよく通る声に、整備済みのホイールを確認していた鴻島斎《いつき》は、油まみれの軍手を取りながら顔を上げた。ツナギの上半身を腰まで下ろして結び、中のTシャツも用なしになるほど汗で濡れてしまったため、とっくに脱ぎ去ってしまっている。

縒《よ》り合わせたような筋肉を包む、褐色の肌に汗が伝っていく。けれど、既《すで》にその感触さえろくにわからないほど、鴻島は汗にまみれていた。真夏の屋外で熱気と排気を噴き上げるエンジンホイールの整備にかかっていれば、それも当然ではある。

「これ、おまえいらへんか?」

てっきり仕事の指示かと思っていたのだが、手招いてきた宇多田に手渡されたのは二枚の紙片。

「え？　なんすか、ライブチケット？」

少部数印刷らしい、多色刷りのそれには鴻島の知らないミュージシャンの名前と、会場であるらしい横浜のジャズバーの地図が印刷されている。

「取引先さんにもろたんやけどなあ。その日は俺、空《あ》いてへんねんや」

「はあ。ジャズ、っすか」

このジャンルにあんまり興味がないことは顔に表れてしまったのだろう。

「まあまあ、ええから。おっちゃんの言うこと聞いて、これもろとけて。あ、そんで感想ちゃんと聴かせえや」

精悍《せいかん》な印象の唇に煙草《たばこ》をくわえ、苦笑しつつまあいいから取っておけと言った宇多田にしても、それは同じことだろう。先ほどから店外スピーカーを通して流れているのはのったりしたレゲエサウンドだ。アメ車をメインで取り扱う店には似合っているが、しかし。

「それ、要するに体裁繕《つくろ》いたいだけじゃないっすか。お客さんに聞かれて困るとまずいから、代打で行けってんですか」

白い目で鴻島が眺めると、宇多田はばつが悪そうにその逞《たくま》しく広い肩をすくめた。

「やって俺マジで都合つかんし。ちゅうか、ジャズやら聴いとったら寝るわ、マジで」

鴻島は「店長さあ……」と小言を言いかけ、「まあ、いいっすけど」と飲みこんだ。

この店に常勤バイトとして入って早一年近くが経《た》った。

教育大の四年生である鴻島は、そもそも周囲からも教鞭《きょうべん》を執るのだろうと期待されており、三年時の教育実習でも数学教師としての実習過程をこなしていた。

しかしその際に、自分の生き様や適性についていろいろと考えさせられることもあり、もともと趣味であった車の仕事がしたいと決めたのだ。おかげで、大学はきちんと卒業するからと親にも約束させられ、こちらの仕事の勉強もせねばならず、大変忙《せわ》しない日常を鴻島は送っている。

卒業後の進路を車業界に決めたのは、自分自身が本気で取り組むことでなければ、結局は長続きはしないだろうと思ったからだ。また動機としては、卒業したあとの就職を決めているこの店の店長、宇多田と知り合ったことも一因ではあるだろう。

からっとした笑顔と関西なまりが特徴のこの男は、百八十五センチを超える鴻島より長身で、がっちりした体軀《たいく》のせいもあり一回りは大きく見えるが、それだけでなく人間の器がひどく大きい。

普段は飄々《ひょうひょう》とした男なのだが、過去にはひどく殺伐《さつばつ》とした経験もあったようで、いつぞやか腹を割って話すようになった折りに、ちらりと聞いたことがある呟《つぶや》きを、鴻島は忘れられない。

――俺は、ひと、殺してもうたからな。

自嘲と悔恨にまみれたそれに慄然《りつぜん》となるよりも、その瞳《ひとみ》の奥にある痛みの深さに打たれた。

それ以上を彼はまったく語りはしなかったけれど、「殺した」という言葉が決して、額面通りに犯罪を犯したという意味でないことなど、すぐにわかった。

ただ、宇多田が若い頃に、誰かの生々しい死を間近に迎え、それに対して自責に駆られるような事件は、事実あったのだろう。それはバイク乗りである彼の太ももからすねにかけての、半端ではない傷跡が物語っている。

(事故で、誰か巻き込んだか……助けられなかったんだろうな)

祥月命日なのだろう、毎月中頃に必ず店の隅にある小さな写真に手を合わせていることからも、その過去が宇多田の心に残した重さを感じさせた。

けれども普段の宇多田はどこまでも明るく、その凄惨《せいさん》さを少しも感じさせない懐《ふところ》の深さには、男として単純に憧《あこが》れている。

昨年の初夏、自分自身の中にある闇《やみ》のようなものについて、死ぬほど考えさせられる羽目になった鴻島としては、そうしたわかりやすい目標の側《そば》にいて、少しでも近づきたいと感じられることは、ひどくありがたかったのだ。

鴻島もゆくゆくは宇多田のように店を持ったディーラーになるつもりでいる。整備士の研修を受けているのも、基本の知識があまりにかけているため、基礎から理解するための勉強だ。

「まあ、ええやないか。その日ちゃんと休みやるし」

「もともと休みの日じゃないすか、これ」

だが、結構体よく使われているのではないかと思うのはこんな時でもある。この店長はどうも人付き合い、それもフォーマルな場などが苦手で、見目もよく人当たりのいい鴻島に、接待を任せることが多いのだ。

「かったいこと言うなや。まあそれに、ほんまにたまには彼女サービスせえて」

「……別に、あっちも忙しいし」

「つかおまえ、あれやろ。この夏中、年上の彼女ほかしたまんま言うてたやろが」

「うっ」

痛いところを突かれて、鴻島は思わず言葉に窮《きゅう》した。

「相手、学校の先生やったっけ？　そりゃあっちは社会人で休みもそうそう取れへんやろけど、あんまり手ぇ抜いてると、よその男にふらっと行くかもしれへんぞー」

故郷を離れて十年以上経つというのにいっこうに改める気配のない関西弁で、にやにやと実に嫌なことを言った宇多田に、鴻島は顔をしかめた。

「やなこと言わないで下さいよ」

カノジョカノジョと連呼されると非常に気まずいものがあるのは、鴻島の恋人がその名称で呼ばれるといささか問題がありすぎるからだ。

鴻島がつきあい始めて一年と少しが経つ恋人の名前は咲坂暁彦《さきさかあきひこ》。れっきとした成人男性であり、ついでに言えば七つ年上の青年だ。宇多田が指摘した通り、私立女子校の数学教師の職についている。

「あんだけ逆ナンされても袖《そで》にしまくるくらいなんやから、相当美人なんねやろ?」

「あー、まあ、そりゃ否定しませんが」

ふっと咲坂の玲瓏《れいろう》な顔立ちを思い浮かべ、まあそれは事実かなと頷《うなず》いた鴻島の脇《わき》を、容赦《ようしゃ》なく宇多田はどついてくる。

「けっ。しゃあしゃあとよう言うわ、このスケベが」

「いってえ! ちょっと、店長が言ったんでしょうがっ」

宇多田が言った通り、どんな女に声をかけられてもさらさらと躱《かわ》す鴻島に対し「おまえのオンナはどんな相手だ」と酒の席でしつこく食い下がられ、出会いは教育実習であったとだけは打ち明けてある。そのおかげでことあるごとに「数学の女教師か、エッチでええなー」とわけのわからないからかいを向けられるのだ。

「いいんです、あのひとは! 好きなことしててかまわないって言ってくれてんですから」

昨年、ここでのバイトをはじめた頃に、鴻島としてはなかなか会えなくなることと、そのお詫《わ》びのつもりで、高級ホテルでのデートを演出してみた。

その際に、これじゃあ夢見がちな乙女《おとめ》の望むデートコースだと、涙目で大笑いした咲坂に

「無理はしないでくれ」と言われてもいる。

——なんにもしてくれなくていい。無理に俺に気を遣わないで。斎の思うように、好きなこと、していいから。

実際、仕込み過ぎの感もあると自分でも思っていただけに、それ以来あまり派手なセッティングはやめていたのだが。

「そらまた、余裕やな。鴻島」

ふうん、と含みのある声で笑った宇多田になぜかどきりとしたのは、煩雑過ぎる日常に追われて、咲坂とろくに連絡も取れていない実情を気にしてもいたからだろうか。

「どういう意味っすか」

「おまえ、そのまんま鵜呑《うの》みにしとったらあかんで、それ」

「鵜呑みって」

「年上やねんやろ？　そら口では、『気にしないでー自由にしていいのよー』言うやろなあ。相手もプライドあるやろし」

指摘されたそれに、さらにぎくりとする。確かに咲坂は自分が年上なのをひどく気にしているようであるし、プライドもかなり高い方だと思う。

「おまえがいま、大学とウチとこの仕事覚えるんでばたばたしとるんは、俺でも知っとるわな。そんなん、ちょっと頭の回るタイプやったら、なおのこと自分のことはあとでええから、言うやろ」

「まあ……そう、ですね」

「おまけに、相手はセンセ言うたやろ。おまえの就職かかっとるの知っとったら、なおさらや」

けどな、と宇多田は太い首を鳴らしながらぼそりと言う。

「口で言うてること、まんまやと思ったらあかんで。それに付き合い長《なご》うなったら、その分よけい、気ぃつけたらな」

含蓄《がんちく》のある言葉に、鴻島はじっと手の中のチケットを見つめて反論もできない。

「ちいと賢い相手やったら、不満もよう言わん。あれこれしていらんとも言うやろ。けど、ほんまになんも『していらん』わけやない。それに安心しきっとると、しっぺ返し食らうぞ」

確かにこのところ、自分のことに追われてばかりで、あの寂しそうな細い身体《からだ》を、ろくに抱きしめてやってもいないのだ。

この年の前半はとにかく卒論を早くやっつけるために時間を取られ、夏休みに入ってからはこちらの仕事を覚えるために常勤で入り――と、とにかく鴻島は多忙だった。

そもそもまだ学生である鴻島は、安穏としたモラトリアムを満喫できる大学と違い、仕事というものに時間を取られると、どれほどあっという間に時が経つのかいまひとつ実感がなかった。

おかげで、ふと気づけば咲坂と今年まともに会ったのは月に一回あればいいというものだ。それも前期授業の終わったあとからこっち、既に二ヶ月以上はろくに電話もしていないことにいまさら気づいて青ざめる。

(そうだよな、咲坂さんが会いたいなんて、言ってくるはずねえか)

そもそも咲坂は、自分からそういう誘いをかけてくることがないのだ。電話にしても滅多にかけてくることはなく、ごくたまにこちらがメールを送れば言葉少なく返信がある程度。

それというのも出会いが出会い――男に騙《だま》されて薬を使われた彼を、行きがかり上鴻島が助けたという、結構なものであった上に、途中経過もかなりめちゃくちゃなものだったから、いまだにその当時のことを悔いていて、遠慮がひどい部分がある。

淫乱、などと、すれ違っていたあの時期、心なく罵《ののし》ってしまった鴻島の言葉をいまだに気にしているらしく、抱かれることもなにもかも、躊躇《ためら》いがちであるというのに。

(それでも最近は、だいぶ、うち解けた感じだったから)

安心しすぎていたのだろうかと、鴻島がささやかな後悔を嚙《か》みしめていると、宇多田がさらに不愉快なことを言い出した。

「だいたい、鴻島がめろめろするほどの美人、よその男がほっとくんかいな?」

「な……」

「女子校や言うから、まあオトコは少ないやろけど。別に絶海の孤島におるわけやないねんで？　どこぞのオトコに道っぱたで見初《みそ》められんともかぎらんやないか」

反論できないだろうと、どこか野生動物のような鋭い瞳をにやりと眇《すが》める宇多田に対し、鴻島はむっつりと黙り込んだ。

（道歩いて、って……そりゃ、石を投げればゲイだらけってんならそうだろうけどさ）

性別を勘違いしている宇多田に対し、それ以上の反論をしづらかったのと、それから。

（けど俺もほとんど一目惚《ひとめぼ》れだったんだよな）

その可能性を完全に否定できないくらいに、咲坂の容貌が整っていることを、誰よりも知っているからだ。

「……じゃあ、連休下さいよ。三日」

「なあ!?　そう来るかいやっ」

ぶすっとした声で鴻島が切り出すと、宇多田はぎょっとしたように目を剝《む》いた。しかしこのたびの件は自分から言い出した手前、だめとは言いづらいらしく、しばらく唸《うな》る。

「かー……。しゃあないなあ。ほしたら二日」

「三日」

「なんや、やらしいな。三日もええことしまくるんか」

「しまくりです。いままでの埋め合わせしろつったの店長じゃないすか」

にやっと笑って鴻島が宣言すると、ぐるぐると宇多田は喉《のど》で唸った。盆休みも交代制にしなければならないほどの人手不足のこの店で、たとえバイト扱いとはいえ鴻島は既になくてはならない人材にもなっているらしい。

「……二日半！」

「んじゃ、ライブの日、午後休もらいます。感想は……レポート出しますか？」

笑ってみせると、宇多田は「そりゃどっちの感想やねん」と実にいやそうな顔をした。

「いらんわ、あほ。そっちこそ、ちんちん使いすぎて頭ぱーにしなや」

「下品ッスよ、店長」

さんざん考えたあとに妥協案を出した宇多田へ、商談成立と二枚のチケットをひらひら振って、鴻島は作業に戻るべく背中を向けたのだった。

＊　＊　＊

久しぶりの電話をした咲坂は、ジャズのライブがあるという鴻島の誘いに少し驚いて、それでもずいぶんと嬉《うれ》しそうに「その日はちょうど、夏期講習も休みになるから」と答えてくれた。

『――でも、平気なのか？　夏場は研修かねて忙しいんじゃ……』

無理はしていないかと、相変わらず少し遠慮がちに問いかけてくる彼に、あまり気を遣わせたと思われたくないと、鴻島はこう言った。

「平気だって。それにこれ、取引先さんにもらったやつらしくてさ。見て、どんなだったか報告しなきゃなんないし」

『ああ、……仕事の関係なのか』

店長公認で行ってこいと言われたと告げれば、どうしてか咲坂は少し複雑そうだったけれど、特に鴻島は気にしていなかった。

「咲坂さんはジャズとか嫌い？」

『嫌いじゃないけど、そんなに詳しくはない、かな』

お互い明るくはないジャンルだが、まあ話の種にはいいだろう。それに完全なライブオンリーでもなく、ジャズバーでの演目らしいから、気が乗らなければ軽く飲んで帰ればいいいさということで、つつがなくライブの日の約束は取り付けられた。

そうしてふたりはいま、横浜にいる。

「こっち……で、いいのかな？」

「そこ右みたい」

地図にあるジャズバーは、繁華街から少し離れた位置にあるようだった。

お互い横浜の地理には詳しくないものの、なんとか目印となる建物を探しつつ歩く。

「あっついなー」

蒸した熱気は、近隣のビルから吹き付けてくるファンのせいでよけいにひどく感じられる。粘った感じのする肌にまつわる汗を拭《ぬぐ》い、鴻島が気《け》だるく呟くと、咲坂の涼しい声がした。

「そうか？　東京に比べると、だいぶ涼しいと思うけど」

「センセは今日、薄着だからじゃないの？」

私立の女子校教師である咲坂は、年間を通してスーツ着用だ。夏場でもクーラーが効く職員室では上着をきっちり着込んでいるらしい。

偏差値はさほどに高くないが、良家の子女を集めたあの学校では、貞淑と礼節を教育ポリシーに掲げている。不祥事をおそれるのか、若手の男性教師というだけで見る目が厳しくなるらしく、鴻島も教育実習期間中には幾度か、女生徒とあまり親しくしすぎるなという釘《くぎ》を刺されたこともある。

「うちの学校は、ドレスコードがうるさいんだ」

実際、常にその立ち居振る舞いや服装などもチェックされてもいるのだろう。苦笑して茶化した咲坂の頬《ほお》に、普段では見られない開放感がある。

この日の咲坂が纏《まと》う襟のラインが洒落《しゃれ》たカットソーと黒い細身のパンツは、華奢《きゃしゃ》でバランスのいい身体に似合うけれど、ぴったりしすぎているのが気になる。デザイナーものだろうそれは、品のいい雰囲気でありながら、使用されているやわらかい生地はどこか中性的で艶《なま》めかしいラインなのだ。

咲坂のきれいな鎖骨や腰のラインが丸わかりになるようなこの服は、鴻島には非常に目に楽しいけれど、いささか複雑な気もしないでもない。

「Tシャツとジーンズで行ければ楽なんだけどなあ、夏期講習も」

「朝っぱらから大変だね」

ぼやいた咲坂に同意してみせつつも、それは冗談じゃないと内心鴻島は思う。

あのスキのないスーツ姿でさえストイックな色気の漂う咲坂は、校内ではかなりの人気を持っているのだ。ラフな格好で好感度まで上がってしまうと、面倒なのは咲坂の方だろう。

（なんだかな、このひと。普段びしっとスキがない分、こういう格好エッチくさいんだよ）

ごく微妙なバランスなのだが、咲坂はとくに腰から尻にかけて描かれるカーブが、どうにも色っぽい。いつものスーツも、彼のクールな容姿によく似合うけれど、こんな風にボディラインをはっきりと見せる服を着てみせると、咲坂がつくづくときれいな顔と飛び抜けたスタイルを持った男なのだと実感させられる。

（そんでもってやっぱ、しみじみ美人だ）

実際、先ほどからちらちらと、咲坂に目を向ける人間の多さには気づいていた。最寄りの駅前で待ち合わせだったのだが、午後休の鴻島は宇多田にさんざんからかわれたため、少しばかり出るのが遅れた。

少し焦《あせ》りつつ早足に向かった駅の改札前、人混《ひとご》みでごった返す中ふわりと浮き上がるような、涼やかな咲坂の姿は遠目にも目立っていた。

そしてその姿に目を瞠《みは》るのが、決して女性だけでもない事実は、鴻島の胸の中にいやな苦さを覚えさせる。

——別に絶海の孤島におるわけやないねんで？　どこぞのオトコに道っぱたで見初められんともかぎらんやないか。

宇多田にからかわれたときには、マイノリティであるゲイがそんなに多ければそうだろう、などと受け流していたけれど、咲坂の容姿は男女問わず感嘆の表情を浮かべるたぐいのものだ。

事実、鴻島にしてももともと完全にそちらの人間だったわけではない。行きすぎた遊びのひとつとして男と寝てみたことはあったが、惚れたと思えた同性は咲坂がはじめてなのだ。

（それが、ほかの男に当てはまらないなんて、なんで思えたんだ）

人目を気にする咲坂のことを配慮して、外にふたりで出かけることはあまりしたことがない。このところの逢瀬《おうせ》は特に、慌ただしい鴻島のせいでお互いの自宅でくつろぐのが関の山だった。

そういう時間の中では、咲坂のきれいな瞳には当然ながら自分の姿しか映らない。

また、そういう折りの咲坂はどこまでも鴻島だけを見つめていて、やわらかに微笑《ほほえ》む表情にいとおしさを感じてもいたけれど。

(やべえ。俺ちょっと気が抜けてたかも)

泣きながら好きだとすがってきたあの夜以来、いつもどこか遠慮がちな咲坂は、自己主張ということをいっさいしない。少しでも鴻島に邪魔《じゃま》にされたくないと、どれだけ放っていても健気《けなげ》に待っていてくれる。

どこかでそれに鴻島自身、傲《おご》ってはいなかっただろうか。彼のみせる懸命さや一途さに、安心しきっていたのではないか。

咲坂を傷つけたり虐げるような真似《まね》は、絶対にしないと一年前に誓ったつもりだった。それでも気のゆるみから、好かれていることを当たり前のように思ってはいなかっただろうか。

(もう、そういうのはいやなのに)

そうして気づかぬうちに、咲坂の見せる許容に甘えてはいなかったか。

「……斎？　どうか、したのか？」

鳩尾《みぞおち》が冷えるような感覚に一瞬意識を捕らわれていた鴻島は、隣からの声にはっとする。

「あ？　ああ、うん、なに？」

「なんでもないけど、急に黙るから」

見上げてくるまなざしのまっすぐさに、うしろめたさを覚えてしまう。いま自分が考え込んでいたことは、どう考えても傲慢すぎると思えた。

（好かれてることに安心しきって、勝手してるんじゃないか、なんて）

うぬぼれもいい加減にしろと感じるけれど、事実なだけに否定もできないのだ。少し焦りながら、鴻島は早口に言い訳の言葉を発した。

「あ、ああ。なんか暑くて、ぼーっとした」

「やっぱり、忙しくて疲れてるのか？」

だがそれは少し失敗だったようだ。気遣わしげに眉《まゆ》を寄せた咲坂は、すっと距離を取るように細い肩を引いてしまうのが、どこかもどかしい。

（横にいるのにぼうっとすんなって、言えばいいのに）

久々に呼び出しても、文句ひとつ咲坂は言わない。ただやっと会えたことに嬉しげにきれいな唇をほころばせるだけで、気が散った恋人を窘《たしな》めることもしない。

それは、鴻島が言わせなくしているのだろうかと思えば、少しだけつらい。まだこの自分が、咲坂を怯《おび》えさせているのだとしたら——。

「なあ、やっぱり今日は——」

「平気だって。……あ、あったあった、ここだ」

理由のない焦燥感を覚え、鴻島は少し強引にその腕を摑《つか》んだ。

「い、斎？」

細い腕は、こんな熱帯夜だというのにひんやりとなめらかだった。いつ触れても、男のそれとは思えないくらいにきめの細かい咲坂の肌は、ひとたび燃え上がれば脆《もろ》く淫《みだ》らに熱くなる。

駅前の繁華街から少しはずれ、奥まったこの一帯はあまり人通りも激しくはないようだ。誰の目もないせいか、咲坂も捕らわれた手を強くは振りほどかない。

そっと肩を抱き寄せると、いまさらながら細い身体だと思った。しかし、こんなに頼りない感触がしただろうかと鴻島が訝《いぶか》るより早く、咲坂のひっそりとした声がする。

「斎、もしかして、背が伸びたか？」

「え？　いや？　ああ、でも最近肉体労働すごいから。筋肉ついたかも」

夜半だというのに、少し眩《まぶ》しげに目を細める咲坂の視線の先にあるのは、この半年で一回りは太くなった鴻島の腕のあたりだ。体重はさほど変わっていないのだが、最近ではシャツの肩ぐりや身頃がきつくなったものもあるほどだ。見た目の印象もおそらく、以前より大柄に見えるのだろう。

（あ、だからよけい細く感じるのか）

もともと食の細い咲坂は、夏場になるとあからさまに体重が落ちる。また夏ばてでもしているのではないかと思ったが、そういうことかと鴻島は納得した。

けれど、その「肉体労働」という言葉に、咲坂はまた眉をひそめてしまった。

「なあ、今日も仕事だったんだろう？　終わったら早めに帰った方がいいんじゃないのか?」

この夜はライブが終わったあとに、咲坂の部屋へと行く予定になっていた。久々のゆっくりとした時間が取れたことを告げたときには、遠慮がちに、それでも嬉しそうにしていた咲坂だったけれど、少し様子の違う鴻島には不安と心配が募るようだ。

「なに言ってんの。俺、三日休みもらったつったじゃん。それとも、そっちはいや?」

「……いやなわけ、ないじゃないか」

揶揄《やゆ》の笑みを浮かべて目線を流すと、摑んだ腕がふわりと体温を上げる。揺れたまなざしが、この夜の先の期待に濡れていることに気づいてしまうと、鴻島の中にあったささやかな苦さも霧散する。

(こんな顔、するから悪いんだよ)

結局は鴻島をつけあがらせているのは、咲坂の方なのだ。雄弁な視線で好きだ好きだと訴えて、薄く開いた唇から濡れた色の舌を覗《のぞ》かせて、熱っぽい吐息で搦《から》め捕《と》る。

あれを吸って嚙んで舐《な》めて、甘い声を出させたい。

(う、やべ)

このまま触れていては、どうも歯止めがきかなそうだ。鴻島は、いまはまだまずいと慌てて摑んでいた肩を離す。

「と、そこみたいだ。ひとだかりもあるし」

「ああ」

その所作が少しばかり焦ったものになったのは、淡い唇にふらっと吸い込まれそうになった自分と、いくら人通りが少ないとはいえ戸外であることに気づいたせいだったけれど——ほんの少し寂しげに咲坂は微笑んで身体を離す。

「あの……」

「もう入場していいみたいだな。並ぶほどでもない」

失敗したかと思っても、ライブ待ちの客たちの中にあってはフォローもできない。軽く舌打ちでもしたい気分で、鴻島は地下への階段を下りていった。

＊　＊　＊

円周率を店名とする変わったジャズバーは、地下の店内は二層に分かれており、地下一階の部分にエントランスとなる受付、そしてカウンターバーが設置されている。

フロアのセンター部分に進むと、地下二階のホールへと二本の階段が繋《つな》がっていて、円形状の吹き抜けとなったサイドにもバルコニー状の客席がある。

奥まった部分が一段高くなっていて、既《すで》にドラムなどの楽器が設置されているから、あそこがステージとなるのだろう。これも円形のステージに向けて同心円に配置されたテーブルも、品のいい艶《つや》がある。

「うっわ。おしゃれバーって感じ」

「どういう感じだ、それは」

軽く口笛を吹いて呟いた鴻島に、咲坂が小さく笑った。

「でも、いい店だな。きれいだけど、気取ってない感じで」

「ああ、それそれ、そういう感じ」

華美ではないけれどもシックな内装は、よく見ればかなりの贅《ぜい》を凝《こ》らしたものだとわかる。古びた木材のバーには年代物だと知らしめる重厚さがあり、けれど機能的でごくさりげない。

「いらっしゃいませ。お飲み物はいかがなさいますか？」

席は決まっていないらしく、適当なテーブルに着くとするりとなめらかな動作でギャルソン服の店員がメニューリストを差しだした。

「んじゃ、俺はソルティドッグ。咲坂さんは？」

「カンパリオレンジにする」

少し喉が渇いた気もしたが、じきにライブが始まることも考慮すると、ロングドリンクの方がいいだろう。促すと咲坂も同じだったようで、少し甘めのカクテルを指した。

「かしこまりました。お食事の方はいかがなさいますか？」

「んー、もう少しあとで」

「では、後ほど伺います。ライブ中でも結構ですので、なにかございましたらお気軽に声をおかけ下さいませ」

すっと一礼して下がる挙措《きょそ》はうつくしかった。鴻島もホテルのバーでバーテンのヘルプに入ったこともあるのだが、この店の店員は若い顔ぶれが多いわりに、所作にしろなんにしろかなり洗練されているなと思う。

そのくせ、お高い感じはしないのだ。居心地のいい店だなと素直に感嘆してしまう。

「俺、もうちょいジャズバーってかたっくるしいかと思ってた。客も思ってるより若いやつ多いし」

ちょっと安心、と笑ってみせると咲坂が不思議そうに首を傾《かし》げた。

「斎でも、気後れしたりするのか?」

「なに、そりゃするよ。ワカゾーだもん。こういう大人向けって感じのとこ、そうそう行かないし」

クラブジャズならともかく、本格的なジャズバーははじめてだ。鴻島はどこに行ってもどんな場でもなんとなく馴染《なじ》んでしまうタイプではあるが、まるっきり緊張しないわけではない。

「まあ今日は、咲坂センセーいるし。引率いるからだいじょぶかなって」

「また……そういう」

困った顔をする咲坂は実際、この場にはよく似合っている。淡く光量を絞った照明が、けぶるような睫毛《まつげ》に深い陰影を落として、品のいい端正な顔立ちは現実感を失うほどにきれいだと思う。

(あーなるほどなあ。こういうシチュエーションで口説《くど》き入るのもわかる気はする)

気取ったバーで睦言を囁《ささや》く男など、気障《きざ》ったらしくてやってられないと思うタチの鴻島ではあるが、ムードやシチュエーションで盛り上がることもあるのだろうなとなんとなく感じた。

「……なに?」

「ん、なんでもないけど」

じっと見つめると、照れたように戸惑うように、咲坂は瞳を揺らす。なんだか急激に、すぐ側にいる彼のことがいとおしく思えて、鴻島はこっそりとため息をついた。

(俺もちょろいなあ。こんなんで盛り上がって)

薄暗い店内、隣り合わせに座った恋人の指先を、テーブルの陰でこっそり握るくらいはできるだろうか。抱きしめることができない分だけ、それくらいはいいかなどと思っていると、

頭上から静かな声がした。

「失礼します。こちらオーダーのドリンクで——」

「……わっ」

不埒《ふらち》な気分でいたせいか、ギャルソンの声に過剰に驚いてしまった。はっとした鴻島の肩と、グラスを差しだした彼の手がぶつかり、耳障《みみざわ》りな音を立てる。

「も、申し訳ございません！」

「わ、ごめん、咲坂さん！」

トレイの上から傾いたグラスから、隣にいた咲坂の服に飛沫《しぶき》が跳ね、詫びを告げたのは同時だった。

「あ、いいよ。それほどかかったわけじゃないし」

「少々お待ち下さいませ、失礼いたしました」

慌てたギャルソンはすぐにタオルを差しだし、おしぼりを持ってきますと立ち去る。

「本当に申し訳ございません、ほかに汚れは」

「ああ、大丈夫です。気にしなくても」

飛んできたギャルソンが「これで拭って下さい」と濡れたタオルを数枚差しだしてきた。

こぼれたのは咲坂が頼んだカンパリオレンジだったから、乾けばべとついてしまうだろう。

「あー、ごめん……。俺がぼーっとしてたから」

「黒い服だし、シミにもならないだろ」

かまわないと苦笑して、二の腕のあたりを咲坂はタオルで拭う。

（うっわー、いたたまれねえ）

おのれの失敗のせいだということも、そしてその直前なにを考えて意識を散らしたのかについても気まずくて、鴻島はがっくりと肩を落とした。

「マジ、ごめん」

「なんで。こんなの別に怒るようなことじゃないだろう?」

小さく微笑んでいる咲坂に、そうじゃなくてと鴻島は首を振った。

「いや、俺が咲坂さんに——」

「ん?」

見惚《みほ》れてぼうっとしていたんだと、思わず口走りそうになった鴻島は、しかしその途中で声をかけられては口をつぐむしかなかった。

「申し訳ございません。お怪我《けが》などはありませんでしたでしょうか」

「あ……」

「こちら、お詫びのサービスとなっております。よろしければお召し上がり下さい」

すっと目の前に置かれたグラスと小皿に、咲坂は過剰に驚いたようにその顔を跳ね上げる。つられたように鴻島がそちらに顔を上げると、そこには先ほどオーダーを取った店員ではなく、スーツ姿の男がいた。

「私、店長の東埜《ひがしの》と申します。大変失礼をいたしました。お召し物は大丈夫でしょうか」

やんわりと穏和に微笑む男は、絵に描いたような端正な面差《おもざ》しをしていた。三十代半ばほどだろうか、すっきりした長身の体軀には年齢以上の貫禄さえも漂い、高級そうなスーツのよく似合う、自信に満ちた大人の男という感じだった。

「あ……ああ。少し濡れただけですし、平気です。こちらがぼうっとしてたんですし、却《かえ》って申し訳ないです」

「そう言っていただけますと、助かりますが。……もし後日、なにかあるようでしたら、こちらにご連絡頂けますでしょうか」

クリーニング代などの弁償をさせてもらうので、と名刺を差しだした男に、どうしてか咲坂はじっと視線を向けたままでいる。外では——というか鴻島以外の前では滅多に取り乱さない彼が、ひどくぎこちなく思えて珍しく、そしてかすかな不愉快さを覚えさせた。

(つうか、なに。こういう、俳優みたいな男前が店長って、できすぎじゃん)

咲坂の少しのぼせたような様子は、まるで彼に目を奪われたようで、少しも面白くない。

「斎？　どうか、したのか？」

「別に、なんでも」

むすっとした顔を取り繕うこともできず、お詫びだと東埜がサービスしてくれた、ローストされたチキンとポテトを口の中に放り込む。なんだか腹が立つことに、カクテルもこのひと皿も、美味《うま》いのだ。

(自信満々、って感じの男だったよな)

悔しさと、理由のない焦りを覚えてしまったのは、あの落ち着ききった店長と、まだ社会的に見習い未満でしかない自分に引き比べたせいだろう。

ただでさえ、年下ということにいささか思うところがないわけでもないのだ。おまけにこの日を迎えるにあたり、さんざん宇多田に焚《た》きつけられたあとであるのもまずかった。

——あんまり手ぇ抜いてると、よその男にふらっと行くかもしれへんぞー。

(ああ、うるさいうるさい)

そう簡単に目移りする咲坂ではないと、そう思っていたはずなのに、じわじわとした苦さが胸の中に黒いシミを落としていく。

ライブがはじまり、ふっと店の照明が一段階暗くなる。そのせいばかりでもなく、隣の咲坂の表情を見逃してしまったことを、自分の気持ちに捕らわれた鴻島はまったく気づくことができなかった。

＊　＊　＊

ピアノの弾き語りにバックバンドがついたジャズライブは、しっとりした雰囲気ながら鴻島が思っていたよりかなり面白かった。スタンダードなものばかりでなく、流行曲やアイドルソングなどのアレンジ演目もあり、むしろ押しつけがましいＪポップのナンバーよりもサービス精神旺盛かつ達者なジャズマンのライブの方が、よほど好ましい部分もある。

リクエストナンバーを受け付ける段になり、壇上のピアニストがその視線を投げたのは、客席の中でも目を引いたらしい咲坂だ。

「え、お、俺?」

突然のそれに戸惑ったあと、小さな声で「じゃあ」と咲坂がリクエストしたのは、かつてグラミー賞を受賞したジャズシンガーのナンバーだった。『ウィー・アー・イン・ラブ』の軽快なメロディは、歌詞の意味など理解せずとも甘い恋の歌だとすぐにわかる。

(ふーん、こういうの好きなのかな)

ずいぶん甘ったるいものを頼んでしまったと咲坂は恥ずかしそうであったけれど、演奏者や客席の反応はまずまずいいものだった。選曲としてはかなり上等だったということだろう。

そのまま続いたラストナンバーは演奏者のオリジナルだったようだ。夏らしい明るめのそれできれいに締めくくられ、満場の拍手とともにライブが終わり、ややあって席を立つ客、そのままのんびりくつろぐ客と、店内は少し賑《にぎ》やかになった。

思っていたよりは楽しめたと思いつつ、ライブの途中で頼んだジンを舐めながら鴻島は呟く。

「けっこよかったね。センセ、ジャズ結構知ってんじゃん」

「だから、先生はやめろって。あれしか知らないよ。昔、CMで聴いたことあったから知ってるだけで」

勘弁してくれと苦笑する咲坂は、一瞬とはいえ注目を浴びたことが気恥ずかしいようだ。照明が戻されると、酒のせいばかりでなく透明な頬が上気しているのがわかる。

(なんだろうな。なんで俺、むかついてんだろ)

いつもであれば、かわいらしいと相好《そうごう》を崩してしまいそうな表情であるのに、なんだか鴻島は面白くないと思ってしまう。先ほどからじんわりと、理由のわからない不快さが腹部に凝っていて、あまりよくない感じだと思った。

ステージを降りたジャズマンが、最後ににっこりと微笑んだ相手が咲坂であるのは明白だった。他意もないことなのだろうと思うけれど、あまり見るなと言いたくなったのは事実かもしれない。

「斎……？」

明らかに機嫌がよくないのは、顔に出てしまっているのだろう。咲坂が困ったように眉を下げている。こんな顔をさせてしまっている自分に一番嫌気がさして、誤魔化《ごまか》すように笑いながら鴻島は立ち上がった。

「なんか、俺、回ったみたい。もうここ、出ない？」

「あ、……ああ。大丈夫なのか？」

自分の矮小《わいしょう》さを見せつけられた気分になって、まともに咲坂の顔が見られない。

（俺、こんな嫉妬《しっと》深かったっけ）

いままであちこちへと出かけた折りには、きれいな咲坂が自分の連れであることを、自慢に思うことが多かった。以前のバイト先であるバーに誘ったときにも、後日同僚である先輩に「えらいきれいな男だったな」と勘ぐられた。似たような性格の彼には、鴻島自身派手に遊んでいた時代のことも知られているため、あまり隠す気はなかった。

むろん、この関係についていささか臆病な咲坂にはそんなエピソードは打ち明けていないけれど。

——美人でしょ。あれ、俺のですから、変な気起こさないで下さいね。

——うわ、やっぱそうかよ。どこで引っかけたの、おまえ。

あっけらかんと言ったら引くどころか逆に羨《うらや》ましがられるほどだったし、そのときも別に不愉快な気分はなかった。むしろ手を出すなと牽制《けんせい》する余裕さえもあったというのに。

（それもこれも、宇多田さんがよけいなこと言うからだ）

嫌な風に煽《あお》りやがってと、底意地の悪いことを言ってくれた店長を恨んでも、気分は少しも浮上しない。咲坂の不安顔に気づいていても、うまくフォローの言葉も出せない。

（まずいな、このままだと）

ワンドリンクはコミのチケットだったが、追加注文したものは通常精算になる。キャッシャーで支払いを済ませながら、なんとか気を落ち着けなければと鴻島は思っていた。

自分が怒りに駆られると、案外に残酷なことができてしまうのはもう知っている。あれはそもそも咲坂が悪かったとはいえ、それでさんざん、いま傍《かたわ》らにいる恋人を怯えさせたのも事実なのだ。

「あの、さあ、このあとだけど」

「……なに？」

どこかで気分を切り替え、心配しなくていいと言ってやらねば——と、反省した鴻島が、咲坂に声をかけようとしたとき、すっと目の前にかげりが差す。

「お客様、先ほどは失礼いたしました」

「え？　あ、いいえ」

声をかけられたのは咲坂の方だった。視線を向けるとそこには先ほどの、東埜と名乗った店長がにこやかな表情でたたずんでいる。

「よろしければこちら、フライヤーなどのＤＭ発送をしておりますので、ご記入いただけませんか。それから、本日のお詫びを是非《ぜひ》、させて頂きたいのですが」

「ああ、いえ、そんな。気にするほどではないですから」

長い指に差しだされたのは、メンバー登録の用紙らしかった。

「ご無理にとは申しませんけれど、よろしければまた、お越し下さいませ」

「あの、それじゃあ……登録だけします。けど、別になにもいりませんから」

謝罪をと言われ躊躇《ちゅうちょ》していた咲坂だったが、続く言葉に固辞するのも却って悪いと思ったらしい。苦笑しながら、同時に添えられたペンを手にとってさらさらと住所を書きはじめた。

並び立ってみて改めて思うが、東埜もかなり背が高い。品のいい顔立ちには穏和な笑みが浮かんでいるけれど、なにとは知れない迫力があるくせに、見るものにひどく安心感を与える男だった。

(俺より、十は年上、かな)

上質なスーツの似合う、高そうな大人の男を前にすると、咲坂の細い身体はひどく頼りなく映る。それを認めてようやく、先ほどから喉奥につっかえているものの正体を鴻島は悟った。

劣等感だ。どう見てもいまの自分では太刀打ちできないような高級な人種を前にして、本能的なコンプレックスを刺激されている。

(うわ、超うぜえ。俺)

要因が知れたところで、不愉快さは少しも収まらなかった。それどころか、いつも人見知りのくせにひどくうち解けた微笑みさえ見せる咲坂に、ささくれた気分がひどくなっていく。

だがそれも、鴻島の穿《うが》った見方とばかり言い切れないのが、先ほどから咲坂のみせる態度によるものなのだ。

「ああ、ありがとうございます。これは――サキサカ、アキヒコさん、でよろしいんでしょうか?」

「……っ。あ、はい。そうです」

手元を覗き込んだ東埜に名前を確認された。ただそれだけのことなのに、なぜか咲坂はふわりと赤くなる。おまけに、なにかひどく気になる様子で、相手がひと言ふた言発するたびに、ちらちらとそちらを窺《うかが》っているのだ。

(なんだ、それ)

どう見てもその態度は、目の前の端正な男に逆上《のぼ》せあがっているようにしか思えず、鴻島の不快さはピークに達した。

「それでは、DMの方を送らせて頂きます。お連れさまも、よろしければ」

「俺はいいです」

我ながらかなり感じの悪い声を発した自覚はあった。隣にいた咲坂も驚いたようで、どうかしたのかという風に目を丸くして見上げてくる。

「出るよ、もう」

「あ、わ、わかった。……あの、それじゃ」

「またお越し下さいませ」

無礼な客など慣れっこなのだろう。顔色ひとつ変えずに微笑んだままの東埜に送り出され、地上への階段を鴻島は急いだ。焦ったように咲坂が後ろをついてきて、けれど声もかけられずにいるのも様子でわかったけれど、振り返ることもできなかった。

「い——斎？　ま、待って」

店を出るなり、ずかずかと早い歩みで進む鴻島の背後から、小走りに階段を駆け上がってきたせいか、咲坂が少し息を切らせて追いついてくる。

「あの、どうしたんだ？　さっき、なにか言いかけてたけど」

「別に」

切って捨てるような返答に、隣の細い肩がびくりとすくんだ。久しぶりに見るその怯えた態度に、鴻島はいらいらと髪を掻《か》きむしる。

「暑いし、いらいらしてるだけ」

「そ、そうか？　でも、なんか」

態度が変だと指摘しかけ、しかし咲坂はふっと口をつぐむ。並び立って歩きながら、数時間前にはやさしい気分で歩いた道を、ひどく苦い心持ちで辿《たど》るのがやるせない。

（もう、今日はだめかな）

それもこれも自分が悪いのだとわかっていて、だからこそ感情の持って行き場がなかった。このままではまた、八つ当たるようにしてひどいなにかを咲坂にぶつけてしまう気がする。

「なあ」

「な、なに？」

「やっぱ今日、俺きっついから……帰る」

相談でも、詫びるでもなく決めつけて告げると、咲坂はショックを受けたように目を瞠った。あっさりと違《たが》えられた約束に、ほんの少し傷ついた顔をしたけれど、結局彼はそれをひとりで飲み込んで、頷く。

「そう、か。じゃあ……残念だ、けど」

小さな声で呟いたあと、すぐに俯《うつむ》いた。気まずい空気が流れ、黙り込んだままの鴻島にいたたまれないように、咲坂は意味もなく笑ってみせる。

「あ、で、でも。せっかく、横浜に来たから、俺は少し飲んで帰ろうかな」

それが、後味の悪い空気を少しでも誤魔化すためのものだとわかっていた。けれど苛立《いらだ》ちが臨界点を超えていた鴻島には、まるで違う意味に受け取れてしまう。

「なに？　また男引っかけるの？」

「な、……に？」

言われた意味が、本当にわからないと言うように咲坂は一瞬あどけないような表情を浮かべた。そのあと、すうっと顔から血の気が引いていくのが見てわかるほどに、彼は——傷ついた。

「なに、そ……それ、なんで、そんなこと」

「いいけどね、別に。好きにすれば」

「い、斎っ!? 待てよそれ、どういう」

皮肉に笑った鴻島に対して、さすがに憤りの色をのせた瞳が睨《にら》みつけてくる。けれどそれを遥《はる》かに凌駕《りょうが》するほどのきつい視線にぶつかって、咲坂は戸惑うように瞳を揺らした。

「どういうもこういうもないだろ。さっきから、なんだよ。あの店長、そんなにいい男だったのかよ」

「……え?」

(なに言ってんだよ、俺)

なじる言葉もその内容も、情けなくてたまらなかった。まだ学生で、仕事も半人前で、恋人ひとり満足させてやれない自分に、一番焦《じ》れているのは結局、鴻島なのだ。自分があんな──東埜のような大人の男であればきっと、咲坂も怯えたり、年齢の差に妙な引け目を感じなくても済むのだろうかと、そう思ってしまって苛立っている。

(最低だ)

それで結局、目の前の相手に尖《とが》った感情をぶつけてしまう、これこそが未熟な証《あかし》と知っていてももう、激昂《げっこう》がおさまらない。おさめかたが、わからないのだ。

「さっきからぼーっとした顔で見惚れてさ。なんなんだよ」

鴻島の毒づいた声に、「あっ」と小さな声をあげた咲坂ははっとしたように顔を赤くする。

その表情にはどこか羞恥《しゅうち》のようなものが浮かんでいて、鴻島はやるせなかった。

「ほら、自覚してんじゃん。ああいう感じのオトコが好きなのかよ」

「ち……ちが……っ」

慌てたようにかぶりを振った咲坂に、違わないだろうと鴻島は決めつける。

「じゃ、なんであのひとのことばっかちらちら見たりすんだよっ」

「違う、斎、誤解」

「なにが誤解だよ！」

嫉妬と苛立ちのまままきつい声で言いはなった鴻島に、ついに涙目になった咲坂は頬を強《こわ》ばらせ、震える声で言った。

「だ、だって。あのひと、店長さん……斎と、声が、似てて、びっくりしたんだ」

「……は？」

「だから、それで……見てた、だけ、で」

まったくそれについては自覚のなかった鴻島は、突然の指摘に目を瞠る。

(声が似てる？　どこが？)

そもそも、自分の声というのは体内での残響もあわせて聞こえるため、自分自身が意識するものと、他人に聞こえる響きとがかなり違っている。そのため、あのスーツの似合う男前のそれと、自分の声が似ているとは、とても思えなかった。

第一、それだけじゃないだろうと、まだ煮えている嫉妬のままに鴻島はきつく問いつめる。

「じゃあなんで、あそこで赤くなったりすんだよ」

「な、なんでって」

会計時、どうということもない会話を交わしていた瞬間、笑い混じりに話しかけられただけで咲坂は確かに耳まで赤くなって震えていた。外でそんなに甘ったるい顔をするなと、思わず咎《とが》めたくなるくらいにその表情はかわいらしく、それでよけい鴻島は苛ついたのだ。

指摘すると、そのときと同じほどに赤らんだ頬を咲坂は俯ける。やっぱりか、とあざ笑うように鴻島は唇をゆがめた。

「俺には言えないんだ」

「ち、ちが」

「じゃ、なんでだよっ」

詰問《きつもん》するそれに、びくっと薄い肩を震わせた咲坂は、何度も小さな唇を噛みしめた。

「だ、から。……声、似てたから……っ」

泣きそうな目をしたまま、覚悟を決めたように彼が告げた言葉は先ほどのそれよりさらに鴻島を驚かせるものだった。

「名前、確認されて。あ、暁彦さん、て。呼ばれて」

「名前？」

それがなんなんだ、と眉をひそめた鴻島の顔も見られないようで、俯いたまま咲坂はひと息に言う。

「いっ、斎に呼ばれたみたいだったから」

「え……？」

口早に、いかにも恥ずかしそうに告げた咲坂に呆然《ぼうぜん》としてしまって、鴻島は立ち竦む。

「いつも、センセイ、とか……名字しか、呼ばれたことなくて、だから」

彼と鴻島の、声が似ていて、だから意識して。呼ばれたことのないそれを口にされただけで、赤くなったりして。

（それって……）

どうやらとんでもない見当違いの嫉妬を覚えていたのだと鴻島が反省するより早く、おずおずと細い指が袖の端を摘《つま》んでくる。

「そ、それだけ、だから……し、信じて」

咲坂の細い声と、まるで、腕に触れることさえ振り払われそうだと怯える所作に、胸が痛くなる。

「斎、しか、見てないから。……ほんとだから……っ」

赤らんだきれいな目元はもう溢《あふ》れそうな雫《しずく》が震えていて、ひどく傷つけたことをいまさら思い知らされ、ぐっと鴻島は口をつぐんだ。

「今日だって、誘ってくれたの、嬉しかったんだ。仕事のついででも、そういうので……いいから」

その沈黙をどう受け取ったのか、なおも怯えたような瞳で縋りながら、咲坂は早口に言いつのる。

「もう、無理に会ってくれとか、言わないからっ……じゃ、邪魔しないから……」

すてないで。たどたどしい声で言われて、今度こそ胸が潰《つぶ》れるかと思った。

後悔と自分への不愉快さとそして——咲坂の健気な声の、いとおしさに。

「ああ、もう、ごめん！　すっげえごめん、ごめんなさい!!」

「え……」

「すっげー勘違いしてた……ごめんっ」

大声で叫んで、細い腕を引く。シャツの端に触れるのもおそるおそるといった様子だった咲坂は、突然自分を包み込んだ抱擁に反応しきれず、きょとんと目をしばたたかせた。その瞬間、あっけなくこぼれた雫を拭うように、胸に小さな顔を押しつける。

「違う、そうじゃなくて、俺がさ。店長……あの、宇多田さんにいらんこと、言われてて」

くそ、と呻《うめ》いた鴻島をじっと下から見つめている咲坂の瞳には、こんなにも一途な情が宿っている。下衆な勘ぐりをした鴻島をひとつも責めることはなく、むしろ過去の自分の所行では仕方ないとあきらめているような彼に、どう詫びたらいいのかわからないほど申し訳なくなった。

「俺の恋人は美人で年上だって自慢してたら、ぼっとしてるとよその男に取られるって」

「な……っ」

「放っておくと、あとでえらい目に遭《あ》うって脅されて。……それで、考えすぎた、です」

ごめんなさい。細い肩に顔を埋《うず》めて、呻くように告げた瞬間、殴られてもなじられてもかまわないと鴻島は思っていた。

だが、大きく息をついた咲坂は、そのいずれもしようとはしないまま、小さくしゃくり上げてこんなことを言うのだ。

「よかった」

「え?」

いったいなにがよかったのかと問うよりも先に、心から安堵《あんど》したように告げる咲坂の声に、鴻島は心臓を握りつぶされるような痛みを覚えた。

「お、俺。……店にいるときから、斎が、変だったから、怖くて」

もういい加減あきられたんだと、いつそれを切り出されるのだろうと思うと、怖くて仕方なくて。だからどんどん、ぎこちなくなってしまったのだと告げる咲坂に、さっきの比ではない自責の念がわき起こる。

「久しぶりに、誘ってくれたのももしかして、今日……さ、最後だからかと、おも、思って」

「なっ……ち、違うよ」

「でもっ、も……連絡、ずいぶん、なかった……からっ」

涙を堪《こら》えようとするあまり、ひくひくと喉を鳴らしながらの咲坂は、そう呟いたあとに慌てて「忙しいのはわかってたんだけど」と続ける。できる限りこちらに、我《わ》が儘《まま》に思われないよう懸命に細い肩をすくめる姿はひどく哀れで、ゆっくりと宥《なだ》めるように両腕でさすりながら、鴻島はこっそり嘆息する。

(やっぱ、気にしてたんだ)

連絡がなかったことが不安だったという言葉には、やはり宇多田店長の指摘が正しかったことを教えられて、なんとも複雑な気分になった。

――そのまんま鵜呑みにしとったらあかんで、それ。

本当に、あの店長にはまだまだ敵《かな》わないと思う。今回のこれも、彼が唆《そそのか》してくれたから鴻島は重い腰を上げたけれど、そうでなかったらもうしばらく、不安がっている咲坂に気づかないまま放っておいてしまっただろう。

「ごめんね。ほっといて」

「い、いいんだ、それは。忙し、かったんだろう?」

ふられるのでなければ、いつまでも待っていられるから。気丈さを装って、笑ってみせようとしても、赤くなった目がそれを裏切っていて、ずきずきとこちらまで痛くなる。

どうやったら、こんなに傷つけたことを忘れさせてやれるだろう。臆病な恋人に、いままでずいぶん時間をかけて、ゆっくり心をほどかせてきた。それをまた、閉じさせたのは鴻島なのだ。

「……さ」

咲坂さん、と言いかけて、鴻島はいったん言葉を引っ込める。ややあってから、もう一度しっかりと震える身体を抱きしめ直し、そっと囁いた。

「暁彦、さん？」

その途端、腕の中の身体が発熱したかのように熱くなって、あまりに顕著な反応に鴻島の方が驚いた。

「名前、いくらだって呼ぶから。ほかの男、代わりにしないでくれ」

「な、なん、か、代わりなんて」

「妬《や》いたんだよ、わかってよ。俺以外の前で、あんなかわいい顔、すんなよ。暁彦さん」

何度も名を呼びかけると、茹《ゆ》だったような顔をした咲坂は唇を震わせている。いまさらこんなことくらいで、こんなにも赤くなる彼は、自分より年上だとはとても思えない。

「すげえ、真っ赤だ」

思わず笑ってしまうと、きつく眦《まなじり》を尖らせた。それでも抱きしめた腕をほどこうとはしないから、睨まれたところで別に気にもならない。

「ま……また、からか……っ」

「からかってないだろ。赤くて……なんか、美味そう」

「ひっ」

喉奥で笑うまま、悪戯《いたずら》に耳を嚙んでやる。ここが弱いのはもうとうに承知で、案の定細い身体は一瞬だけ強ばったあとに、しんなり甘くやわらかくなった。

「や、み、耳やだ……っ」

「明日、仕事休みだよね？　……エッチなことしていい？」

甘嚙みしながら囁くと、何度も小刻みに背中を震わせていた咲坂はひくりと息を飲んだ。

たったいままでやわらかにほどけていた身体も、どうしてか突然強ばりを見せ、鴻島は訝しむ。

久々でもあるし、こじれたあとでもある。喧嘩《けんか》のあとのセックスとはまるでパターン通りではあるけれど、なにより気持ちを教えるには手っ取り早い部分もあると思ったのだが。

(さっきのいまじゃ、やなのかな)

無理にはいいと告げようとすると、咲坂は思ってもみないことを問いかけてきた。

「……して、くれるのか？」

「え？」

おずおずとした声の意味が本気でわからず、惚《ほう》けたような顔をする鴻島に、どこか必死の面持《おもも》ちで咲坂はさらに言葉を続けた。

「ま、まだ、俺でも……したく、なる……か？」

いまさら過ぎるようなその問いに、ようやくその意味するところを察して、鴻島はさらに苦い気分になった。

ここしばらく逢瀬の度《たび》にベッドのことまで含むことをしなかったのは、鴻島なりの気遣いでもあったのだ。痛めつけるためだけにセックスを繰り返していた過去の経緯と、それからやはり多忙な咲坂を思っての配慮だったのだが、どうもこれは裏目に出たらしい。

即物的に過ぎれば、身体だけかと哀《かな》しくなるだろうと思っていた。けれど、まったくそれがなくなれば、やはりもう厭きたのかと不安に感じたりするらしい。

まったく咲坂はややこしくて、面倒くさい。だがその面倒さもやはり、自分を想っているからだと知っているから、どうにもかわいくてしょうがなくなってしまう。

「あー……ほんっとにもう……」

思わず呻いたのは、自分の不甲斐《ふがい》なさに対してだ。ほんとうにこの恋人は、目を離してはいけないらしいと、しみじみ痛感させられての嘆息ではあったのだが、その低い呟きに咲坂は慌てて離れようとする。

「ご、ごめっ……」

「ああ、違うから、いいから」

このままいてくれともう一度きつく腕に閉じこめ、さらりとした髪に鼻先を埋めた。

「そっちこそ、俺なんかでいいの？」

「斎……？」

問う声は思うよりも頼りなく響き、腕の中の咲坂がそっと身じろいで顔を覗き込んでくる。歪《ゆが》んだ表情を見られたくはなかったけれど、もういまさらかと鴻島は自嘲した。

「それこそ、ガキだしさ。つまんねえことで嫉妬して八つ当たりするような、そんなやつだよ」

苦い笑みのままに呟くと、咲坂の細い腕が背中をそっと抱きしめ、撫《な》でてくる。おずおずといったその所作はあまりにやさしく甘くて、鴻島はじんと撫でられた場所が痺《しび》れるのを覚えた。

「俺、……変かも、しれないけど」

「ん？」

「嫉妬、してもらえるなんて、思ってなかったから……嬉しい」

おまけに、そろりとした声で紡がれる咲坂の言葉は、また鴻島をつけあがらせるようなものなのだ。これはもうどうしたものかと思わず小さく吹き出して、しっかりと腕の中の細い身体を抱きしめ直す。

「暁彦さんさあ。もうちょっと自分に自信、持てよ」

「じ、自信？」

自分もばかだけれど、咲坂も結構ばかだなと、改めて思ってしまう。もう一年もつきあってきて、いまだに互いが見えなくて不安で。

「俺にちゃんと好かれてる自信。それから、自覚」

「自覚って、なに」

言いながら、涙の痕《あと》の残ったなめらかな頬をそろりと撫でる。相当に年上で、しかも同性のものであるとは思えないほどきれいな肌に、どれだけ参っているか、いい加減わかってほしいものだ。

「んーなきれいな顔しててさあ。なんでそんなに自信ないの？　だいたい結構、もててたんでしょうが」

「だっ……そ、そんな、こと」

「そんなこと？」

なかったとは言わせないとまなざしで訴えれば、ばつが悪そうに咲坂は細い肩を竦めた。

思いこみではなく、相当に咲坂が遊んでいただろうことは、出会った日から感じてもいた。顔立ちがきれいでセックスも巧《うま》くて、抜群に感度のいいあの身体に、誰の痕跡もないはずがないことは鴻島自身が思い知らされている。

（まあ、だからつい勘ぐっちゃうんだけどな……）

むろんいまでは、自分だけに思いを預けていてくれているのは知っているが、その過去についてなにも思わないわけでもない。むしろ、いまこんなにも怯えるような瞳をして、咲坂が自分に振り回されている方が、不思議なくらいなのだ。

「だ、……だって斎が」

「俺が？」

「斎が、よくなきゃ、顔なんか、意味、ないじゃないか」

おまけに咲坂はまたじんわり涙ぐみながら、そんなことまで言うのだ。

「俺なんか、それこそすごい年上、で。性格……よくないし、いつ、あきたって」

「はいストーップ」

ぐずぐずと言いはじめるそれを、鴻島は軽い口調で止める。自身を卑下するようなことをそのまま言わせてしまっては、結局ダメージを受けるのは咲坂の方なのだ。

「卑屈なこと言うのは俺、嫌い」

「っ……い、言わない」

嫌いと言われてぐっと唇を嚙みしめた咲坂に、きついとはわかっていてもこれが一番効果的ではあるのだ。だいたいこのむやみやたらな素直さで、性格がよくないと言われても笑ってしまうし、年上だからなんだというのだろう。

「そうやって素直にしてるのは、かわいいけどさ」

「だ、から、それは言うなって」

赤くなった鼻をすすって、拗《す》ねたように上目に睨んでくる。ようやく少しは気分が浮上したかとほっとして、不意打ちにその鼻先に口づけた。

「い、斎っ」

「はは。ま、いいからとにかく行こう」

「どこ、に」

どこでもいいと肩を抱いて、頼りなくついてくる咲坂に笑いかけてやる。

「もうちょっといろいろ、できるとこ。横浜よくわかんないんだよな。ホテル適当でいい？」

「ば、ばかっ。ここ、外だろ！」

小さく叫んで、鴻島の手をはたき落とした咲坂を「痛い」と笑ってまた捕まえる。

「いまさらなんだよ。いいでしょ別に。地元でもあるまいし、気にしなくても」

それよりなにより、夜半を過ぎたこの奥まった場所では、たいした人通りもない。じゃれるように唇を頬に寄せて、軽く噛んでやる。

「あのさ。しばらく腰立たないくらい、しちゃっていい？」

そんな悪戯にも、囁いた内容にも感じたようで、びくりと細い肩を震わせた咲坂の身体が、ふわりと甘い熱を放った。そのあと小声で「いいよ……」と答える。

（あーくそ、やりてえ）

できるならばこの瞬間にも、すべてを奪い取りたい衝動と鴻島はしばし戦いつつ、湿った息を吐く小さな唇に指を触れさせる。

「うそだよ。やさしく、するからさ。させて」

「斎……」

同じ気持ちでいたのだろう。震えながら、羞《は》じらいながら、咲坂が一瞬だけそっと舌を触れさせた人差し指の先が、痺れたように熱かった。

＊　＊　＊

熱帯夜に汗だくになりながらどうにかその手のホテルを探し出し、部屋に入るなり抱きしめた鴻島を、咲坂も拒まなかった。

道中焦れていたのはお互いに同じで、獣じみた息を吐きながら舌を舐めあい、服をむしり取る。いつもであれば行為の前に肌を清めたいと言う咲坂も、小さく喘《あえ》いでは必死に抱きついて、もっとと唇を求めてきた。

珍しいなと思いながら首筋に鼻先を埋めた瞬間、鴻島は恋人のやけに従順な様子が意味することを知った。

(あ。シャワー浴びてきたんだ)

きれいなうなじのあたりから、ボディソープの残り香が漂った。基本的に咲坂は喫煙しないし、コロンのたぐいもつけない方だから、そういうささやかな匂《にお》いが肌に残りやすい。

「斎、あの、これ」

「っ……ん、舐めるの?」

素肌を晒《さら》したまま、四肢《しし》を絡ませてしつこく口づけていれば、咲坂の細い指が鴻島の脚の間にのばされた。巧みな指遣いに息をつめながら問いかけると、こくりと頷いて咲坂は広いベッドの足下に額《ぬか》ずく。

ほどなく、性器がぬるっとした感触に包み込まれる。既に半ば勃起しかけていたそれは咲坂の口の中であっという間に膨れあがり、一瞬だけ苦しそうに眉を寄せた彼は、すぐに嬉しそうな顔になった。

(まったく、そんな顔して)

こういうとき、必ず唇での愛撫をしかけてくる咲坂は、自分からそういうことをするのが好きなのかと思っていた。だが、かつての自分たちを思えばそれを悦《よろこ》んでやっているのが不思議でもあったのだが、今日のあの言葉でようやく腑《ふ》に落ちた気がする。

——して、くれるのか?

本当にいいのかと確かめるような声、不安そうなあの表情。

（まだ、信じきれてないんだな。俺が、っていうより……自分のこと）

捨てないでと、震えた声で言った瞬間の瞳の色に、結局彼のなかに巣くう不安感が消えてはいないと教えられた。だからこんなに必死に、奉仕するようなことでもしてしまうのだろうか。

「よく、ない？」

「んや、すげ、いい」

散漫に考えていたためか、反応が鈍かったのだろう。おずおずと問われて苦笑しながら、鴻島はきれいな髪を撫でた。

「もっと、して？」

促すと途端に嬉しそうに唇がほころぶ。そのまま咲坂の舌に舐められていると、少し苦い物思いさえも溶かされていく気がした。

「ん……んん……」

うっとりしたような顔で鴻島のそれを舐めしゃぶる咲坂の、やわらかい頬を指先で辿る。ねっとりした口腔であやされて、ますます猛々しくなっていく自分の性器と、小さな品のいい唇の対比がひどくたまらない気がする。

「俺の、そんなに美味い？」

「……うん」

おいしい、と小さく恥ずかしそうに答えて、赤い顔を伏せた咲坂は小さな舌をちろちろと動かす。揶揄するように告げたのは、身体の中で最も脆弱《ぜいじゃく》な部分を晒している状態が恥ずかしくもあるからだ。正直なそれは、情欲と興奮を露骨に形として見せてしまう。

自分の浅ましさを示すそれを手の中にそっと包まれてしまうと、どうしてか少し心許《こころもと》ない気分になるけれど、咲坂の瞳は臆するどころか、陶酔しきったように潤んでいる。

「そんなに俺のこと、好き？　こんなとこ一生懸命舐めちゃうくらい？」

「し……知ってる、くせに……っ」

あげく、意地の悪い問いに口では拗ねたように言いながらも、従順に頷いてみせるからかなわないのだ。鴻島の脚の間にうずくまるようにした細い身体は、時折もぞもぞと堪えきれないように揺れていた。

「しゃぶってると、欲しくなっちゃう？」

「う……」

今度のそれは咲坂にとって、少しばかり羞恥の度合いが強かったものらしい。じわっと涙目がひどくなり、恨みがましい上目遣いで「言うな」と訴えてくる咲坂の背中のくぼみを、鴻島は悪戯な指先でそろりと辿っていった。

「や、ん、あ……っだめっ」

身もだえる咲坂の声を無視して長い腕を伸ばし、ベッドサイドを探ってローションを見つけた。普段使っているものより少し粘りの強いそれを手にとってそのまま小さな尻に塗りつけ、最奥に触れる。

「あんっ……！」

「あ、すげ。吸いついた」

たまらないような声をあげてがくりと上体を伏せた咲坂の粘膜は、鴻島の指先が届いた瞬間ぎゅうっと窄《すぼ》まり、押し込むまでもなくずるりと中へと吸いこまれていく。

「やーらしいなあ……濡らすまでもない感じ？」

「や、やっ……」

「っていうか、来る前にここ、準備してた？」

やわらかすぎるようなそこに気づいて指摘すると、かっと咲坂の首筋が赤くなる。やっぱりか、と鴻島は苦笑して、羞じらっている咲坂のうなじに唇を落とした。

「ご、……ごめ……う？」

期待してきたことが恥ずかしいのだろう。反射的に謝ろうとした咲坂の唇を手のひらで塞《ふさ》いで、そのまま抱き寄せる。

「うぅ、ふっ、んぅんっ、んっ」

まだろくな愛撫もしてやっていないのに、咲坂の性器もまた濡れていた。差し入れたそこからあぶれた長い指で、そろそろと根本を撫でてやりながら囁くと、咲坂はさらに瞳を潤ませる。

「あのさ。したいと思ってくれんの、俺は嬉しいんだから。謝ることない」

「う……」

それでも承伏しかねるのか、ふるふると口を塞がれたままかぶりを振る彼に、鴻島はわざと声をひそめて囁いた。

「咲坂さんのエッチいとこ、好きだよ……」

「んうっ、んー……！」

ゆっくりと指を根本まで差し入れ、ぬるりとした感触を愉《たの》しみながら引き出すと、鴻島に抱きついた咲坂が上下に腰を蠢《うごめ》かせる。

激しく揺れた身体が苦しいだろうと、唇を覆っていた手を離せば、途端に耳が痺れそうな甘い声があがった。

「あー……あぁっ、……ん、ふっ」

そのまま咲坂は物欲しげに指を含んだ尻を揺らす。見ているだけで喉が干上がるような卑猥な動きと、きゅうっと絞られる指の感触に喉を鳴らし、ゆるみそうな口元を堪えた。

「……なあ、ここ。いれていい？」

「う、ふぁっ、あぅ……ん、いれ、って」

鴻島は、興奮のあまりあがった息を吐き、これを、と咲坂が握りしめているだけになった性器を示すと、がくがくと細い首が頷く。

「前からとうしろから、どっちにする……？」

「ま、前からが、い……ぎゅうって、して……？」

抱きしめれば縋るように見つめてくる咲坂の、口淫のせいで濡れて光る唇を忙しなく舐める扇情的な仕草が、無意識だから手に負えないと思う。

「……そだね。そのエロい顔、見ながらしよっか」

「や、あん……っ」

「やじゃないだろ。いっぱいいちょうだいって、すぐ腰振るくせに」

押し倒して脚を開かせ、蕩《とろ》けきった場所を探りながら笑いかけると、含羞《がんしゅう》に赤らんだ顔が哀しげに歪む。いじめてないよと頬に口づけ、背中に腕を回させた。

「俺、そうやって欲しがってる暁彦さん、好きだよ」

「いっ……斎……」

まだ、名前を呼ばれることに慣れていないのだろう。暁彦さん、と言った瞬間に、咲坂のそれがひくんと揺れて鴻島の腹部をくすぐっていく。

「だから、言って」

望まれた通りにぎゅうっと抱きしめてやりながら、猛った先端でそこをつつく。びくびくと腕の中の身体が爆《は》ぜるように震えて、わなないた赤い唇がためらったのは一瞬。

「お、……おっきいの、ちょう、だい……？」

しゃくり上げるような不規則な呼吸を交えて、甘すぎる声に脳を焼かれた。うまく答えてやることもできず、鴻島は腰を摑んで一気に押し入る。

「あう！　ひ……やあ、やー……っ」

一番奥まで踏み込んで、深く繫がったまま小刻みに揺すってやると、咲坂はどこか壊れたような声で喘いだ。

「ど、したの……暁彦さん」

「い、やあ、すごっ、すご……いっ」

びくびくと細い身体が跳ねる。内壁はひっきりなしの蠢動《しゅんどう》を見せ、久々だからという以上に鋭敏な反応に、鴻島もまたくらくらする頭を軽く振った。

「あー……すっげ、いい……締まる」

「んん、んん……っや、だ」

言わないで、とゆるく握った拳《こぶし》を口元に当て、かぶりを振る咲坂がひどく幼く見える。

「……俺のこれ、好き？　ここで、こう、すんの」

「い、いやっ、いや……そ、なの、訊《き》くな……っ」

普段は素《そ》っ気《け》ないまでに冷静な声で話す分、こうしたときや感情が高ぶった折りの彼の言葉遣いのおぼつかなさは、ひどくそそるものがあった。

「やなら、抜いちゃうよ」

「ひぃっ、いやぁあっ、入れといてっ」

揶揄の言葉を向けると必死に縋りついてくるのがたまらない。

「抜いたら、や、抜いちゃやだ……っ」

「う、っと」

「待って、たんだ……ずっと、待ってたから、これ、もらえるの……だから」

もっとして、としなやかな両脚を腰に絡みつけ、もどかしいと小さな尻がうねる。

（そんな嬉しそうに、すんなよなあ）

いじらしく淫らな言葉と、ぎちっと食い締められる感触は、鴻島の唇から熱っぽい吐息を引き出した。

「えっ……えうっ、いつ、斎……いつきぃ……っ」

「ん、っ……も、っと？　いいとこ、擦《こす》って欲しい？」

「うん、もっと、もっとこすって……い、いっぱいして、いっぱ……っひ、あん！」

唆されるままに激しく腰を動かすと、咲坂はしばらく声もあげられないようだった。ただ瘧《おこり》のように身体を震わせて、ひっきりなしに指先を握ったり閉じたりする。

「気持ちいい……？　ここ？」

「んっ、んっ、あぁ、い……っ」

ほっそりとした両手を、指を全部絡ませるやり方で繋いで、忙しなく突き上げながら問いかけると、こくこくと幼く頷いた。

「……どんな風にいい？」

「あう、……お、おっきくて、……ぬ、ぬるぬる、の……がっ、ああん！」

「ああんじゃなくって、なに？　どこが、どうなってるの」

卑猥な言葉を言わせると、組み敷いた身体がさらに熱くなる。知っているからこそことさら意地悪く笑って細い顎《あご》を咬《か》み、繋いだままの手の甲で尖った乳首を押しつぶした。

「か、かたくて……あついの、は、入ってるとこ、擦れて、きもちい……っ」

それでどうされたいのとなおも重ねて問うと、ひどいくらいかき回してくれとしゃくり上げ、さらに脚を開いてみせる。

「だから、どこ？　ちゃんと言って」

「おしりぃ……っ、い、いっ」

直截《ちょくせつ》な言葉を使うよう促すと、咲坂は普段の取り澄ましたさまが信じられないほどに乱れる。知っているからこそ鴻島は、こんな時には特に容赦なく、卑猥なそれを強要した。

「お尻に、入れられるの好きなんだ？」

「だ、だいすき……斎の、あれ、入ってるのすき……っ」

いたぶられると哀しげに瞳を歪ませるのに、淫らな言葉を口にする瞬間には、鴻島をくわえ込んだ場所は貪欲にうねって絞るように絡みついてくるのだ。

腰が浮き上がり、自分から鴻島のそれに押しつけるように小さな尻を揺すって、濡れた粘膜を震わせる咲坂は、もう半ば意識も飛びかけているようだ。

「ぐっしょぐしょだ……やらしい、暁彦さん」

「や……」

いやらしい自分をもっといじめてほしいと言うように、泣きすがりながら腰を回して、濡れそぼった性器をひくひくと突き出す咲坂は、淫らできれいだった。

それでも、最終的に突き放したり貶《おとし》めるようなことを鴻島は言ってはいけない。言葉で嬲《なぶ》るのはあくまで互いの興奮をさらにかき立てるためだけであって、咲坂を傷つける意図ではないのだ。しんなりと絡みついてくる細い身体を何度も撫でさすり、抱きしめて、唆され泣きながら欲しがった分だけ与えてやる。

「やらしくて……かわいいよ。すげえ、俺も、いいっ」

「あああんっ、あんっあんっあんっ」

言いざま、叩きつけるように数回きつく抉ってやると、堪えきれなくなった嬌声《きょうせい》が細い喉から迸《ほとばし》った。鴻島の与える律動に合わせて切れ切れになるそれは、確かに男のものであるのに、どこまでも耳に甘くてたまらない。

「あっ、いきそ……もお、い、ってぇ……っ」

なんて声を出すのかと、半ば朦朧《もうろう》としたまま鴻島は思い、細い腰を摑んでは引きつけた。

(あー、出そう……けどまだ、いきたくねえな)

尖りきった乳首を歯の先でくわえ、引っ張るように何度も弾《はじ》くと締めつけがさらにひどくなる。すするように鴻島を奥へと誘いこみ、うねうねと襞《ひだ》で吸いついて、離すまいとする咲坂のそこは、本人の言葉よりも雄弁に執着を教えてくる。

食われそうだと片頰で笑いながら、正直でいじらしい粘膜を何度も抉《えぐ》った。そのたびに切れ切れになる嬌声を発して、咲坂は背中に指を立てて訴えてくる。

「斎、いか、いかせて……ね、えっ、出してっ」

「んー……も、ちょい」

「やだあ、も……おか、しく、なる……!」

「だめ、まだ」

ぎゅっと限界の来そうな性器を握りしめたまま、感じさせるよりも自身の体感を追うように鴻島はひどく身勝手に動いた。そうされても文句ひとつ言わず、ただ早くとすすり泣き、咲坂もそこを締めつけてくる。

「あっ、あ、だめ、だめ、き、来ちゃって……っ」

「ん……え？　あ、うわっ」

だが、放出を抑え込んでいても無駄だった。咲坂の性感はむしろ性器そのものよりも鴻島を飲み込んだ場所の方が遥かに鋭敏になっている。

(やべ、このひとこっちでいくんだっけ)

凄《すさ》まじいような蠢動を感じてはっとしたのもつかの間。壊れたおもちゃのようにがくがくと身体を痙攣《けいれん》させた咲坂は、甘い失墜の瞬間を迎えてしまった。

「あんっいく！　いつきっ、いっ、いっちゃう……っ」

「く……うっ、待て、っつーのに……！」

きゅうっと絞りあげられて、惜しみながら迎えた限界に鴻島の背中が震えた。どっと堰《せき》を切った熱情をなま暖かい粘膜に放つと、ああ、とこちらも達した咲坂が感極まったような声をあげる。

「あ、ん……奥に、来る……っ」

びく、びく、と震えながら、注ぎ込まれるものをうっとり受け止める身体は、薄桃色に染まって汗ばんでいる。

「くっそ、出ちゃったじゃん」

「ご、め……でも、よくて……」

少しばかり悔しくてぶすりと訴えると、肩をすくめた咲坂がすすり泣くような声で「我慢できなくて」と言う。

薄い肉付きの胸元、鎖骨の下が特に赤くて、そこに浮き上がった丸い汗を鴻島は舐め取った。

「いいけどね。……おしりそんなにいいの？」

「う……」

これはからかう意図でなく、単純に問いたかっただけなのだが、咲坂はさらに身体中を赤くする。その途端、ふっと鼻先になにかが漂う。先ほど感じたボディソープのそれではない、もっとかすかで甘い香りには覚えがあった。

（あ、まただ）

普段体臭のほとんどない咲坂の細い身体は、この瞬間だけ独特の甘い匂いになる。首筋と胸元あたり、清潔な肌からふわっとアルコールの甘さに似たものが立ち上って、それはいつでも鴻島をくらくらさせた。

「あー、いい匂い」

「え？　別に、なにもつけて、ないけど……」

かすかに鼻腔をかすめる、火照《ほて》った体温を交えたそれにくんと鼻を鳴らして思わず呟くと、涙目のままぼんやりとした咲坂が不思議そうに小首を傾げた。どうやら本人にはこの匂いの自覚はないらしい。

まだ動くのも億劫そうな所作はいちいち物憂げで幼く、強烈ないとおしさを感じた鴻島は、とろりとした目の端に口づける。

「は、ん……」

些細《ささい》な動作だったけれど、繋がった場所に響いたらしい。ひくんと息を飲んだ咲坂が小さく喘いで、その首をすくめた姿と声に、収まり切れていない情動が鴻島の腹の奥でぞろりと動いた。

「あっ？　あ、や、だ」

また、と顔をしかめた咲坂が逃げを打つのを許さず、捩れた腰を摑む。

「ごめん、もいっかい。つうか暁彦さんのフェロモン強烈すぎ」

「なに、な……？　そんなの、出してな……っ」

「すんげー出てるよ。俺、毎回やられるもん」

無自覚なのが悪いと、そのままほっそりした脚を強引に片方だけ肩に担ぎ、「うっわ、丸見え」と鴻島は獰猛《どうもう》に笑った。

「や、やだ、こんな……っあ、あん！」

繋がった場所がすべて見えるような体位に羞じらう恋人の顔を舐めるように見つめる。そのまま軽く腰を揺らすと、抗《あらが》いきれないままの咲坂の身体からあっけないほど力が抜けた。

「い、いつき、やだ……っ、これ、そこ、……やっやっ」

「あ、違うとこ、当たる？」

「あうん、あっ、あた……っちゃう、すご、……どう、して……っ」

上体だけをシーツに伏して、咲坂は身じろぎもままならないまま穿たれてすすり泣く。触れられないままの性器はあっという間に充溢《じゅういつ》を見せ、それが律動の度にふるふると震えるのがなんだか卑猥だった。

「暁彦さん。俺、これだと手が使えないから……して」

「あ、やん……っ」

自分で擦って見せろと手を添えさせると、怯えたようにかぶりを振った。かつて彼を貶めるためだけに自慰を強要した記憶がまだ疼《うず》くのだろう。いつもなら、それで手を引っ込める鴻島だったけれど、この日はどうしてもさせてみたかった。

「で、……でも……っ」

「気持ちよくなってるとこ、見たいだけ」

宥めるように抱えた腿《もも》を撫でて、やわらかに笑みかける。躊躇いと怯えを混在させた顔でこちらを見つめていた咲坂は、しかし強くは抗わないまま、おずおずと自分のそれに指を触れさせた。

「……んんっ、ん……っ」

はじめは遠慮がちだった細い指は、濡れた音が立ちはじめ、鴻島の与える動きが激しくなるにつれて、夢中になったように動きはじめた。

「あっ……あっ……見ない、で……」

「なんで？　見せてよ」

うずうずと腰を揺すって、しゃくり上げるように咲坂は呟く。胸もいじるようにと告げると、やはり同じように最初はぐずって、それでも結局は言う通り、小さなそれを摘んで潰す。

「乳首感じる？」

「やあ、ん……か、ん、じるっ……きもちい……っ」

恥ずかしい、と唇を何度も噛んで、それでももう止められないように小さな胸をくりくりとつまみ、濡れた性器を擦りあげるさまは、思った以上に鴻島を煽った。

「今度、ひとりエッチしてるとこ見てえなあ」

寂しい身体を放っておいた間、こんな風にたまには自分を慰めたのだろうかとふと思えば、よけいたまらない気分になった。だがその呟きに、咲坂は必死でいやだと泣き出してしまう。

「やだっ、そ、そんなのや……だっ！　いつ、斎とするのがい……っ」

乱れ悶《もだ》えて、細い首を振る咲坂の姿に我知らず喉が鳴る。縋るように赤い目でじっとこちらを見つめて、なんでもするから抱いてくれと訴えるのは、鴻島を食《は》むやわらかい場所。

「——……っ、う」

「あ、ん！　や、な、なんで」

ぎくりと細い肩がすくんだのは、二度目というのに体内でさらに膨れあがった鴻島のせいだ。

「んな……エッチな顔、するから、じゃんっ」

「ひ……や、いやぁっ、こわ、壊れるっ」

そのまま加減もできずきつく揺さぶると、悲鳴じみた声をあげて咲坂は身体をのたうたせる。

「だめ、逃げるなって」

「い、やん、あん、あ……っふか、深いっ」

じたばたともがいた脚を下ろし、ひねった腰を引き寄せて、うつぶせにさせた。そのまま深く奥を抉ると、がくがくと痙攣じみた動きで小さな尻が揺れる。のしかかるまま獣じみた動きで突きあげると、もうたががはずれたような声で咲坂は泣きだした。

変になる、と激しくかぶりを振り、身体の脇についた鴻島の腕に爪を立ててくる。引っ掻く動きにももう力はあまり入っておらず、むずがゆいような感触は却って性感をかき立てた。

「いつ、きぃ、やだ、おっきすぎ……るぅ……っ」

舌っ足らずな喘ぎもまた、ぞくぞくと鴻島の背中を総毛立たせる。とろとろに甘い声で、喉を鳴らし鼻を鳴らしてすすり泣く咲坂のそれに、耳から脳を溶かされそうになってしまう。

（ったく、エロすぎ……っ）

いっぱいで怖いと泣きじゃくるくせに、その怖いものをぎっちり吸い込んで離さず、あまつさえぬらぬらと舐めしゃぶるようにしているのは咲坂の淫らな粘膜なのだ。

「そっちの、せいだろ……っ？」

「ちがっ、違ぁ、う、も……っああ、あー……！」

いやなのかと問うと、よすぎて怖いと辿々《たどたど》しく答える。だったらもっとだと内部を撹拌《かくはん》するように抉って、間欠的な締め付けに合わせて揺さぶると、無意識に合わせてくるやわらかな肉。濡れた音を立てて出入りするものに、ひたひたと巻きついてくる従順で貪婪《どんらん》な粘膜。

「暁彦さん……いい？　ほら、ここ、いいだろ……？」

「いいっ、いー……あん、すごっ、きもちい……っ」

「あとで、ここ、舐めてあげる」

「あっ、は！　……あん、な、なめっ……てっ」

高ぶったそれを揉《も》みくちゃにしてやりながら耳を咬むと、子どものように泣きながら腰が抜けると言う咲坂が悪い。

たまらないほどの愉悦に熟れた場所へと、熱して爛れそうな楔《くさび》をあかず打ち込んで、どこまでも淫らに蕩けさせてやりたい。いま以上に、もっと、ずっと。

「やだぁっ、や、い……っ、い、いい……！　も、漏れ、ちゃいそ……っ」

よくてよくてたまらないと、そんなに腰を振って。逃げるそぶりで誘っている、蠱惑《こわく》に満ちた白い身体に、溺《おぼ》れてしまいそうだ。

「いいよ、漏らしても。俺の手にかけちゃって」

「やだ、やだっ……そんなの、……ずかしい……っ」

失禁しそうなほどの快楽に溺れているのだろう咲坂は、半ば本気で自分の失態に怯えてもいるようだった。それもかまわないと笑って、鴻島はなおも奥を貫く。

「恥ずかしいとこ、……見せろって」

「ああ、ああ、でちゃっ、出ちゃう……！　っいやあ！」

くん、と背中を仰《の》け反《ぞ》らせて叫んだあと、咲坂のそれから粘ったものが溢《あふ》れた。

「あん、やだ、でちゃっ……」

「だいじょぶ……こっちだよ。ほら」

手のひらに受け止めたそれを乳首になすりつけてやりながら、ぐったりと力の抜けた身体の中で鴻島も最後の瞬間を追いかける。

（あー、くそ……絡みつかれる、吸い取られる……っ）

咲坂を抱くまで知らずにいた強烈なまでの快感は、恐怖に似た歓喜を鴻島に抱《いだ》かせる。

そしてこんなに、相手の身体に射精したくてたまらなくなることも知らなかった。中でも外でも、とにかく自分の精液を浴びせて汚して、まるでマーキングをする犬のように『しるし』をつけたくてたまらなくなる。

「……っ、また、かけてほしい？」

「うん、うんっ」

見当違いとはいえ、嫉妬を覚えたこの夜はそれがひどいようで、薄赤く火照って震えている尻の肉をきつく摑み、鴻島は呻《うめ》いた。

「なにを……？」

「あ、熱いやつ……」

普段ならばそこまでで許してやる鴻島だけれど、どうにもこの夜は凶暴な気分が収まらなかった。熱いなにを、どこに、かけてほしいの。ひそめた声で囁くと、咲坂は泣き出した。

「……っも、いやぁ、やだっやだっ」

「言えよ。言うまで……やらないから」

めちゃくちゃに揺さぶられながら、言うまでしないといたぶられて、咲坂は朦朧となったままついに直截な単語を——男の精子が欲しいと、言い放つ。

「ああ、くそエロいな、もう……っ」

求めた以上の淫猥なそれに、全身の血が沸騰するかというくらいぞくぞくした。きれいで品のいい唇にはあまりに不似合いなそれが、異様なまでの興奮を煽って、止まらない。

「そんなに、汚されたいの？」

「ほしっ……よお、ほしい……っ！　よ、汚して、べとべとに、してっ」

凄まじい勢いで腰を揺らがせ、早くと咲坂は息を切らす。うねる粘膜、グラインドするように複雑に蠢くそれが、鴻島の脳をショートさせる。

男をただの獣にする、慣れて淫らで欲しがりな、怖がりで、かわいい身体。

かわいい——咲坂。

(これは、全部俺のだ。俺の……俺だけの)

口の端が無意識に上がった。自分でも酷薄な表情になったことはわかっていたけれど、振り向いた咲坂が怯えたように瞳を潤ませ、その後まるで悦ぶように腰を震わせたから、止まるものも止まらなくなるのだ。

(それで、結局……)

言わされているのは、こちらの方なのだろう。嬲るような言葉もなにもかも、咲坂のために捧げる愛撫でしかない。その自覚は、いっそ鴻島には爽快ですらあった。

(俺も丸ごと、このひとのものだってことだ)

剝き出しの獣にさせられて、ただ咲坂のためだけに腰を振る生き物になってしまうこと、それはどこまでも甘美な敗北感を覚えさせる。

「くそ、俺も、やば……出るっ」

「あっ！　熱……っい、いい……！」

出る、と思った瞬間それを引き抜いて、びくびくと震え続ける尻の端に吐精を浴びせた。

赤く染まったそこに飛び散る粘液の白さが、陵辱のあとのようで痛々しくも淫猥な感じがする。

　おまけに、鴻島の精液を浴びせられた瞬間、小さく腰を絞った咲坂の脚の間で、また微量の射精があったのも見てしまった。

「またいった……？」

「ふぅ……っ、んっ、ん」

　かけられて感じたのかと問いかけても、甘えきったような喉声以外、もう咲坂は言葉も発せられないようだった。お互いの体液にまみれた身体を抱きしめ、濡れた背中を宥めるように撫でてやる。

　すると、まだ力の入らない様子の細い指先が縋るように鴻島の指先を握りしめてきた。中指と人差し指の先端だけをきゅっと握るそれは、彼の遠慮と甘えを同時に知らしめてくる。

「……よかった？」

「ん……」

　そっと問いかけると、かすかに頷いたあと恥じ入るように肩を竦める。顔を隠そうとするのを許さず、少し強引に抱きしめて唇を寄せると、素直に甘い舌を差しだした。

（かわいい、なあ）

「は、ふ」

　蕩けそうなやわらかいそれを吸い込んで、互いに口の中を探り合う。馴染んだ口づけは高ぶった身体を少しずつ冷ますためのもので、濡れそぼったそれをほどくとほっとしたような吐息がどちらともなくこぼれた。

「なんで……だろう」

「ん？」

ぽつりと呟く咲坂は、まだ少しぼんやりと霞《かす》んだ瞳のまま独り言のように続けた。

「斎と、すると……なんか、全然違うんだ」

「違うって？」

要領を得ない言葉に、言葉遊びのように答えながら髪を撫でる。くすぐったそうに小さく唇をほころばせ、咲坂は陶酔を滲《にじ》ませた声で言った。

「全部、奥まで……ぐちゃぐちゃに、されるみたいで」

「……ん？」

「身体、だけじゃなくて。なんか……ここの中まで、開かれてる気が、する」

誰とも違う、斎だけなんだ。小さな声で言いながら、腹部から胸までをそっと手のひらで撫でる艶《なま》めかしい仕草とその言葉に、鴻島は息が止まりそうになる。

「わけ、わかんなくなっちゃって、……だから、俺……ヘン、で」

いつもすごく怖い、と小さく肩を震わせた身体をたまらずに抱きしめる。

「……そんなとこまで、俺でいっぱい？」

「うん」

こくんと幼く頷く咲坂の細い首を啄《ついば》んで、鴻島は訳もなく叫びたいような気分になった。

「そんな風になったこと、いままでなかったの？」

「うん……なんで、だろう。斎は……全然、違う」

体感に後押しされて、まるで無防備になってしまった咲坂は、どこかあどけない顔のままじっとこちらを見つめている。

（こうなってるとき、一番かわいいんだよなあ……）

ひどく翻弄《ほんろう》したぶんだけ、咲坂は素直にやわらかくなる。セックスのあとには特に疲労と余韻《よいん》で半ば意識も飛んでいるらしく、普段なら取り繕ってしまう本音もぽろりと漏らす。

いっそおそれるように彼は過去を鴻島に見せまいとして、自分を律し、要求も本音も口にしない。過剰なそれが却って、後ろ暗い印象を与えてしまっているのだ。

いまの発言にしても、咲坂が平静であれば誰かと比べるようなことを決して口にはしないだろう。けれど、半ば眠りに入りかけているような声でのこの告白は、ひとつも鴻島に不愉快さを与えなかった。

（まるっきり、処女みたいなもんじゃん……それ）

過去の経験の多さは結局、行為への慣れを彼に植え付けたけれど、同時に胸の裡《うち》を固く鎧《よろ》う方法も身につけさせたのだろう。

いまさらに暴かれてしまったから、きっと彼は鴻島を怖いと言うのだろう。それは結局、咲坂が本当の奥まで許したのは自分だけだということなのだ。

この脆弱な心の奥までをこの手に摑んでいることが少し、怖くなった。そしてそれに、咲坂が無意識でいることもまた、鴻島の胸に少しの重さと、そして歓喜を呼び起こす。

「それは、怖いね」

「うん」

「俺も、ちょっと怖いよ」

こんなにやわらかいものを丸ごと預けられて、果たして大事にしてやれるだろうかと思う。だが結局、そこまで自身の人間ができていないからこそ、毎度咲坂を泣かせたりするのかもしれないと苦笑した。

「まあ、しばらくは宇多田さんを見習うことにでもするか」

「なに……?」

「なんでもないよ」

なんの話だと怪訝《けげん》そうに、半開きになった唇をやわらかに塞ぐ。情欲を押しつけ合うようなそれではなく、ふわふわと甘く何度も啄む感触が鴻島は好きだ。

こうしたやさしい口づけに、行為への慣れとは正反対に咲坂はひどく初々《ういうい》しい反応をする。それが意外でまた、かわいらしくも思える。それでも一年という時間の経過が、少しは変えたものもあるのだろう。以前には驚き硬直していただけの彼も、しなやかな腕を背中に回して抱擁をせがむようにまでなった。

（……ん？）

　ちらちらと舌を舐めあいながらふと気づくと、咲坂のほっそりした指が鴻島の肩から二の腕までを確かめるように撫でている。日に焼けたそれと自分の腕の細さをつと見比べるように視線が動いて、添わせるように絡み合うと肌の色の違いがひどくくっきりとわかった。

「なに？」

「ん、なんか……違う、ひとみたいだ」

　覚えている感触と違うと、少しくすぐったそうに微笑む咲坂のあでやかな表情に、息が止まりそうになる。泣き顔はひどく幼くかわいらしいくせに、笑う咲坂はどうしてか鴻島には手が届かないほどの透明な色香が滲む。

　こんなきれいな存在をこの手にしていていいのかと、臆してしまうほどに。

　逞しさを増した腕の中に囲いこんで、身体だけでなくもっと度量の大きな男になりたいと思った。鴻島がいつか、あの店長のように、豪放磊落《ごうほうらいらく》な、そのくせ気遣いの細やかな男になれたなら、もう少しはこの弱い心を支えてやれるかもしれない。

　そうなれるまで、咲坂にはいましばらく待ってもらうしかないだろうし、彼にもまた怯えるだけでなく、きちんとこちらの手を摑んでいてほしい。

まだ未熟だけれど、てんで頼りない自分だけれど、ちゃんとこの細い手を離さずにいる覚悟だけは、ついているからと、鴻島は思う。

「じゃ、もっと、覚えて」

「あ、え、……えっ？　ま……また？」

両手の指を握りしめ、背中に回させる。重なった身体で鴻島の変化に気づいた咲坂が、目を瞠りながらうっすらと赤らんだ。

「体力ついたせいか、なんかどうも……足りないかも」

だめかと耳朶《みみたぶ》を嚙みながら、本気半分からかい半分で囁いてやる。無理だと言われれば引けるくらいには落ち着いていたが、もう少しこの甘いやわらかさを手にしていたいのも事実だ。

「でも、きつかったらいいよ」

「う……」

逡巡《しゅんじゅん》する濡れた瞳がしばらく泳いで、鴻島はそれを楽しく見守った。貪婪《どんらん》に淫らに溺れたあとだというのに、甘ったるい誘いにはどうにももの慣れない顔になる咲坂は、ふっと短い息をついてしがみついてくる。

「……ゆっくり、して……」

火照った腿を腰にすり寄せてくる仕草からいっても、同じ気持ちでいることがわかる。瞳を覗き込むと、羞じらうように目を細めてそれでもじっと見つめてくる。

「わかった、そっとする」

「ん、あ……っ」

そのまま唇を塞いで、身体を倒しながらもう蕩けきった内奥を穿った。先ほどのように激しく貪《むさぼ》るのではなく、ゆるゆると揺らしてやるとひきつった呼気をまき散らした咲坂がきつく背中に指を食い込ませてくる。

「好きだよ」

「やあ、ん……っ」

「すっげ、好き。かわいくってたまんない」

溶けきった表情を見せる頬に口づけて、疑り深く臆病な恋人に、何度も囁きかける。もう言わないでくれと、恥ずかしさに泣き出した咲坂が耳を塞ぐけれど、許さず両手を握りしめて、腰を送り込むのと同じだけ好きだと言い続けた。

「そっちは？　俺、好き？」

「ん、ん、好きっ……斎、すき……あ、もう……いやっ、あっ」

泣かせて、いじめて、縋りつかせて抱きしめる。結局はあまり、最初の頃から変わらないなと思いながら、それでもだいぶ素直になったと思う。

背伸びせず、あるがままに感情をぶつけた自分も、泣きながらそれでも捨てないでと言った咲坂も、もう少しは諦めずに頑張ろうと思っている。

「斎、いつき、一緒に……っ」

「ん。……いこっか」

両手の指をすべて絡めてつなぎ、先ほどからすればずいぶんゆるやかな頂点を迎えた。ゆらゆらと揺らし続けた咲坂は、気持ちいいとずっと泣いていて、けれどその口元には少し淫《いん》靡《び》な微笑みが浮かぶ。

艶《つや》やかな微笑ごと吸い取るように口づけると、口の中にとろりと咲坂の声が溶けて、歯の奥が痺れるほどに甘いと思った。

本作は、２００２年に刊行されたノベルズの文庫化です。教生×教師、というシチュエーションの、超好きパターンの『年上のほうが精神的に弱い』年下攻めです。

当時の自作としてはめずらしく、主人公の咲坂の性格がかなり卑屈で歪んだものです。これ以後、ひとはそう健全でばかりいられないという話もしっかりと書くようになっていくのですが、その原点的な話でもあるかと思います。

また、テーマというと大仰ですが、恋愛の年齢的リミットを気にする年代の葛藤を重点に絞られています。周囲を見まわしても感じますが、二十代の終わりというのは、思う以上に若さの終わりを考えるもので、読者さんからのメールでも「もう若くありませんが〜」というコメントがついているのは大抵二十代の方です（笑）。

著名な運動家の言葉ですが、『Don't trust anyone over thirty』――「三十すぎた大人は信じるな」というのがあります。かつての三十代というのは大人の象徴だったのだろうし、本来そうあるべきとも思います。が、近年の傾向を見るに、恋愛につけ青春につけ、年齢的なリミットは延びてきた感じもしますし、三十をすぎても大人じゃない（精神が成熟していない）ひとも、自分を含め多々見かけたりします。実際、そんなもんかなと思います。

そういう意味では、咲坂は、加齢だとか、それによってパートナーを選ぶ時間の少なさに怯えるだけの、未成熟な子どもなのだろうな、と、実作から六年以上が経過するいまになって、思ったりもしました。また、そういう未熟な人間もいるし、いてもいいんじゃないか、というのを、書きたかったのだろうかなあと、当時を振り返ったりしました。

斎は刊行当時「できた年下だなあ」と言われたものでしたが、たぶん彼は、咲坂との接触ですごい速度で男として成長しなきゃいけなかった。それによって焦ってるとも思いますが、なにもかもスマートに行くわけもなく。同時収録の「とろけそうなKNIFE」や「みだらなNEEDLE」などでは、若造らしく色々見栄を張ったり、失敗したりしています。

おのおの、いまとは文章の書き方もかなり違い、拙い部分も多いのですが、当時の勢いを残すため、あえて今回は加筆・修正をしていません。前述した、自分自身の考えや感覚の違いが相当にあって、手を入れたら間違いなく違う話になってしまいそうなので……。

それから、もともと趣味の場で書いた「みだらなNEEDLE」は、他社作品のキャラが二名ばかりお目見えしています。お気づきの方はお気づきでしょうが、某店長は、ドラマCDにて同じ声優さんが声をあてて下さったことによる、お遊びネタでした（笑）。そして好き放題書いたので、また濃いことになってます……。まあ、もともと本作自体が、通称黒レーベルの、エロスがテーマの話だったのですが。

最後に。ノベルズ時のイラストからお世話になりました、やまね先生、今回も使用許可ありがとうございました。また担当様も、毎度お世話をかけてすみません……。

そして、毎度ながら読者の皆様、お手に取ってくださりありがとうございます。文庫化を喜んでくださった方も、はじめましての方も、楽しんでくだされば幸いです。

✦初出　ねじれたEDGE……………ラキア・スーパー・エクストラ・ノベルズ
「ねじれたEDGE」(2002年5月)
とろけそうなKNIFE………ラキア2003年夏号増刊スーパー・エクストラvol.2 (2003年8月)
みだらなNEEDLE…………同人誌掲載作品を修正して収録

崎谷はるひ先生、やまねあやの先生へのお便り、本作品に関するご意見、ご感想などは
〒151-0051 東京都渋谷区千駄ヶ谷 4-9-7
幻冬舎コミックス　ルチル文庫「ねじれたEDGE」係まで。

幻冬舎ルチル文庫
ねじれたEDGE《エッジ》

2008年3月20日　第1刷発行

✦著者　崎谷はるひ　さきや はるひ

✦発行人　伊藤嘉彦

✦発行元　株式会社 幻冬舎コミックス
〒151-0051 東京都渋谷区千駄ヶ谷 4-9-7
電話 03(5411)6432[編集]

✦発売元　株式会社 幻冬舎
〒151-0051 東京都渋谷区千駄ヶ谷 4-9-7
電話 03(5411)6222[営業]
振替 00120-8-767643

✦印刷・製本所　中央精版印刷株式会社

✦検印廃止

ISBN978-4-344-81291-8　C0193　Printed in Japan